ESTRELA DO MAL

ANTHONY
HOROWITZ

ESTRELA DO MAL

O Poder dos Cinco – Volume 2

Tradução de
ALVES CALADO

EDITORA RECORD
RIO DE JANEIRO • SÃO PAULO
2007

CIP-Brasil. Catalogação-na-fonte
Sindicato Nacional dos Editores de Livros, RJ.

Horowitz, Anthony, 1955-
H796e Estrela do mal/ Anthony Horowitz; tradução Alves Calado.
– Rio de Janeiro: Record, 2007.
(O poder dos Cinco; v.2)

Tradução de: Evil star
Seqüência de: O portal do corvo
ISBN 978-85-01-07583-3

1. Literatura juvenil. I. Alves Calado, Ivanir, 1953- . II.
Título. III. Série.

CDD – 028.5
07-1789 CDU – 087.5

Título original em inglês:
EVIL STAR

Direitos exclusivos de publicação em língua portuguesa somente para o Brasil adquiridos pela
EDITORA RECORD LTDA.
Rua Argentina 171 – Rio de Janeiro, RJ – 20921-380 – Tel.: 2585-2000
que se reserva a propriedade literária desta tradução

Impresso no Brasil

ISBN 978-85-01-07583-3

PEDIDOS PELO REEMBOLSO POSTAL
Caixa Postal 23.052
Rio de Janeiro, RJ – 20922-970

A HISTÓRIA ATÉ AGORA...

Matt Freeman sabe que não é um garoto comum de 14 anos. Ele tem poderes sobrenaturais: a capacidade de mover objetos ou de criar tumulto simplesmente usando o pensamento. Mas esses poderes continuam latentes, fora do seu controle.

Eles foram testados uma vez em *O Portal do Corvo*. Matt foi escolhido como objeto de sacrifício de sangue para abrir um portal mágico entre duas dimensões. Criaturas ancestrais, de malignidade inimaginável — os Antigos —, estavam tentando entrar de novo no mundo... para destruí-lo. E no último minuto Matt conseguiu impedi-los.

Mas a luta não acabou. Cinco adolescentes protegem a humanidade do caos. São os Guardiões — e Matt é um deles. Só quando se encontrarem o mundo estará em segurança.

E um segundo portal está para ser aberto...

SUMÁRIO

1 A roda da fortuna 11
2 O novo aluno 21
3 Um segundo portal 37
4 Alarme de incêndio 53
5 O diário 71
6 Santa Meredith 87
7 Área de perigo 103
8 Hotel Europa 121
9 A cidade do Veneno 137
10 Papo de sonho 153
11 Salamanda 171
12 A cidade sagrada 191
13 No ar rarefeito 207
14 Na floresta das nuvens 227
15 Os últimos incas 241
16 A professora Chambers 257
17 A noite no deserto 273
18 A estrela do mal 289
19 O centro de controle 301
20 O portal se abre 319
21 O curandeiro 337

Os olhos do velho ardiam vermelhos, refletindo as últimas chamas da fogueira. O sol já havia começado a se pôr e as sombras estavam chegando. Longe, um pássaro enorme — um condor — girou num círculo preguiçoso antes de mergulhar de volta à terra. Então tudo ficou imóvel. A noite estava logo adiante.

— Ele virá — disse o velho. Falava numa língua estranha e conhecida por pouquíssimas pessoas no mundo. — Não precisamos mandar chamá-lo. Ele virá de qualquer modo.

Ficou de pé, apoiando-se numa bengala esculpida a partir de um galho de árvore, e foi até a borda do terraço de pedra onde estivera sentado. Dali podia olhar para um cânion que parecia despencar para sempre, uma linha de falha geológica que havia ocorrido talvez há um milhão de anos no planeta. Por um tempo ficou quieto. Havia uma dúzia de homens atrás, esperando que ele falasse. Nenhum se mexeu. Nenhum ousou interrompê-lo enquanto ele ficava ali parado, imerso em pensamentos.

Por fim, ele se virou de volta.

— O garoto está do outro lado do mundo — disse ele. — Mora na Inglaterra.

Um dos homens se remexeu, inquieto. Sabia que era errado fazer perguntas, mas não conseguiu se conter.

— E simplesmente vamos esperá-lo? Temos muito pouco tempo. E mesmo que ele venha, como poderá nos ajudar? É uma criança!

— Você não entende, Atoc — respondeu o velho. Se estava com raiva, não demonstrou. Sabia que Atoc tinha apenas 20 anos, também era pouco mais do que uma criança, pelo menos em mentalidade. — O garoto tem poder. Ainda não faz idéia de quem é ou de como ficou forte. Virá aqui e chegará a tempo. Seu poder irá trazê-lo a nós.

— Quem é esse garoto? — perguntou outra pessoa.

O velho olhou de novo para o sol. O astro parecia pousado, num equilíbrio perfeito, no pico mais alto. A montanha se chamava Mandango... o Deus Adormecido.

— O nome dele é Matthew Freeman. É o primeiro dos Cinco.

A RODA DA FORTUNA

Havia alguma coisa errada na casa em Eastfield Terrace. Algo desagradável.

Todas as casas da rua eram mais ou menos idênticas: vitorianas, de tijolos vermelhos, com dois quartos no primeiro andar e uma janela de sacada à esquerda ou à direita da porta de entrada. Algumas tinham antenas parabólicas. Algumas tinham jardineiras nas janelas, cheias de flores coloridas. Mas, olhando-se do topo do morro para a rua que se curvava ao redor da igreja de São Patrício a caminho do posto Esso e da loja All-Nite, uma casa se destacava imediatamente. A de número 27 não se encaixava mais no bairro. Era como se tivesse contraído algum tipo de doença e precisasse ser levada para longe.

O jardim da frente estava cheio de lixo e, como sempre, a lixeira com rodinhas ao lado do portão estava transbordando, rodeada por sacos pretos de lixo que os donos não tinham conseguido enfiar dentro. Isso não era incomum em Eastfield Terrace. Também não era particularmente estranho que as cortinas ficassem permanentemente fechadas nas janelas da frente; e pelo que dava para ver, as luzes jamais eram acesas. Mas a casa fedia. Já havia semanas sentia-se um cheiro podre, de lixo, que a princípio parecera ter vindo de um cano entupido mas que tinha piorado rapidamente até que as pessoas começaram a atravessar a rua para evitá-lo. E o que quer que o estivesse provocando parecia afetar todo o local. O gramado na frente estava começando a morrer. As flores tinham murchado e depois foram sufocadas por ervas daninhas. A cor parecia estar sumindo até dos tijolos.

Os vizinhos haviam tentado reclamar. Tinham batido na porta da frente, mas ninguém apareceu. Haviam telefonado, mas ninguém atendeu. Por fim, ligaram para o conselho municipal no Centro Cívico de Ipswich mas, claro, iriam se passar semanas até que qualquer atitude fosse tomada. A casa não estava vazia. Disso eles sabiam. Ocasionalmente viam a dona, Gwenda Davis, andando de um lado para o outro atrás das cortinas de renda. Uma vez — havia mais de uma semana — ela fora vista chegando rapidamente das compras. E havia mais uma prova de que ainda existia vida no número 27: toda noite a televisão era ligada.

Gwenda Davis era bem conhecida na rua.

Morara ali durante a maior parte da vida adulta, primeiro sozinha e depois com seu companheiro, Brian Conran, que ocasionalmente trabalhava como leiteiro. Mas o que realmente tinha feito com que os vizinhos falassem foi a ocasião, seis anos atrás, em que ela inexplicavelmente adotou um garoto de oito anos e o trouxe para morar na casa. Todo mundo concordava que ela e Brian não eram exatamente os pais ideais. Ele bebia. Os dois brigavam. E, segundo as fofocas locais, eles mal conheciam o garoto, cujos pais haviam morrido num acidente de carro.

Assim, ninguém ficou muito surpreso quando a coisa azedou. Não era realmente culpa do garoto. Matthew Freeman era uma criança bastante boa — todo mundo concordava — mas praticamente desde o momento em que chegou começou a entrar em encrenca. Começou a faltar à escola. Andava com más companhias. Ficou conhecido por uma quantidade de pequenos crimes e inevitavelmente a polícia se envolveu. E por fim, houve aquele roubo num depósito do bairro, pertinho da estação de Ipswich. Um segurança quase morreu e Matthew foi arrastado para fora com sangue nas mãos. Depois disso foi mandado para longe por intermédio de uma espécie de programa de pais substitutos. Tinha uma nova mãe em algum lugar de Yorkshire. E já foi tarde. Essa era a opinião geral.

Tudo isso acontecera havia uns três meses. Desde então, Gwenda havia gradualmente desaparecido das vistas. E quanto ao Brian, ninguém o via há semanas. A casa havia ficado cada vez mais abandonada. Todo mundo concordava que algo deveria ser feito logo.

Agora eram 7h30 de uma noite na primeira semana de junho. Os dias estavam se esticando, mantendo-se pelo maior tempo que podiam. O povo em Eastfield Terrace sentia calor e cansaço. O humor ia se deteriorando. E o cheiro era pior do que nunca.

Gwenda estava na cozinha, fazendo o jantar. Nunca fora uma mulher muito bonita, era pequena e desmazelada, com olhos opacos e lábios franzidos que nunca sorriam. Mas nas semanas depois da partida de Matt, havia declinado rapidamente. O cabelo estava despenteado e louco. Usava um vestido florido e um casaco de lã que, como ela, não via água havia um bom tempo e pendia no corpo, quase sem forma. Ela desenvolvera um tique nervoso, esfregando constantemente os braços como se sentisse frio ou talvez tivesse medo de algo.

— Quer alguma coisa? — gritou numa voz fina e esganiçada.

Brian estava esperando por ela na sala, mas Gwenda sabia que ele não comeria nada. Ela preferia quando ele tinha o emprego no depósito de leite, mas Brian fora demitido depois de brigar com um dos gerentes. Isso aconteceu logo depois de Matt ser mandado embora. Agora Brian tinha perdido o apetite também.

Gwenda olhou para o relógio. Estava quase na hora de *A roda da fortuna*, seu programa de televisão predileto. Na verdade, graças à tevê por satélite, ela podia assistir a *A roda da fortuna* toda noite. Mas as de quinta-feira eram especiais. Nas quintas era um programa novo, e não uma reprise.

Gwenda era viciada em *A roda da fortuna*. Adorava as luzes fortes do estúdio, os prêmios misteriosos, os competidores que podiam ganhar um milhão de libras se respondessem corretamente a um grande número de perguntas e ousassem girar a roda. Mais do que tudo, amava o apresentador — Rex McKenna —, com seu bronzeado permanente, as piadas, o sorriso branco e perfeito. Rex tinha uns 50 anos, mas seu cabelo continuava totalmente preto, os olhos brilhavam e havia uma leveza em seus passos que o fazia parecer muito mais novo. Ele apresentava o programa desde que Gwenda podia lembrar, e mesmo apresentando outros dois programas de jogos, além de uma competição de dança na BBC, era em *A roda da fortuna* que Gwenda mais gostava dele.

— Já começou? — gritou ela da cozinha.

Brian não respondeu. Ultimamente não vinha falando muito.

Gwenda enfiou a mão num armário e pegou uma lata de feijões. Não era exatamente o que se poderia chamar de banquete, mas fazia um tempo que nenhum deles ganhava dinheiro e ela estava começando a sentir as dificuldades. Olhou ao redor da cozinha procurando um prato limpo, mas não havia. Todas as superfícies estavam cobertas de louças sujas, uma torre de tigelas e pratos imundos se elevava na pia. Gwenda decidiu que comeria o feijão na lata. Mergulhou a mão na água marrom e imunda e conseguiu encontrar um garfo. Enxugou parte da gordura no vestido e saiu rapidamente da cozinha.

A luz da sala de jantar estava apagada, mas o brilho da televisão bastava para mostrar o caminho. Também mostrava a bagunça em que a sala tinha se transformado. Havia jornais velhos espalhados no tapete, cinzeiros transbordando, mais pratos sujos, meias e cuecas velhas. Brian estava sentado num sofá que parecia imundo e de segunda mão desde o instante em que havia saído da loja. Tinha uma mancha horrível na capa de náilon. Ignorando-a, Gwenda sentou-se ao lado dele.

O cheiro, que já era ruim no resto da casa, ficava pior ali. Gwenda ignorou-o também.

Parecia que tudo dera errado desde a saída de Matt. Não sabia bem por quê. Na verdade ela nem gostava dele. Pelo contrário, sempre soubera que existia alguma coisa esquisita com o garoto. Ele não tinha sonhado que a mãe e o pai iriam morrer, na véspera do acidente? Ela só o havia apanhado porque Brian a convenceu — e, claro, ele só queria pôr as mãos no dinheiro que os pais de Brian tinham deixado para o filho. O problema é que o dinheiro acabou depressa demais. E então Matt também foi embora, levado pela polícia como delinqüente juvenil, e ela só ficou com a culpa.

Não era culpa sua. Tinha cuidado dele. Nunca se esqueceu de como a polícia a olhou: como se ela é que tivesse cometido o crime. Agora desejou que Matt jamais tivesse entrado na sua vida. Tudo tinha dado errado por causa do Matt.

— E agora, pela ITV, é hora de se arriscar de novo e girar... A roda da fortuna!

Gwenda se acomodou enquanto a música de abertura de *A roda da fortuna* começava. Notas de 50 libras se retorciam e giravam na tela. A platéia aplaudiu. E ali estava Rex McKenna, descendo pela escadaria iluminada com uma garota bonita pendurada em cada braço. Vestia um paletó brilhante, cheio de lantejoulas, acenando e sorrindo, feliz como sempre por estar de volta.

— Boa noite, todo mundo! — gritou ele. — Quem sabe quem vai ganhar o grande prêmio esta noite? — Rex parou e piscou direto para a câmera. — Só a roda sabe!

A platéia enlouqueceu como se estivesse ouvindo as palavras pela primeira vez. Mas, claro, Rex sempre começava o programa do mesmo jeito. "Só a roda sabe!" era o seu bordão, mas Gwenda não tinha certeza se isso era verdade. A roda não passava de um pedaço de madeira e plástico. Como poderia saber alguma coisa?

Rex parou e os aplausos terminaram. Gwenda estava olhando para a tela numa espécie de transe. Já havia se esquecido dos feijões cozidos. Em algum lugar no fundo da mente se perguntou por que a televisão continuava funcionando quando a eletricidade da casa fora desligada duas semanas atrás por falta de pagamento. Mas o fundo da mente ficava muito longe e na verdade não importava. Era uma bênção. Como conseguiria passar as noites sem *A roda da fortuna?*

— Bem-vindos a outro programa em que o giro da roda pode significar um milhão de libras no seu bolso ou uma passagem de volta para casa sem absolutamente nada! — começou Rex. — E que semana ocupada eu tive! Minha mulher me acordou ontem às seis da manhã para me lembrar de ligar o despertador. O despertador deu a partida às sete e ainda não voltou!

A platéia explodiu em gargalhadas. Gwenda riu também.

— Mas hoje temos um grande programa para vocês. E num minuto vamos conhecer os três sortudos que competirão pelos grandes prêmios desta noite. Mas lembrem-se: se quiserem pôr as mãos em um milhão de libras, o que precisam fazer?

— Girar a roda! — gritou a platéia.

Brian não disse nada. O modo como ele ficava simplesmente ali sentado estava começando a irritar Gwenda.

— Mas antes de começarmos — continuou Rex — quero trocar uma palavrinha com uma dama especial, uma das minhas favoritas... — Ele se aproximou mais da câmera e, enquanto o rosto preenchia a tela, Gwenda achou que Rex estava olhando diretamente para ela.

— Olá, Gwenda — disse ele.

— Olá, Rex — sussurrou Gwenda. Era difícil acreditar que ele estivesse falando com ela. Sempre era.

— E como você está nesta noite, querida?

— Estou bem... — Ela mordeu o lábio e cruzou as mãos no colo.

— Bem, escute, querida. Estive imaginando se você pensou mais um pouco naquilo que falamos. Matt Freeman. Aquele moleque. Aquela criatura esquisita. Já decidiu o que vai fazer com relação a ele?

Rex McKenna tinha começado a falar com Gwenda havia dois meses. No início Gwenda ficou perplexa. Como ele podia interromper o programa (assistido por dez milhões de pessoas) só para falar com ela? De algum modo ele conseguia fazer isso inclusive nas reprises, o que não era possível, porque alguns daqueles programas tinham sido gravados havia anos. A princípio ela ficou preocupada. Quando contou a Brian, ele riu na sua cara e disse que ela estava ficando maluca. Bem, logo Rex esclareceu as coisas sobre Brian. E agora ela não se preocupava mais com isso. Era estranho, mas estava acontecendo, e a verdade é que Gwenda se sentia lisonjeada. Adorava Rex e parecia que ele também gostava dela.

— Matt Freeman fez você de idiota — continuou Rex. — Entrou na sua casa, arruinou seu relacionamento com Brian e depois arranjou encrenca e todo mundo disse que a culpa era sua. E agora olhe para você! Não tem dinheiro. Nem emprego. Você está um horror, Gwenda.

— A culpa não é minha — murmurou ela.

— Eu sei que não é, meu amor. — Por um momento a câmera cortou para outra imagem e Gwenda pôde ver a platéia do estúdio ficando inquieta, esperando o programa começar. — Você cuidou daquele garoto. Tratou dele como um filho. Mas ele foi embora sem nem se despedir. Sem gratidão, claro. Essas crianças de hoje! Agora Matt anda metido a besta e você deveria ouvir as coisas que ele fala a seu respeito! Estive pensando nisso e devo dizer... acho que o garoto deveria ser castigado.

— Castigado... — Gwenda murmurou a palavra com um sentimento de pavor.

— Assim como castigou Brian por ser tão grosseiro com você. — Rex balançou a cabeça. Talvez fosse um truque de iluminação do estúdio, mas ele quase parecia estar saindo do aparelho de tevê, como se fosse entrar na sala. — O fato é que Matt é um sujeitinho tenebroso. Aonde quer que vá, causa problema. Você se lembra do que aconteceu com os pais dele.

— Morreram.

— A culpa foi dele. Ele poderia tê-los salvado. E há outras coisas que você não sabe. Recentemente ele chateou uns amigos meus, bons amigos. Na verdade, mais do que chateou. Se você me perguntar, digo que não há dúvida. O garoto precisa ser castigado, e muito severamente.

— Não sei onde ele está.

— Isso eu posso dizer. Ele freqüenta uma escola chamada Forrest Hill. Fica em Yorkshire, perto de York. Não é muito longe.

— O que você quer que eu faça? — A boca de Gwenda estava seca. A lata de feijões tinha se inclinado em suas mãos e o molho de tomate frio pingava no colo.

— Você gosta de mim, não gosta, Gwenda? — O apresentador de televisão lhe deu um dos seus sorrisos especiais. Havia pequenas rugas nos cantos dos olhos. — Você quer me ajudar. Sabe o que tem de ser feito.

Gwenda assentiu. Por algum motivo começou a chorar. Imaginou se esta seria a última vez em que Rex McKenna falaria com ela. Ela iria a York e não voltaria.

— Vá para lá de trem, encontre-o e garanta que ele nunca mais magoe ninguém. Você deve isso a si mesma. Deve a todo mundo. O que diz?

Gwenda não podia falar. Confirmou com a cabeça pela segunda vez. As lágrimas escorriam mais depressa.

Rex recuou.

— Senhoras e senhores, vamos homenagear Gwenda Davis. Ela é uma mulher adorável e merece uma grande salva de palmas.

A platéia concordou. Bateu palmas e gritou até que Gwenda saiu da sala e subiu a escada.

Brian continuou onde estava, sentado no sofá, as pernas ligeiramente separadas, a boca aberta. Estava assim desde que Gwenda havia enfiado a faca de cozinha em seu peito. Brian tinha rido dela. Disse que ela era maluca. Ela precisou lhe dar uma lição que ele não esqueceria. Rex havia mandado fazer isso também.

Alguns minutos depois Gwenda saiu de casa. Tinha pensado em arrumar uma mala, mas no fim não conseguiu encontrar nada que valesse a pena levar, além do machado que usava para rachar lenha. Enfiou-o na bolsa que estava pendurada no braço.

Trancou a porta depois de sair e foi embora. Sabia exatamente para onde ia: Forrest Hill, uma escola em Yorkshire. Ia ver o sobrinho, Matt Freeman, de novo.

Ele certamente ficaria surpreso.

O NOVO ALUNO

Era o mesmo sonho de sempre.

Matt Freeman estava sobre um pináculo de rocha negra que parecia ter brotado do chão como uma coisa venenosa. Estava no topo, sozinho, rodeado por um mar absolutamente morto. As ondas rolavam como óleo, e ainda que o vento soprasse a toda volta e os borrifos do mar batessem em seus olhos, ele não sentia nada... nem mesmo o frio. De algum modo sabia que este era um lugar onde o sol jamais nascia ou se punha. Imaginou se estaria morto.

Virou-se e olhou para o litoral, sabendo que veria os outros quatro esperando-o, separados por 800 metros de água com muitos quilômetros de profundidade. Sempre estavam ali. Três garotos e uma garota. Mais ou menos da sua idade. Esperando que fizesse a travessia e se juntasse a eles.

Mas desta vez era diferente. De algum modo um dos garotos havia encontrado uma embarcação para levá-lo pela água. Era um barco longo e estreito feito de juncos amarrados, com uma proa em forma de gato selvagem, erguendo-se à frente. O barco parecia frágil. Matt podia ver as ondas batendo nele, tentando mandá-lo de volta. Mas o garoto remava com movimentos fortes e rítmicos. Estava cortando a água, chegando cada vez mais perto, e agora Matt conseguiu vislumbrar parte de suas feições: pele morena, olhos escuros, cabelo comprido, preto e muito liso. Usava jeans amarrotados e uma camisa larga com um buraco num dos cotovelos.

Matt sentiu um jorro de esperança. Dentro de alguns minutos o barco chegaria à ilha e, se ele pudesse encontrar um modo de descer, finalmente poderia escapar. Correu até a beira da rocha e foi então que viu, refletida na superfície negra da água. Uma espécie de pássaro. Sua forma ondulava — distorcida pelas ondas — e Matt não pôde identificar o que era. Parecia ter asas enormes, penas brancas e um pescoço comprido, como o de uma cobra. Um cisne! Afora os três garotos e a garota, era a única coisa viva que Matt já vira nesse mundo de pesadelo, e ele ergueu os olhos, achando que o pássaro iria passar baixo a caminho da ilha.

O cisne era gigantesco, do tamanho de um avião. Matt gritou um alerta. Era uma criatura medonha, olhos amarelos flamejantes, garras se abaixando para segurar a água, puxando-a como uma cortina. Nesse momento, seu bico — de um laranja luminoso — se abriu e ele soltou um grito de rachar os ouvidos. Em resposta houve um trovão e Matt foi derrubado de joelhos quando o bicho voou acima, as asas golpeando-o, o som do grito explodindo em seus ouvidos. A cortina de água caiu: um maremoto que cobriu a rocha, o litoral, o mar inteiro. Matt sentiu-o se chocando contra ele. Abriu a boca para gritar...

...e acordou ofegante, na cama, em seu pequeno quarto do sótão com a primeira luz do dia escorrendo pela janela aberta.

Matt fez o que sempre fazia quando a manhã começava assim. Viu a hora no relógio ao lado da cama: seis e meia. Então olhou ao redor, confirmando que estava em seu quarto, no alto do apartamento em York, onde morava nas últimas cinco semanas. Um a um, verificou os itens. Ali estavam os cadernos e livros da escola, empilhados na mesa. O uniforme pendurado nas costas da cadeira. Seus olhos viajaram pelos cartazes na parede: alguns jogadores do Arsenal e um pôster do filme *A guerra dos mundos*. Seu PlayStation estava no chão, no canto. O quarto era uma bagunça. Mas era o *seu* quarto. Exatamente como devia estar. Tudo certo. Ele estava de volta.

Ficou deitado na cama, meio acordado e meio dormindo, escutando o tráfego da manhã que começava com o caminhão do leite chiando ao passar pela porta da frente e gradualmente aumentava com os furgões de entrega e o pessoal que ia cedo para o trabalho. Às sete horas ouviu o despertador de Richard tocar no quarto de baixo. Richard Cole era o dono do apartamento, um jornalista. Matt o ouviu sair da cama e entrar no banheiro. Houve um chiado de água quando o chuveiro foi ligado. Isso disse a Matt que era hora de começar a se arrumar também. Jogou as cobertas longe e se levantou.

Por um momento viu-se no espelho de corpo inteiro que ficava no canto do quarto. Um garoto de 14 anos usando camiseta cinza e shorts. Cabelo preto. Antes sempre o mantinha curto, mas recentemente vinha crescendo e estava desgrenhado, sem divisão. Olhos azuis. Matt estava em boa forma, com ombros retos e músculos bem definidos. Crescia depressa. Richard tivera o cuidado de comprar roupas para a escola que tivessem um número acima do seu, mas quando Matt estendeu a mão e vestiu a calça, percebeu que não iria se passar muito tempo até que ela ficasse curta demais.

Meia hora depois, vestido para a escola e levando uma bolsa com livros e cadernos, entrou na cozinha. Richard já estava lá, empilhando os pratos que haviam sido deixados na noite anterior. Parecia não ter dormido nada. Suas roupas estavam amarrotadas e, mesmo tendo tomado banho, não havia se barbeado. O cabelo louro continuava molhado e os olhos estavam semicerrados.

— O que quer no café-da-manhã? — perguntou ele.

— O que é que tem?

Richard engoliu um bocejo.

— Bem, não tem pão nem ovo. — Ele abriu um armário e olhou dentro. — Temos um pouco de cereal, mas isso não adianta muito.

— Não tem leite?

Richard pegou uma caixa de leite na geladeira, cheirou e derramou na pia.

— Estragado — anunciou. Em seguida levantou as mãos num gesto de desculpas. — Eu sei, eu sei. Falei que ia comprar. Mas esqueci.

— Não faz mal.

— Claro que faz. — De repente Richard fez um gesto brusco e bateu com força a porta da geladeira. Sentia raiva de si mesmo. — Eu deveria estar cuidando de você...

Matt sentou-se à mesa.

— A culpa não é sua — disse ele. — É minha.

— Matt...

— Não. É melhor a gente admitir. Isso não está funcionando, não é?

— Não é verdade.

— É sim. Você não me quer aqui. A verdade é que você nem quer ficar em York. Não me incomodo, Richard. Se eu fosse você, também não ia querer alguém como eu por perto.

Richard olhou o relógio.

— Não dá para falar disso agora. Você vai se atrasar para a escola.

— Não quero ir à escola. Estive pensando nisso. — Ele respirou fundo. — Quero voltar para o Projeto LELAS.

Richard o encarou.

— Pirou de vez?

LELAS significava Liberdade e Educação em Lares de Adoção Substitutos. Era um programa do governo destinado a delinqüentes, e Matt fazia parte dele quando conheceu Richard.

— Só acho que seria mais fácil — disse ele.

— Na última vez em que você participou do projeto LELAS eles o mandaram para um covil de feiticeiros. O que acha que vai ser na próxima? Vampiros, quem sabe. Ou talvez você vá parar numa família de canibais.

— Talvez eu consiga uma família comum que cuide de mim.

— Eu posso cuidar de você.

— Você nem pode cuidar de si mesmo! — Matt não tinha pensado em dizer isso, mas as palavras haviam saltado da boca. — Agora você trabalha em Leeds. Vive no carro. Por isso nunca tem comida em casa. E está morrendo de cansaço! Só fica aqui por minha causa. Não é justo.

Era verdade. Richard havia perdido o emprego na *Gazeta de Grande Malling*, mas depois de duas semanas conseguiu trabalho em outro jornal, *O Eco de Gipton*, perto de Leeds. Não era muito melhor. Ainda escrevia sobre empresas da cidade. No dia anterior havia falado de um novo restaurante de frutos do mar, de uma firma de recolhimento de lixo e um hospital geriátrico ameaçado de fechamento. Só peixe pequeno, como dizia. Matt sabia que ele também estava trabalhando num livro sobre as aventuras que haviam tido juntos — os acontecimentos que levaram à destruição da usina nuclear conhecida como Ômega Um e o desaparecimento de todo um povoado em Yorkshire. Mas não pudera vender a matéria para os jornais. Por que os editores de livros seriam diferentes?

— Não quero falar disso agora — respondeu Richard. — É cedo demais. Vamos conversar à noite. Pela primeira vez não vou chegar tarde e poderemos jantar fora, se você quiser. Ou posso pedir comida para viagem.

— Ah. Certo. Tudo bem. — Matt pegou seus livros.

— E o café-da-manhã?

— Vou ao McDonald's.

A Forrest Hill era uma escola particular que ficava no meio de lugar nenhum, a meio caminho entre York e Harrogate. E ainda que Matt não houvesse dito, esse era o principal motivo para ter pensado em sair do norte da Inglaterra. Odiava o local, e ainda que não faltasse muito para as férias de verão, não tinha certeza se conseguiria esperar tanto.

De fora o lugar era bem bonito. Havia um quadrângulo — um antigo pátio com arcos e escadas externas — e perto dele uma capela que tinha até vitrais e gárgulas. Algumas partes da escola tinham 300 anos e aparentavam isso, mas em tempos recentes os diretores tinham conseguido atrair mais dinheiro e investiram em novas construções. Havia um teatro, um prédio de ciências e uma biblioteca do tamanho de um celeiro, com dois andares. Tudo isso fora construído nos últimos dois ou três anos.

A escola tinha quadra de tênis, piscina e campos de jogo. Ficava numa espécie de bacia no campo, com as estradas descendo íngremes de todas as direções. Na primeira vez em que Matt viu o lugar, pensou que estava sendo levado para um campus universitário. Só quando avistou os garotos com idades entre 13 e 15 anos, indo para as salas de aula com os elegantes paletós azuis e calças cinza, percebeu que era apenas uma escola de Ensino Médio.

Certamente ficava a um mundo de distância da St. Edmund's, a escola pública que ele havia freqüentado em Ipswich. Matt não sabia por onde começar quando comparava as duas. Aqui tudo era muito arrumado e organizado. Não tinha cheiro de batata frita, nem pichações, nem tinta descascando ou gols com a rede pendendo em farrapos. Havia mais de mil livros na biblioteca e todos os computadores no prédio de informática eram de última geração. Até o uniforme fazia uma diferença gigantesca. Ao vesti-lo pela primeira vez, Matt sentiu como se tivessem lhe tirado alguma coisa. O paletó pesava nos ombros e cortava embaixo dos braços. A gravata com as listas verdes e cinza era ridícula. Ele não queria ser empresário, então porque estava vestido como um? Quando se olhava no espelho era como se estivesse vendo outra pessoa.

Mandá-lo para cá não fora idéia de Richard. O Nexo — a organização misteriosa que assumira o controle de sua vida — tinha sugerido isso. Matt havia feito poucos trabalhos escolares durante dois anos. Estava atrasado em todas as matérias. Mandá-lo para uma nova escola no meio do semestre de verão causaria problemas aonde quer que fosse. Mas uma escola particular não faria perguntas demais e poderia cuidar de suas necessidades específicas. O Nexo estava pagando. Parecia uma boa idéia.

Mas a coisa tinha dado errado praticamente desde o início.

A maior parte dos professores da Forrest Hill era legal, mas os que não eram é que realmente se destacavam. Matt pareceu levar apenas alguns dias para transformar em inimigos permanentes o Sr. King, que lecionava inglês, e o Sr. O'Shaughnessy, que trabalhava dobrado como professor de inglês e subdiretor. Ambos tinham trinta e poucos anos, mas se comportavam como se fossem muito mais velhos. No primeiro dia, o Sr. King dera a Matt uma bronca por mascar chiclete no quadrângulo. No segundo, foi o Sr. O'Shaughnessy que lhe fez um sermão agudo, de dez minutos, por causa da camisa fora da calça. Depois disso os dois pareciam aproveitar toda oportunidade para pegar no seu pé.

Mas o verdadeiro problema eram os outros garotos. Matt era um sobrevivente. Houvera alguns valentões de verdade na St. Edmund's, inclusive um ou dois que pareciam sentir prazer real em machucar todo mundo que fosse pequeno, estudioso ou apenas diferente deles. Matt tinha consciência de que iria demorar até fazer amigos na escola nova, em especial com garotos tão diferentes dele. Mas mesmo assim ficou surpreso ao ver como um número tão pequeno estava preparado para lhe dar uma chance.

Claro, todos se conheciam. Os outros garotos de 14 anos da Forrest Hill estavam no fim do segundo ano na escola e já haviam feito as amizades. Um padrão de vida fora estabelecido, e como recém-chegado, Matt sabia que era um intruso. Pior, tinha vindo de um mundo totalmente diferente. Viera de uma escola pública, que ainda por cima ficava longe demais de Yorkshire. Bem poucos garotos eram esnobes, mas ainda nutriam suspeitas com relação a ele, e um garoto em particular parecia determinado a causar dificuldades.

Seu nome era Gavin Taylor. Na maior parte das matérias estudava na mesma sala de Matt. E controlava toda a turma.

Gavin não era fisicamente grande. Era magro, com nariz empinado e cabelo louro, ligeiramente oleoso, que ia até o colarinho. Fazia questão de garantir que a gravata nunca estivesse reta, andando numa postura relaxada com as mãos nos bolsos e uma atitude que alertava todo mundo — professores ou alunos — para manter distância. Havia nele uma arrogância que Matt podia sentir a 100 metros. Diziam que era um dos garotos mais ricos da escola. Seu pai tinha uma empresa na internet que vendia carros de segunda mão por toda a Grã-Bretanha. E Gavin tinha quatro ou cinco amigos grandes. Eles o seguiam pela escola como capangas figurantes num filme de Quentin Tarantino.

Foi Gavin quem decidiu que Matt não era boa coisa. O que o ofendia não era o que sabia sobre o recém-chegado, e sim o que não sabia. Matt viera do nada, no fim do ano escolar. Não tinha cursado uma escola preparatória e não explicava por que havia deixado a escola pública, o que havia acontecido com seus pais ou o que estivera fazendo nos últimos dois meses. Gavin havia provocado e zombado de Matt nas primeiras semanas, tentando fazer com que ele baixasse a guarda. O fato de Matt não sentir medo dele e se recusar a contar qualquer coisa apenas o deixava mais furioso.

Mas então aconteceu uma coisa que tornou toda a situação infinitamente pior. De algum modo, Gavin escutou a secretária da escola falando ao telefone em sua sala. E assim soube que Matt tivera problema com a polícia. Que havia passado tempo num reformatório infantil ou algo do tipo. E que não tinha dinheiro. Algum tipo de instituição de caridade, uma organização de Londres, havia decidido mandá-lo para cá. Em minutos, a história se espalhou por toda a escola, e a partir desse momento Matt foi condenado. Era o aluno novo. O objeto de caridade. Um fracasso. Não fazia parte da escola e nunca faria.

Talvez houvesse garotos que fossem mais generosos, mas sentiam medo demais de Gavin Taylor, de modo que Matt se viu praticamente sem amigos. Não contou nada disso a Richard. Matt jamais fora do tipo que reclama. Quando seus pais morreram, quando foi mandado para morar com Gwenda Davis, mesmo quando estava trabalhando praticamente como escravo no Solar da Colméia, havia tentado levantar um muro ao redor de si mesmo. Mas a cada dia estava ficando mais difícil suportar. Tinha certeza de que, cedo ou tarde, arrebentaria.

Como sempre, o ônibus o deixou às oito e meia. Os dias sempre começavam com uma reunião na capela: 650 alunos sonolentos cantando um hino desafinado e um breve discurso do diretor ou de um dos professores. Matt manteve a cabeça baixa. Pensou no que tinha dito a Richard mais cedo. Realmente estava decidido a ir embora. Já estava cheio.

As duas primeiras aulas não foram ruins. Os professores de matemática e história eram novos e simpáticos e não deixavam os outros garotos pegarem, no seu pé. Matt passou o recreio da manhã na biblioteca, tentando ficar em dia com o dever de casa. Depois disso tinha 45 minutos com o professor de reforço que estava tentando ajudá-lo na escrita e na gramática. Mas a aula antes do almoço era de inglês, e o Sr. King estava de mau humor.

— Freeman, por favor, levante-se!

Matt ficou de pé cautelosamente. Com o canto do olho viu Gavin cutucar outro garoto e rir. Certificou-se de que seu rosto não revelasse nada.

O Sr. King caminhou até ele. O professor de inglês estava perdendo os cabelos. Penteava os fios avermelhados de um dos lados da cabeça até o outro, mas a curva do crânio ainda aparecia no meio. Nas mãos segurava um exemplar gasto de *Oliver Twist*, o livro que estavam lendo na aula. Além disso, tinha uma pilha de cadernos de exercícios.

— Leu os capítulos que marquei para você no *Oliver Twist*? — perguntou.

— Tentei — respondeu Matt. Ele gostava dos personagens da história, mas achava parte da linguagem antiquada e difícil de acompanhar. Por que Charles Dickens precisava usar tantas descrições?

— Tentou? — o Sr. King deu um riso de desprezo. — Acho que você quer dizer que não leu.

— Eu li... — começou Matt.

— Não me interrompa, Freeman. Sua redação foi a pior da turma. Você conseguiu dois pontos, de um total de 20. Nem consegue escrever Fagin direito! F-A-Y-G-I-N! Não existe Y em Fagin, Freeman. Se tivesse lido os capítulos, saberia disso.

Gavin deu um risinho alto e, mesmo contra a vontade, Matt sentiu as bochechas corarem.

— Você vai ler os capítulos de novo e vai fazer a prova outra vez. E no futuro eu preferiria que não mentisse para mim. Agora sente-se. — Ele jogou o caderno de exercícios de Matt na mesa como se fosse algo que tivesse encontrado na sarjeta.

A aula se arrastou até a campainha do almoço. Naquela tarde haveria jogos. Matt deveria gostar disso, já que estava em forma e tinha pés rápidos. Mas nunca fazia parte do time no campo de esportes. Neste semestre os alunos estavam jogando críquete e Matt não ficou surpreso ao ser mandado para o campo como pegador de bolas perdidas, o mais distante possível de todo mundo.

O almoço da escola era num dos prédios modernos. Havia um bufê self-service com opção de comida quente ou fria e 50 mesas arrumadas em filas sob um gigantesco lustre moderno. Os garotos podiam sentar-se onde quisessem, mas normalmente cada turma se mantinha junta. O barulho de facas e garfos e o clamor de tantas vozes ecoava por toda parte. Todo mundo comia ao mesmo tempo e as enormes janelas de vidro pareciam absorver o som e ricocheteá-lo.

Matt estava com fome. Havia se atrasado para o ônibus da escola e não teve tempo para comprar nada no McDonald's.

E não houvera muita coisa para comer no apartamento de Richard na noite anterior. A comida era uma coisa da qual gostava na Forrest Hill, e Matt se serviu de um saudável almoço composto de presunto, salada, sorvete e suco de fruta. Levando a bandeja, procurou um lugar onde se sentar. Depois de cinco semanas na escola havia perdido a esperança de que alguém o convidasse.

Viu um lugar livre e foi para lá. Com a bandeja à frente do corpo não notou o pé esticado no seu caminho. A próxima coisa que percebeu foi que havia tropeçado. Foi jogado para a frente. A bandeja, dois pratos, um copo, a faca, o garfo e a colher saíram de suas mãos e bateram no piso com um estrondo ensurdecedor. Matt os acompanhou. Incapaz de impedir, caiu em cima do que deveria ser seu almoço. Todo o salão ficou em silêncio. Mesmo antes de levantar os olhos, Matt soube que todo mundo estava olhando-o.

Não foi Gavin Taylor que o fez tropeçar. Foi um dos amigos dele. Mas Matt não tinha dúvida de que a idéia era de Gavin. Podia ver o outro garoto a algumas mesas de distância, de pé com o copo numa das mãos, um sorriso idiota se espalhando no rosto. Matt se ajoelhou. Pingava sorvete da sua camisa. Estava rodeado por pedaços de salada, ajoelhado numa poça de suco de fruta.

E então Gavin riu.

Foi a dica para o resto da escola se juntar a ele. Pareceu a Matt que praticamente todo o salão — toda a escola — ria. Viu o Sr. O'Shaughnessy vindo até ele. Por que o subdiretor tinha de estar de serviço no almoço daquele dia?

— Por que você tem de ser tão desajeitado, Freeman? — As palavras pareciam vir de longe. Ecoavam nos ouvidos de Matt. — Você está bem?

Matt levantou os olhos. Gavin apontava para ele. Podia sentir a raiva correndo pelo corpo — e não somente raiva. Outra coisa. Não poderia tê-la impedido, mesmo que tentasse. Era como se tivesse se transformado num canal. Havia chamas atravessando-o. Podia sentir o cheiro de queimado.

O lustre explodiu.

Era uma coisa medonha, um emaranhado de braços de aço e lâmpadas que algum arquiteto achou que combinaria com o salão. E estava diretamente acima de Gavin Taylor. Agora, enquanto Matt olhava, as lâmpadas se espatifaram, uma depois da outra, cada uma estourando com um som de tiro de revólver. Vidro chovia, batendo nas mesas. Gavin olhou para cima e gritou quando um pedaço de vidro acertou-o no rosto. Mais vidro choveu sobre ele. Alguns fiapos de fumaça subiram até o teto. Ninguém mais estava rindo. Todo o salão ficou em silêncio.

Então o copo que Gavin estava segurando explodiu também. Simplesmente se despedaçou na mão dele. O garoto gritou. Sua palma havia se cortado. Gavin olhou para Matt, depois para a mão. Sua boca se abriu mas ele pareceu demorar uma eternidade até encontrar as palavras.

— Foi ele! — gritou. — Ele fez isso! — Todo o seu corpo estava tremendo.

O subdiretor ficou olhando desamparado. Estava perplexo, sem saber o que fazer. Esse tipo de coisa jamais acontecera antes. Estava além de sua experiência.

— Foi ele! — insistiu Gavin.

— Não seja ridículo — disse o Sr. O'Shaughnessy. — Eu vi o que aconteceu. Freeman não estava perto de você.

Gavin Taylor havia empalidecido. Talvez fosse a dor, a visão de sangue saindo do corte na mão. Mas Matt sabia que era mais do que isso. Ele estava aterrorizado.

O Sr. O'Shaughnessy tentou assumir o controle:

— Alguém chame a supervisora — disse rispidamente. — E é melhor limparmos o salão. Há vidro em toda parte...

As pessoas já estavam se mexendo. Não sabiam o que tinha acontecido. Só queriam sair do salão antes que todo o teto caísse. Haviam se esquecido de Matt por enquanto, mas se qualquer um o tivesse procurado, veria que ele não estava mais ali.

UM SEGUNDO PORTAL

As ruas estavam começando a se esvaziar quando Matt chegou em casa. Eram os meses de verão, e turistas chegavam todo dia. As filas ao redor do Museu Viking e do Minster iam ficando mais compridas. As muralhas medievais estavam mais apinhadas. Logo haveria mais pessoas visitando York do que o número de moradores, ou pelo menos pareceria. De cidade a atração turística, esse era um processo que se repetia todo ano.

Matt parou na rua estreita, de paralelepípedos, chamada Mixórdia, e olhou para o apartamento que se erguia em três andares sobre uma loja de suvenires. Havia se sentido feliz ali por um tempo. Morar com Richard era estranho — o jornalista era mais velho do que ele, mais de dez anos —, mas depois de tudo que haviam passado juntos em Pequeno Malling a coisa meio que deu certo. Eles precisavam um do outro. Richard sabia que Matt poderia lhe garantir a matéria de jornal que iria torná-lo famoso; Matt não tinha outro lugar aonde ir. O apartamento tinha apenas o tamanho suficiente para os dois, e de qualquer modo ambos ficavam fora o dia inteiro. Nos fins de semana iam caminhar, andar de kart... qualquer coisa. Matt tentava pensar em Richard como um irmão mais velho.

Mas nas últimas semanas vinha se sentindo cada vez mais desconfortável. Richard *não era* seu irmão, e à medida que as lembranças do pesadelo compartilhado desbotavam, parecia existir cada vez menos motivo para os dois continuarem juntos. Matt gostava de Richard. Mas não haveria nenhum artigo vencedor do prêmio Pulitzer de jornalismo, e a verdade era que ele estava atrapalhando. Por isso havia sugerido voltar ao projeto LELAS. Apesar do que Richard tinha dito, uma família comum em algum ponto do país não poderia ser tão ruim.

E havia um segundo motivo para deixar York.

Matt se perguntou se o pessoal da escola teria ligado para Richard e contado o que acontecera. Não existia motivo para terem ligado. Apesar das acusações de Gavin, nenhum professor acreditava seriamente que ele fora responsável pela explosão no salão de refeições. Mas Matt sabia. Sentira o poder fluindo. Era o mesmo poder que havia parado a faca e arrebentado as cordas quando estivera preso, amarrado na Ômega Um. Mas desta vez havia uma diferença. A coisa fora direcionada para alguém de sua idade. Gavin não era seu inimigo — era apenas um garoto idiota.

Não podia ficar na Forrest Hill. Bastaria outra provocação de Gavin, outra manhã ruim com o Sr. King e sua aula de inglês e quem sabe o que poderia acontecer? Durante toda a vida Matt soube que era diferente. Tinha consciência de algo por dentro... esse poder... o que quer que fosse. Algumas vezes, quando ia assistir a filmes como *Homem-Aranha* ou *X-Men*, imaginava como seria tornar-se um super-herói, salvar o mundo. Mas não era assim. Seu poder era inútil porque não sabia como usá-lo. Pior, estava fora de controle. De novo viu o sangue escorrendo da mão de Gavin, o terror no rosto dele. Poderia ter arrancado o lustre do teto. Poderia ter esmagado o outro garoto, enterrando-o sob uma tonelada de metal retorcido e vidro quebrado. Isso quase havia acontecido. Tinha de ir embora, para longe, antes que acontecesse de novo.

Houve um movimento por trás da janela do primeiro andar e Matt viu Richard parado de costas para a rua. Isso era estranho. O jornalista tinha dito que não ia se atrasar, mas mesmo assim nunca chegava em casa antes das sete horas. O editor do *Eco de Gipton* gostava de mantê-lo na redação para o caso de alguma coisa acontecer — mesmo que raramente acontecesse. Richard estava conversando com alguém. Isso também era incomum. Eles não costumavam receber visitas.

Matt entrou usando sua chave e subiu a escada. Enquanto subia ouviu uma voz de mulher. Uma voz que ele reconheceu.

— Haverá uma reunião em Londres — estava dizendo ela. — Daqui a três dias. Queremos que vocês estejam lá.

— Vocês não me querem. Querem Matt.

— Queremos os dois.

Matt pousou a bolsa da escola, abriu a porta da sala e entrou.

Susan Ashwood, a mulher cega que ele havia conhecido em Manchester, estava sentada numa poltrona, as costas muito eretas, as mãos cruzadas à frente do corpo. Seu rosto estava pálido, e parecia ainda mais pálido por causa do cabelo preto e curto e dos óculos escuros implacáveis. Uma bengala branca estava encostada na cadeira — mas ela não viera sozinha. Matt também conhecia o homem magro, de pele morena, sentado diante dela. Seu nome era Fabian. Era o mais novo dos dois, talvez com pouco menos de 40 anos, e Matt também o conhecia. Ele é que havia sugerido que Matt continuasse morando com Richard e tinha conseguido uma vaga na Forrest Hill. Como sempre, Fabian estava vestido com elegância, num terno cinza-claro e gravata da mesma cor. Tudo nele era muito arrumado.

Fabian e Susan Ashwood eram membros da organização secreta chamada Nexo. Como haviam deixado claro desde o início, seu papel era ajudar Matt e protegê-lo. Mesmo assim ele não ficou particularmente feliz em ver qualquer um dos dois.

A Srta. Ashwood tinha ouvido sua chegada.

— Matt — disse ela. Não era uma pergunta. Podia sentir que era ele.

— O que está acontecendo? — perguntou Matt.

Richard se afastou da janela.

— Eles querem você.

— Ouvi isso. Por quê?

— Como vai, Matt? Como está a escola nova? — Fabian deu um sorriso nervoso. Tentava parecer amigável, mas Matt havia sentido a atmosfera no instante em que entrou, e sabia que não era nem um pouco assim.

— A escola é ótima — respondeu sem entusiasmo.

— Você está com boa aparência.

— Estou bem. — Matt sentou-se no braço do sofá. — Por que veio aqui, Sr. Fabian? O que quer de mim?

— Acho que você sabe.

Fabian parou como se não soubesse como continuar. Mesmo tendo mudado a vida de Matt, Matt sabia muito pouco a seu respeito, ou sobre qualquer membro do Nexo.

— Na primeira vez em que vim aqui eu o alertei — continuou Fabian. — Disse que acreditávamos na possibilidade de existir um segundo portal. Você destruiu o primeiro, o círculo de pedra chamado de Portal do Corvo na floresta perto de Pequeno Malling. Mas o segundo fica do outro lado do mundo. No meu país. No Peru.

— Onde, no Peru? — perguntou Richard.

— Não sabemos.

— Qual é a aparência dele?

— Também não sabemos. Esperávamos que, depois do que aconteceu aqui em Yorkshire, teríamos tempo de descobrir mais. Infelizmente estávamos errados.

— O segundo portal está para ser aberto — disse Susan Ashwood. Não havia qualquer dúvida em sua voz.

— Imagino que tenham contado isso à senhora — disse Richard.

— Sim.

— Fantasmas contaram.

— Sim. — Susan Ashwood era médium. Dizia ter contato com o mundo dos espíritos. — Ainda não acredita em mim? — continuou. — Depois de tudo que passou, depois de tudo que viu, francamente acho incrível. Da última vez você não quis me ouvir. Desta vez, precisa. É como se o inverno tivesse chegado ao mundo espiritual. Tudo está frio, escuro, e ouço os sussurros de um medo crescente. Está acontecendo algo que não entendo. Mas sei o que significa. Um segundo portal está para ser aberto, e de novo temos de impedir, temos de impedir a volta dos Antigos. Queremos que Matt venha a Londres. Só ele tem o poder para impedir isso.

— Matt está estudando — resmungou Richard. — Não pode simplesmente embarcar num trem e tirar uma semana...

Matt olhou pela janela. Logo começaria a escurecer. As sombras já haviam começado a cair sobre a rua Mixórdia. Richard estendeu a mão e acendeu as luzes. Luz e escuridão. Sempre lutando uma contra a outra.

— Não entendo — disse Matt. — Vocês nem sabem onde esse portal fica. Por que acham que eu posso ajudar?

— Não somos os únicos que estão procurando por ele — respondeu Susan Ashwood. — Aconteceu uma coisa estranha, Matt. Sem dúvida você chamaria de coincidência, mas acho que é mais do que isso. Acho que estava *destinado* a acontecer.

Ela assentiu para Fabian, que pegou um DVD.

— Posso passar isso para vocês? — perguntou ele.

Richard indicou a tevê.

— Esteja à vontade.

Fabian pôs o DVD no aparelho e ligou a tevê. Matt se viu assistindo a um noticiário.

— Gravamos isso na semana passada — disse Fabian.

O DVD começava com a imagem de um livro encapado em couro, sobre uma mesa. Era obviamente muito antigo. Uma mão se estendeu e começou a virar as páginas, mostrando que eram grossas e irregulares, cobertas com escritas e desenhos intrincados feitos com uma pena de metal ou talvez até mesmo de ganso. Matt vira uma coisa bem parecida na escola: o professor de história havia trazido fotos de um livro de poesia do século XV, resgatado de algum castelo, e as letras eram desenhadas com tanto cuidado que cada uma era uma obra de arte em miniatura. Muitas páginas do diário eram parecidas com aquilo.

— Algumas pessoas estão descrevendo isso como a descoberta de toda uma vida — explicou o narrador. — Foi escrito por São José de Córdoba, um monge espanhol que viajou com Pizarro para o Peru em 1532 e testemunhou a destruição do Império Inca. Mais tarde São José passou a ser conhecido como o Monge Louco de Córdoba. Seu diário, encadernado em couro e ouro, pode explicar o motivo.

A câmera se aproximou mais das páginas. Matt pôde identificar algumas palavras, mas eram todas em espanhol e não significavam nada para ele.

— O diário contém muitas previsões notáveis — continuou a voz. — Mesmo tendo sido escrito há quase 500 anos, descreve em detalhes a chegada dos veículos a motor, dos computadores e até mesmo dos satélites espaciais. Numa das última páginas chega a prever uma espécie de internet criada pela igreja.

Agora a imagem cortou para a vista de uma cidade espanhola e do que parecia uma fortaleza gigantesca com uma altíssima torre de sino rodeada por ruas estreitas e mercados.

— O diário foi encontrado na cidade espanhola de Córdoba. Acredita-se que foi enterrado no pátio da Mezquita, uma construção do século X, e deve ter sido desenterrado durante escavações. Passou para mãos particulares e deve ter sido vendido muitas vezes antes de ser descoberto num mercado por um comerciante de antigüidades inglês, William Morton.

Morton tinha cinqüenta e poucos anos, cabelos prateados e bochechas queimadas de sol. Era o tipo de homem que parecia desfrutar da vida.

— Eu soube imediatamente o que era — disse ele. Seu sotaque era culto. — José de Córdoba era um sujeito interessante. Tinha viajado com Pizarro e os conquistadores quando invadiram o Peru. Enquanto estava lá, deu de cara com uma espécie de história alternativa. Diabos e demônios... esse tipo de coisa. E anotou aqui tudo que descobriu. — Morton estendeu o diário. — Muita gente por aí dizia que o diário não existia. Por sinal, algumas pessoas dizem que o próprio José não existiu! Bem, parece que provei que estavam erradas.

— O senhor está planejando vender o diário? — perguntou o comentarista.

— Sim, isso mesmo. E devo dizer que já recebi uma ou duas ofertas bem interessantes. Um certo empresário da América do Sul, não vou mencionar nenhum nome, já fez um lance inicial de meio milhão de libras. E há algumas pessoas em Londres que parecem muito interessadas em se encontrar comigo. Parece que tenho um leilão em vista... — Ele lambeu os lábios com prazer.

A câmera voltou ao diário. Mais páginas estavam sendo viradas.

— Se alguém puder desemaranhar as charadas estranhas, a letra freqüentemente ilegível e os muitos desenhos, o diário pode revelar uma mitologia completamente nova — concluiu a voz. — São José tinha uma visão de mundo própria, muito peculiar, e mesmo que alguns o considerem louco, outros o chamam de visionário e gênio. Uma coisa é certa: William Morton ganhou a sorte grande, e para ele o livro é, literalmente, ouro puro.

As páginas continuavam sendo viradas. Fabian congelou a imagem. Matt ficou boquiaberto.

No fim do filme a câmera havia parado numa página escrita a mão — centenas de palavras minúsculas comprimidas em linhas estreitas — em cima e embaixo. Mas no meio havia um símbolo estranho. Matt o reconheceu imediatamente.

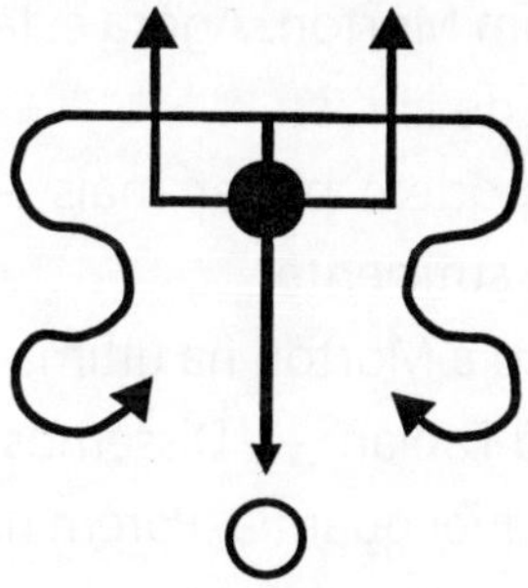

Tinha visto aquilo no Portal do Corvo. Havia sido gravado na pedra em que quase fora morto. Era o sinal dos Antigos.

— Está vendo? — Fabian deixou a imagem congelada na tela.

— Acreditamos que o diário nos dará a localização do segundo portal — disse Susan Ashwood. — Também pode dizer quando, e como, ele deverá se abrir. Mas, como você escutou, não somos os únicos interessados.

— Um empresário na América do Sul... — Matt se lembrou do que o repórter tinha dito. — Vocês sabem quem é?

— Nem sabemos em que país ele vive, e William Morton não quer dizer nada — respondeu Fabian com uma careta.

— Vocês são as pessoas de Londres que querem se encontrar com ele — disse Richard.

— Sim, Sr. Cole. Entramos em contato com o Sr. Morton no momento em que ele revelou o que havia encontrado.

— *Precisamos* do diário — disse a Srta. Ashwood. — Temos de descobrir o segundo portal e destruí-lo ou garantir que ele nunca seja aberto. Infelizmente, como vocês ouviram, não estamos sós. Esse "empresário", quem quer que seja, chegou antes. Desde que o DVD foi gravado ele quadruplicou a oferta a William Morton. Agora está se oferecendo para pagar dois milhões de libras.

— Mas vocês podem pagar mais — disse Richard. — Vocês têm dinheiro suficiente.

— Dissemos isso a Morton na última vez em que falamos com ele — explicou Fabian. — Dissemos que ele pode praticamente pedir qualquer quantia. Porém não é mais uma questão de dinheiro.

— Ele está com medo — disse a Srta. Ashwood. — A princípio não entendemos por quê. Parece que ele talvez esteja sendo ameaçado pela pessoa com quem negocia na América do Sul. Eles combinaram um preço e ele não teve permissão de falar com mais ninguém. Mas então percebemos que era algo mais do que isso.

Ela fez uma pausa.

— Ele leu o diário — disse Matt.

— Exato. Leu o diário durante quase um mês e nesse tempo entendeu o suficiente para saber o que tinha nas mãos. Neste momento está em Londres. Não sabemos onde, porque não quer contar. Ele tem uma casa em Putney, mas não está lá. Na verdade houve um incêndio há alguns dias. Pode ter alguma ligação. Não sabemos. William Morton está escondido.

— Como vocês fazem contato com ele? — perguntou Richard.

— Não fazemos. Ele liga para nós. Tem um celular. Até ontem só sabíamos que ele ia vender o diário ao empresário e que nem iríamos nos encontrar. Mas então telefonou de novo. Por acaso eu atendi. — A Srta. Ashwood se virou para Matt. — E falei de você.

— De mim? — Matt não sabia o que dizer. — Ele não me conhece...

— Não. Mas sabe sobre os Cinco. Não vê? Deve ter lido a respeito no diário, e o fato de você ser um deles, Matt... Morton mal pôde acreditar quando dissemos, e finalmente concordou em nos encontrar. Mas estabeleceu uma condição.

— Quer que eu esteja lá — disse Matt.

— Quer se encontrar com você primeiro, a sós. Determinou o lugar e a hora. Na quinta-feira: daqui a três dias.

— Só estamos lhe pedindo um dia de seu tempo — completou Fabian. — Se Morton vir você e acreditar que você é quem dizemos, talvez nos venda o diário. Talvez dê. Acredito honestamente que agora ele desejaria nunca tê-lo encontrado. Quer se livrar dele. Só temos de lhe dar uma desculpa, um bom motivo para nos entregar o diário. — Ele indicou Matt. — O motivo é você. Você só precisa encontrá-lo. Nada mais.

Houve um longo silêncio. Por fim Matt falou:

— Vocês ficam dizendo que eu sou um dos Cinco. E talvez estejam certos. Realmente não entendo nada disso, mas sei o que aconteceu no Portal do Corvo. — Ele fez uma pausa. — Mas não quero me envolver. Já tive o suficiente na primeira vez, neste momento só quero continuar com a minha vida e ser deixado em paz. Vocês dizem que é só uma reunião em Londres, mas sei que não vai acontecer assim. No momento em que começar, não vou conseguir parar. Vocês podem se encontrar com Morton sem mim. Por que não oferecem mais dinheiro, simplesmente? Parece que ele só quer isso.

— Matt... — começou Susan Ashwood.

— Sinto muito, Srta. Ashwood. Vocês podem se virar sem mim. Vão ter de se virar. Porque não quero saber.

Richard se levantou.

— Acho que é isso — disse ele.

— Vocês só estão aqui por causa do Nexo — disse Fabian, e de repente estava com raiva. Seus olhos pareciam mais escuros do que nunca. — Nós pagamos a sua escola. Tornamos possível você ficar aqui. Talvez devêssemos repensar isso.

— Nós podemos nos virar sem vocês. — Agora Richard também estava ficando com raiva.

— Não importa! — A Srta. Ashwood se levantou rigidamente. — Fabian está errado em ameaçá-los. Viemos aqui com um pedido e vocês responderam. Como você disse, devemos nos virar sozinhos. — Ela estendeu a mão e Fabian lhe deu o braço. — Mas há uma coisa que vou acrescentar. — Ela virou os olhos vazios para Matt e por um momento pareceu genuinamente triste. — Você tomou uma decisão, mas talvez tenha menos escolha do que imagina. Pode tentar ignorar quem você é, mas talvez não por muito tempo. Você é fundamental para o que está acontecendo, Matt. Você e quatro outros. Acho que terá de aceitar isso em breve.

Ela cutucou Fabian e os dois saíram juntos. Richard esperou até ouvir a porta da frente se fechando, depois se deixou afundar de novo numa poltrona.

— Bem, fico feliz por eles terem ido — disse ele. — E acho que você está absolutamente certo, por sinal. Que absurdo! Tentar arrastar você de volta para aquilo tudo. Bem, isso não vai acontecer. Que se danem!

Matt ficou quieto.

— Você deve estar com fome — continuou Richard. — Consegui dar uma passada num supermercado quando vinha para cá. Temos três sacos de comida na cozinha. Quer jantar o quê?

Matt demorou alguns instantes para absorver o que tinha ouvido. Richard estivera fazendo compras? Seria a primeira vez. Agora lembrou-se da surpresa de quando chegou ao apartamento e o viu na janela.

— O que aconteceu? Por que chegou em casa tão cedo?

Richard deu de ombros.

— Bem, estive pensando no que você disse hoje cedo. Sobre nós dois. E percebi que você estava certo. Não posso cuidar de você viajando para Leeds o tempo todo. Por isso larguei o emprego...

— O quê? — Matt sabia o quanto o emprego significava para Richard. Ficou sem palavras.

— Só não quero que você volte para o projeto LELAS. Disse que cuidaria de você, e é isso que vou fazer. Posso arranjar um emprego em York. — Richard suspirou. — De qualquer modo, você teve sorte por eu estar aqui esta noite. Realmente queria ser deixado sozinho com o Sr. e a Sra. Arrepio?

— Acha mesmo que foi certo dizer não?

— Claro que foi. Se você não queria ir, por que deveria? A escolha é sua, Matt. Você deve fazer o que quer.

— Não foi isso que ela disse.

— Ela estava errada. Você está em segurança aqui. Nada vai acontecer enquanto estiver em York, a não ser... possivelmente... passar mal com a comida. Esta noite eu vou cozinhar!

A 110 quilômetros dali, na rodovia M1, um homem chamado Harry Shepherd estava saindo de um posto de gasolina. Tinha partido mais cedo de Felixtowe e estava indo para Sheffield. Enquanto ia escurecendo ele havia parado para comer alguma coisa e tomar uma xícara de chá. Não tinha permissão de dirigir muito tempo sem dar uma parada, e gostava desse posto de gasolina. Havia uma garçonete com quem sempre batia papo.

Agora, enquanto saía, a noite havia baixado totalmente. Além disso, tinha começado a chover. Podia ver as riscas de água se iluminando enquanto vinham na direção dos faróis. Pôs o motor em segunda, preparando-se para entrar na rodovia — e foi então que a viu, parada no acostamento, estendendo o polegar. O símbolo universal para pedir carona.

Não era uma coisa que ele via com freqüência ultimamente. Pedir carona era considerado perigoso demais: ninguém com a cabeça no lugar entrava num carro ou num caminhão com um desconhecido. Principalmente quando existia tanta gente esquisita por aí. E havia outra coisa estranha: era uma mulher. E parecia de meia-idade. Estava enrolada num casaco que não servia muito para protegê-la da chuva e o cabelo estava escorrido sobre a gola. Harry podia ver a água descendo pelas bochechas dela. De algum modo lembrou-se da mãe, que agora morava sozinha numa pensão em Dublin. Num impulso tirou o pé do acelerador e apertou o freio. Reduziu a velocidade. A mulher veio correndo.

Harry sabia que estava violando todos os regulamentos. Não tinha permissão de dar carona. Especialmente quando estava transportando combustível. Mas alguma coisa o convenceu. Um impulso. Não conseguia explicar direito.

Gwenda Davis viu o caminhão-tanque reduzindo a velocidade. As luzes da estrada se refletiam no grande cilindro prateado com a palavra SHELL em letras amarelas. Nesse momento ela já deveria estar mais ao norte. Tinha sido definitivamente um erro sair de Eastfield Terrace sem dinheiro, e quase desistira de tentar uma carona. Estava consciente de que havia desapontado Rex McKenna. Esperava que ele não estivesse com raiva.

Mas agora a sorte havia mudado. Enxugou a chuva dos olhos e correu até a porta do carona. O degrau era alto mas ela conseguiu, com a bolsa balançando. O motorista era um homem de trinta e poucos anos. Tinha cabelos louros e um sorriso bobo, de colegial. Usava macacão com um logotipo no peito.

— Aonde você vai, querida? — perguntou ele.

— Para o norte — respondeu Gwenda.

— É meio tarde para estar fora de casa sozinha.

— Para onde você vai?

— Sheffield.

— Obrigada por ter parado. — Gwenda fechou a porta. — Achei que ia ficar ali a noite toda.

— Bem... ponha o cinto de segurança. — O homem sorriu para ela. — Meu nome é Harry.

— O meu é Gwenda.

Gwenda obedeceu, mas se certificou de que o cinto não lhe tolhesse os movimentos. Estava com a bolsa ao lado, com o cabo do machado se projetando para fora, e decidiu que iria usá-lo assim que a velocidade diminuísse. Seria fácil tirar o machado e acertá-lo na lateral da cabeça de Harry. Nunca havia dirigido um caminhão-tanque, mas tinha certeza de que conseguiria. Rex McKenna iria ajudá-la.

E dez mil litros de gasolina poderiam ser bem úteis.

ALARME DE INCÊNDIO

Matt voltou à escola no dia seguinte com um sentimento de apreensão.

Nenhum adulto iria culpá-lo pelo que havia acontecido na véspera, mas talvez os garotos tivessem uma opinião diferente. Ele estivera lá. Ele era esquisito. Estava envolvido. Ocorreu a Matt que ele provavelmente tinha dado ainda mais corda com a qual poderiam enforcá-lo.

E estava certo. No instante em que pisou no ônibus da escola soube que as coisas — que sempre haviam sido ruins — agora eram muito piores. O ônibus estava praticamente cheio, mas de algum modo o único lugar vazio sempre parecia ser ao seu lado. Enquanto andava pelo corredor central os sussurros começaram. Todos olhavam para ele, depois desviavam o olhar quando ele tentava encará-los. Quando as portas se fecharam com um chiado e o ônibus começou a se mover, algo o acertou na lateral da cabeça. Era apenas um elástico, disparado dos fundos, mas a mensagem era clara. Matt sentiu-se tentado a parar o ônibus, descer e ir para casa. Podia pedir que Richard ligasse dizendo que ele estava doente. Resistiu à idéia. Isso seria ceder. Por que deveria deixar que aqueles garotos metidos a besta, com seus preconceitos idiotas, vencessem?

O salão de refeições estava fechado. O almoço seria servido em mesas temporárias arrumadas no ginásio esportivo enquanto os danos eram consertados e os eletricistas tentavam deduzir a causa. O boato era que havia acontecido algum tipo de curto-circuito enorme no sistema. Isso tinha provocado um pico de energia que fez o lustre explodir. Quanto a Gavin Taylor (ele havia precisado de três pontos e veio para a escola com a mão totalmente coberta por um curativo), aparentemente havia quebrado o copo que estava segurando. Era uma reação perfeitamente natural ao caos que acontecia logo acima de sua cabeça.

Foi o que disseram aos garotos da Forrest Hill. O diretor, um homem grisalho chamado Sr. Simmons, chegou a mencionar isso na reunião da manhã na capela. Os professores, sentados nos bancos dos fundos, balançaram a cabeça confirmando sensatamente. Mas é claro que as escolas têm seu próprio conhecimento, seu próprio serviço de informações. Todo mundo tinha certeza de que o acontecido devia ter algo a ver com Matt, mesmo que ninguém soubesse — ou quisesse — dizer exatamente o que era.

Cantaram outro hino. O Sr. Simmons era um homem religioso e gostava de pensar que o resto da escola também era. Houve alguns anúncios. Então as portas se abriram e todo mundo saiu.

— Ei, monstrengo! — Gavin Taylor estivera sentado apenas alguns lugares atrás de Matt e o fez parar do outro lado da porta. Seu cabelo louro estava mais limpo do que o normal. Matt se perguntou se teriam insistido em lavá-lo quando ele esteve no hospital.

— O que você quer?

— Só quero que você saiba que é melhor sair desta escola. Por que não volta para os seus colegas na prisão? Ninguém quer você aqui.

— Eu não estive na prisão. E de qualquer modo, isso não é da sua conta.

— Eu vi sua ficha. — Não era verdade, mas Gavin provocou-o mesmo assim. — Você é esquisito, bandido e não deveria estar aqui.

Alguns outros garotos haviam ficado para trás, sentindo a possibilidade de uma briga. Faltavam cinco minutos para a primeira aula, mas valeria a pena chegar tarde para ver os dois saindo no braço.

Matt não sabia direito como reagir. Parte dele queria dar um soco no outro garoto, mas sabia que era exatamente isso que Gavin desejava. Bastaria um soco e ele iria correndo até um professor com a mão machucada e Matt estaria mais encrencado ainda.

— Por que não vai se catar, Gavin? — E então, antes que pudesse se conter: — Ou gostaria que eu rasgasse sua outra mão também?

Foi uma coisa idiota de dizer. Matt se lembrou do que estivera pensando enquanto voltava para casa no dia anterior. A idéia de que poderia usar seus poderes para machucar alguém da sua idade o aterrorizava. Então por que fazia ameaças assim? Gavin estava certo. Ele era esquisito. Um monstrengo. Não merecia ter amigos.

Tentou recuar:

— Eu não quis machucar você. E o que falei agora, também não foi a sério. Sei que você não me quer aqui, mas não pedi para vir para esta escola. Por que não me dão uma folga?

— Por que não vai se catar? — respondeu Gavin.

— Não entendo você! — exclamou Matt. Mesmo contra a vontade, estava começando a ficar com raiva outra vez. — O que foi que eu...?

E parou.

Podia sentir cheiro de queimado.

Não precisou olhar em volta. Sabia que não havia nada pegando fogo. O que podia sentir era cheiro de torrada queimando...

...e se fechasse os olhos poderia ver um súbito clarão amarelo, um bule de chá com a forma de um urso de pelúcia, o vestido da mãe na manhã em que ela morreu...

E soube que isso significava que algo iria acontecer. Foi o que havia aprendido no Portal do Corvo. O cheiro de queimado era importante. Assim como os breves clarões de lembranças. Houvera um bule de chá com a forma de um urso de pelúcia na cozinha naquela manhã, seis anos antes. A manhã em que seus pais foram mortos. Sua mãe queimara a torrada. De algum modo as lembranças serviam de gatilho. Eram um sinal de que tudo estava para mudar.

Mas por que isso estaria acontecendo agora? Tudo estava sob controle. Ele não corria perigo algum. Não havia correntes que precisasse partir, nem porta para ser arrombada. Obrigou-se a ignorar aquilo e ficou aliviado quando o cheiro desapareceu.

Levantou os olhos e viu que Gavin estava encarando-o. Havia meia dúzia de outros garotos agrupados ao redor, também. Quanto tempo havia ficado ali, imóvel como um idiota? Um ou dois deles estavam rindo. Matt lutou para terminar a frase. Mas não tinha mais nada a dizer.

— Otário — murmurou Gavin, e se afastou.

Os outros garotos foram com ele, deixando Matt parado sozinho perto da porta da capela. Eram nove e meia. A primeira aula estava começando.

A 50 quilômetros dali, a polícia havia fechado uma rua, isolando as duas extremidades com uma fita azul e branca e as placas de sempre: POLÍCIA — NÃO ATRAVESSE.

O homem inconsciente fora descoberto por um leiteiro. Estava caído na rua a uns cem metros de um posto Shell. Os paramédicos haviam chegado e rapidamente determinaram que ele fora acertado uma vez com um instrumento rombudo... possivelmente um martelo ou um pé-de-cabra. O crânio estava fraturado, mas a boa notícia era que ele iria sobreviver. Tinha sofrido outros ferimentos também e a polícia suspeitou de que o sujeito havia sido passageiro em algum tipo de caminhão. Talvez tivesse sido empurrado para fora enquanto o veículo se movia com velocidade.

Foi fácil identificá-lo. Havia uma carteira no bolso de trás, inclusive com dinheiro e cartões de crédito. O fato de ela não ter sido tirada descartou imediatamente o roubo como motivação para o crime. Sua mulher em Felixtowe já fora contatada e levada em alta velocidade até a emergência do hospital onde ele estava sendo tratado. Com ela, a polícia ficou sabendo que Harry Shepherd não era o passageiro. Era motorista. Trabalhava na Companhia de Petróleo Shell e deveria estar entregando dez mil litros de combustível no posto próximo do lugar onde foi encontrado ferido.

Quase inacreditavelmente a polícia desperdiçou uma hora inteira antes de perceber que faltava alguma coisa: o caminhão-tanque. Talvez, se fosse menos óbvio, menos enorme, eles pudessem notar antes. Mas finalmente somaram dois e dois e agiram com urgência. Já haviam entrado em contato com o escritório da Shell em Felixtowe e o número de registro do veículo (não havia necessidade de descrição) estava sendo transmitido para todas as unidades policiais.

A gasolina no caminhão valia muitos milhares de libras. Seria por isso que o motorista fora nocauteado? A polícia esperava que sim, porque o roubo simples era algo com o qual poderia lidar. Certamente era muito menos preocupante do que as alternativas.

Mas o pensamento continuava ali. Afinal de contas poderia ser um crime bem diferente. E se o caminhão-tanque tivesse sido levado por terroristas? A polícia local telefonou para Londres e foi ordenado silêncio em toda a mídia. Ainda não havia motivo para dar início a pânico. Enquanto reviravam as estradas por toda Yorkshire, os policiais permaneceram de boca fechada. Mas todos sabiam. Dez mil litros de gasolina podiam criar uma fogueira bem grande. Não queriam admitir que estavam com medo.

A manhã só ficou pior.

Matt chegou cinco minutos atrasado para a primeira aula, tropeçando para dentro da sala enquanto a professora — a Srta. Ford — estava no pique total.

— Desculpe o atraso, Srta...

— Por que se atrasou, Matthew?

Como poderia explicar? Como poderia dizer que tivera algum tipo de premonição do lado de fora da capela que o deixara paralisado, sem saber o que fazer?

— Esqueci minha bolsa — respondeu. Era mentira. Mas era mais simples do que a verdade.

— Bem, acho que terei de fazer uma anotação sobre isso. — A Srta. Ford suspirou. — Agora, por favor, sente-se.

A carteira de Matt ficava nos fundos da sala e, mesmo mantendo os olhos fixos no chão, sentiu todo mundo olhando-o enquanto ocupava o lugar. A Srta. Ford era uma das melhores professoras da Forrest Hill. Era simples e antiquada, o que de algum modo combinava, já que dava aula de história, mas era gentil com Matt e tentava ajudá-lo a pôr o conhecimento em dia. De sua parte Matt se esforçava ao máximo para alcançar os outros, lendo livros extras depois das aulas. Estavam estudando a Segunda Guerra Mundial e ele achava isso mais interessante do que os reis medievais ou as intermináveis listas de datas. Podia ser história, mas ainda importava atualmente.

Mesmo assim não estava conseguindo se concentrar. A Srta. Ford contava à turma sobre maio de 1940 em Dunquerque. Matt tentava acompanhar o que ela estava dizendo, mas não conseguia fazer com que as palavras fizessem sentido. Ela parecia muito longe, e seria sua imaginação ou a sala de aula estava ficando muito quente?

— ...o exército foi isolado, e na Inglaterra muita gente achou que a guerra já estava perdida...

Matt olhou pela janela. De novo percebeu o cheiro forte e acre de torrada queimando.

E foi então que viu, flutuando pelo ar, sem fazer som. Era algum tipo de caminhão. Havia uma figura encurvada atrás do volante, mas a luz do sol se refletia no pára-brisa e ele não podia identificá-la. Como uma grande fera, o veículo vinha na direção da escola, mergulhando do céu. Os faróis eram os olhos. A grade do radiador era uma boca escancarada. O caminhão-tanque parecia se esticar na distância, um cilindro prateado gigantesco e brilhante, sobre doze pneus grossos. Chegava cada vez mais perto. Agora preenchia toda a janela e já ia se chocar...

— Matthew? O que há?

Todo mundo estava olhando para ele. A Srta. Ford havia interrompido o que vinha dizendo e o espiava com uma mistura de impaciência e preocupação.

— Nada, Srta. Ford.

— Bem, pare de olhar pela janela e tente se concentrar. Como eu estava dizendo, muita gente achou que Dunquerque foi um milagre...

Matt esperou alguns instantes, depois olhou de novo pela janela. A sala dava para o centro de esportes, uma sólida construção de tijolos do outro lado de um campo, separado da parte principal da escola por uma rua que subia íngreme e continuava na direção de York. Não havia trânsito. Era um dia lindo. Matt apertou a testa. Quando tirou a mão, viu suor na palma. O que havia de errado com ele? O que estava acontecendo?

De algum modo conseguiu encarar a aula de história, depois a de física e a de educação física. Mas a última aula da manhã tinha de ser inglês com o Sr. King. Estavam lendo *Macbeth* e Matt achava Shakespeare difícil, mesmo nas melhores situações. Hoje aquilo não significava nada para ele — e o Sr. King parecia ter um radar embutido que lhe permitia identificar qualquer um que não estivesse prestando atenção. Só demorou alguns minutos antes de cutucar Matt.

— Estou entediando você, Freeman? — perguntou com um risinho desagradável.

— Não, senhor.

— Então talvez você possa me contar o que eu estava dizendo sobre as três feiticeiras.

Matt balançou a cabeça. Era melhor admitir.

— Desculpe, senhor. Eu não estava escutando.

— Então venha me ver no fim da aula. — O Sr. King afastou uma mecha de cabelos de cima dos olhos. — As feiticeiras contam o futuro a Macbeth — continuou. — E, claro, ele acredita. Na época de Shakespeare muitas pessoas ainda acreditavam em feitiçaria e magia negra...

O fim da aula demorou uma eternidade para chegar, e quando finalmente chegou, Matt não ficou ali para receber a punição que o Sr. King tinha em mente. Parecia estar fazendo um calor cada vez mais forte na escola. Os vidros das janelas ampliavam o sol, ofuscando-o. As paredes pareciam se dobrar e tremeluzir no calor. Mas ele sabia que só estava imaginando isso. Era o início do verão. Olhando ao redor podia ver que nenhum dos outros garotos sentia coisa alguma.

Havia uma pausa de 15 minutos antes que todo o pessoal da escola fosse atravessar a rua e entrar no refeitório temporário no centro de esportes, para almoçar. De novo ele pensou em telefonar para Richard e pedir ajuda. Os celulares não eram permitidos na Forrest Hill, mas havia três telefones públicos do outro lado do quadrângulo.

— Matthew...?

Ele se virou e viu a Srta. Ford vindo em sua direção, a caminho da sala dos professores.

— O Sr. King está procurando você — disse ela.

Claro, devia estar mesmo. Matt o havia desafiado. Isso significaria mais problemas do que nunca.

— Eu queria dizer que seu último trabalho foi uma verdadeira melhoria — continuou a Srta. Ford. Ela estava olhando para Matt com um pouco de tristeza. Agora franziu a testa. — Está sentindo alguma coisa? Você não parece bem.

— Estou legal.

— Talvez devesse ir falar com a supervisora. — Ela tinha dito o bastante. Nem mesmo os professores da Forrest Hill queriam ser vistos durante muito tempo com Matt. A professora passou por ele e continuou seu caminho.

E foi então que Matt se decidiu. Não iria falar com a supervisora, uma mulher magra e mal-humorada que parecia tratar qualquer sugestão de doença como insulto pessoal. Nem ligaria para Richard. Estava na hora de deixar Forrest Hill. Hoje. Os outros garotos haviam deixado perfeitamente claro, no dia de sua chegada, que o lugar de Matt não era ali. Bom, estavam certos. O que ele estava fazendo numa escola particular no meio de Yorkshire? A única coisa em comum com o resto deles era o uniforme que era obrigado a usar.

Havia uma lixeira no corredor do lado de fora da sala dos professores. Matt estivera segurando uma pilha de livros e cadernos, mas agora, sem nem mesmo pensar, jogou tudo dentro. *Macbeth*, matemática. Um livro sobre a Segunda Guerra Mundial. Depois tirou a gravata e jogou no lixo também. Já se sentia melhor.

Virou-se e começou a andar.

Gwenda Davis havia parado no topo da colina. Sabia o que precisava fazer, mas ainda não conseguia se obrigar. Gwenda nunca havia gostado de dor. Mesmo quando cortava um dedo tinha de ficar sentada por meia hora e fumar vários cigarros antes de estar pronta para se mexer. E tinha bastante certeza de que sua morte doeria muito.

Será que poderia mesmo fazer aquilo? A escola se espalhava diante dela. Podia ver através do pára-brisa. Parecia um lugar muito chique, muito diferente da escola pública à qual mandava Matt quando ele morava com ela. Não podia imaginá-lo freqüentando um lugar assim. Não fazia o gênero dele.

Havia um monte de construções antigas agrupadas ao redor de uma igreja — mas ela sabia que não encontraria Matt ali. Ele estaria no grande prédio de tijolos perto do campo de futebol. Haveria um monte de garotos ali com ele. Era uma pena, verdade, que tantos tivessem de morrer também. Quanto mais pensava nisso, mais se perguntava se era uma boa idéia. Não era tarde demais. Até agora só havia matado uma pessoa — Brian. No último minuto tinha decidido acertar o motorista do caminhão-tanque com o lado chato do machado, e não com a lâmina. Ele parecia uma pessoa amigável. Ela nem quisera realmente fraturar seu crânio.

A polícia nunca iria descobri-la, de qualquer modo. Gwenda poderia simplesmente sair do caminhão-tanque e ir embora. Talvez devesse fazer isso.

Num impulso estendeu a mão e ligou o rádio. Era uma hora. O noticiário estaria sendo transmitido e ela descobriria se o motorista já fora descoberto. Mas, estranhamente, nada saiu do alto-falante. Sabia que o rádio estava ligado. Havia um chiado fraco. Mas ninguém falava.

E então ouviu uma única palavra.

— Gwenda...

A voz saía do painel, e não do rádio. Ela sabia quem era e ficou feliz em ouvi-lo. Mas ao mesmo tempo sentia vergonha de si mesma. Como pudera ter dúvidas?

— O que está fazendo aí, parada? — perguntou Rex McKenna.

— Não sei... — murmurou Gwenda.

— Você não estava pensando em sair dessa, estava, menininha travessa? — Gwenda se arrepiava toda quando ele falava assim. Tinha-o visto fazer isso na televisão. Algumas vezes ele tratava os adultos como crianças. Fazia parte do show.

— Não quero morrer.

— Claro que não, Gwenda. Nem eu. Nem ninguém. Mas algumas vezes, você sabe, isso tem de acontecer. Algumas vezes a gente não tem opção.

— Eu não tenho opção?

Uma única lágrima escorreu pela bochecha de Gwenda. Ela se viu no retrovisor mas isso só lhe disse o que já sabia. Estava parecendo muito velha e suja. Havia sangue seco no casaco. A pele não tinha cor alguma.

— Na verdade, não, querida — respondeu Rex. — É meio como *A roda da fortuna*, de certo modo. Você gira a roda e seu número aparece. Não há muito que se possa fazer. — Ele suspirou. — Toda a sua vida foi um desperdício de tempo, se você quiser saber a verdade, honestamente. Mas pelo menos agora você tem a chance de fazer alguma coisa importante. Precisamos que esse garoto seja morto. Matthew Freeman. E você foi escolhida para isso. Então vá! E não se preocupe. Tudo vai acabar logo.

Gwenda podia imaginar Rex McKenna piscando para ela. Podia ouvir a piscada na voz dele.

O rádio ficou silencioso de novo, mas não havia mais nada a ser dito. Gwenda ligou o motor, pisou no acelerador e engrenou a primeira.

Matt estava saindo. Podia ver a porta dupla no fim do corredor com quadros de avisos dos dois lados, marcando o caminho. Havia garotos em toda parte, preparando-se para ir almoçar, mas pela primeira vez não o notaram. E ninguém o tinha visto jogar os livros fora. Sentia uma empolgação. Não importando o que acontecesse, estava feliz em deixar Forrest Hill para trás.

Então sentiu o cheiro de novo. Torrada queimada. E exatamente no mesmo instante a porta se abriu e ele viu horrorizado um rio de chamas correndo para ele, rolando pelo corredor, descascando as paredes, queimando tudo no caminho. Havia dois garotos ali parados e de repente viraram esqueletos pretos, raios-X do que eram alguns segundos antes. Era como se o inferno tivesse chegado a Forrest Hill. Matt viu mais uma dúzia de garotos ser engolidos instantaneamente, rápido demais até para gritarem. Foram incinerados onde estavam. Então o fogo o alcançou e ele se encolheu, esperando a própria morte.

Mas ela não chegou.

Não havia chamas.

Matt devia ter fechado os olhos. Quando abriu de novo, tudo estava exatamente como antes. Faltavam dois minutos para uma da tarde. As aulas da manhã haviam terminado. Todo mundo ia para o almoço. Havia simplesmente imaginado aquilo.

Só que ele sabia. Não era imaginação.

Afinal de contas não podia simplesmente sair da escola. O incêndio não havia acontecido mas estava para acontecer. Era isso que vinha sentindo desde o momento em que chegara naquele dia.

Olhou ao redor. Uma campainha soou. A campainha do almoço. Isso lhe disse o que precisava fazer. Deu três passos no corredor e encontrou um alarme de incêndio, atrás de um painel de vidro e preso à parede. Usou o cotovelo para quebrar o vidro, depois apertou o botão do alarme com o polegar.

Imediatamente campainhas muito mais altas começaram a soar por toda a escola. Todo mundo parou o que estava fazendo e todos começaram a olhar uns para os outros, meio sorrindo, imaginando o que estaria acontecendo. Conheciam o som do alarme. Houvera um bom número de exercícios de incêndio. Mas era como se ninguém quisesse dar o primeiro passo, com medo de parecer idiota.

— Há um incêndio! — gritou Matt. — Andem!

Um ou dois garotos começaram a passar por ele, afastando-se da porta dupla e voltando para o outro lado da escola.

O principal ponto de encontro era um campo de futebol perto da capela. Assim que os primeiros começaram a se mexer, outros foram atrás. Matt ouviu portas se abrindo e batendo. As pessoas faziam perguntas mas o alarme era tão alto que Matt não conseguia identificar palavra alguma.

Então o Sr. O'Shaughnessy apareceu. O subdiretor estava ruborizado. Seu rosto, jamais alegre, parecia trovejante. Havia manchas vermelhas em suas bochechas usualmente pálidas. Viu Matt parado junto ao alarme de incêndio. Seus olhos se moveram e notaram o vidro quebrado.

— Freeman! — exclamou ele. Tinha de gritar para ser ouvido. — Você fez isso?

— Fiz.

— Você disparou o alarme?

— Sim.

— Onde é o incêndio?

Matt não disse nada.

O Sr. O'Shaughnessy recebeu seu silêncio como admissão de culpa.

— Se fez isso como uma brincadeira de mau gosto, vai estar seriamente encrencado! — estrondeou. E então, numa percepção que era tão bizarra que quase fez Matt rir: — Por que não está usando a gravata?

— Acho que o senhor deveria sair da escola.

Não havia mais nada a ser feito. O alarme só poderia ser desligado na sala do tesoureiro, e só com a aprovação da brigada anti-incêndio. O Sr. O'Shaughnessy pegou Matt pelo braço e os dois seguiram os outros garotos para fora da escola. Dentro de minutos todos os prédios estavam vazios. Do outro lado da rua principal, as mulheres encarregadas do refeitório haviam saído do centro esportivo, os poucos garotos que tinham chegado cedo para o almoço estavam com elas. Atravessaram a rua e se juntaram ao resto dos alunos reunidos no campo de futebol. Os professores estavam com eles, tentando colocá-los em alguma ordem. Todo mundo procurava as chamas ou pelo menos um pouco de fumaça, mas já estavam sussurrando que o alarme fora disparado como uma brincadeira e que a culpa era de Matthew Freeman. O diretor também havia chegado. Era um homem baixo, de aparência sólida, parecido com um jogador de rúgbi e conhecido como Bulldogue. Viu o subdiretor parado junto de Matt e veio pisando forte.

— Sabe o que está acontecendo? — perguntou ele.

— Acho que sim, senhor diretor — respondeu O'Shaughnessy. — É um alarme falso.

— Bem, fico feliz em saber!

— Claro — confirmou O'Shaughnessy com a cabeça. — Mas este garoto disparou o alarme de propósito. Seu nome é Freeman e...

Mas o diretor não estava mais escutando. Estava olhando para além do Sr. O'Shaughnessy. Lentamente Matt se virou para ver o que acontecia. O subdiretor fez o mesmo.

Foi bem a tempo de ver o caminhão-tanque da Shell descer o morro em alta velocidade. Imediatamente ficou claro que havia algo errado. Ele ziguezagueava pela estrada, aparentemente fora de controle. Matt pôde apenas vislumbrar a figura — uma mulher de olhos loucos e cabelos desgrenhados — no banco do motorista. Reconheceu-a e ao mesmo tempo percebeu que ela sabia exatamente o que estava fazendo, e que tinha vindo especialmente para ele.

Gwenda Davis tinha os olhos fixos no centro de esportes onde, segundo Rex McKenna, toda a escola estaria almoçando. Agora o caminhão-tanque estava de costas para o campo de futebol. Enquanto Matt olhava, o caminhão saiu da estrada, atravessou um arbusto e começou a disparar pelos campos de esportes. Matt viu os pneus cortando a grama.

Alguns outros garotos também tinham visto. Rostos se viraram. Mãos apontaram. Não podia haver dúvida do que estava para acontecer.

O caminhão se chocou contra a parede do centro de esportes e continuou atravessando-a. As janelas do veículo se despedaçaram e Gwenda foi morta instantaneamente, lançada contra os tijolos que se desintegravam ao redor. Com o motor gritando, o caminhão-tanque prosseguiu desaparecendo das vistas, engolido pelo prédio. Houve uma pausa momentânea. Então tudo explodiu. Uma bola de fogo irrompeu no céu, lançando centenas de telhas em todas as direções. Subiu cada vez mais alto, levando junto um imenso punho de fumaça preta que ameaçou socar as próprias nuvens. Matt levantou a mão para proteger o rosto. Mesmo a essa distância podia sentir o calor fantástico de milhares de litros de gasolina pegando fogo. Chamas jorravam do prédio destruído, caindo loucamente na grama, nas árvores, na estrada, nas bordas da área principal da escola, incendiando tudo. Era como uma zona de guerra.

Matt sabia que enganara a morte por alguns minutos. E se toda a escola estivesse no centro esportivo, se todos estivessem na fila do almoço, como deveriam, centenas de crianças teriam morrido.

O diretor estava pensando a mesma coisa.

— Meu Deus! — grasnou ele. — Se estivéssemos lá...

— Ele sabia! — O Sr. O'Shaughnessy soltou Matt e recuou. — Ele sabia antes de acontecer — sussurrou. — Freeman sabia.

O diretor olhou para ele, arregalado.

Matt hesitou. Não queria ficar ali nem mais um minuto. A distância já podia ouvir sirenes.

Andou. Seiscentos e cinqüenta garotos saíram de seu caminho, formando um corredor para lhe dar passagem. Dentre eles Matt viu Gavin Taylor. Por um breve instante seus olhares se encontraram. O outro garoto estava chorando. Matt não sabia por quê.

Ninguém disse nada enquanto ele passava. Matt não se importava mais com o que pensassem a seu respeito. Uma coisa era certa: nunca mais iria vê-los.

O DIÁRIO

— Você não precisa fazer isso — disse Richard.

Era a primeira vez que ele falava desde que o trem havia saído da estação a caminho de Londres. Matt estava sentado diante dele, a cabeça enfiada em um livro que havia comprado na estação. O livro deveria ser divertido, mas Matt nem conseguia se obrigar a sorrir. Na última hora vinha pulando de parágrafo em parágrafo, mas a história simplesmente não o deixava entrar.

— Matt...? — começou Richard de novo.

Matt fechou o livro com força.

— Você viu o que aconteceu na Forrest Hill. Foi Gwenda! Tinha ido me matar e teria matado todo mundo na escola se eu não avisasse.

— Mas você avisou. Salvou a vida deles.

— É. E todos vieram correndo me agradecer. — Matt olhou pela janela, vendo os campos que passavam. Gotas de chuva se arrastavam lentamente pelo vidro, movendo-se da esquerda para a direita. — Não posso voltar. Eles não me querem lá. E não tenho aonde ir. A Srta. Ashwood estava certa. O Portal do Corvo não foi o fim. Acho que isso nunca vai acabar.

Era o dia seguinte à destruição da escola. A gasolina incendiada havia se espalhado do ginásio esportivo para os prédios antigos, e quando a brigada de incêndio chegou não restava muita coisa. A essa altura Matt já havia retornado ao apartamento em York, encontrando Richard em choque depois de ter ouvido os primeiros relatos pelo rádio. A escola fez o máximo possível para manter Matt fora dos jornais — e felizmente ninguém ainda sabia a identidade da louca que dirigia o caminhão-tanque. Mas havia testemunhas demais, eram muitos garotos dispostos a falar. E todas as manchetes gritavam a mesma história impossível:

GAROTO PREVÊ CATÁSTROFE EM ESCOLA

PRECOGNIÇÃO DE GAROTO SALVA ESCOLA

GAROTO DA FORREST HILL TERIA VISTO O FUTURO?

Pelo menos ninguém tinha uma foto de Matt, a não ser uma imagem turva e quase irreconhecível que fora tirada por um celular. E quando as primeiras edições dos jornais saíram, Richard e Matt já estavam longe. Richard havia falado com Susan Ashwood pelo telefone e ela arranjou um "esconderijo" para eles em Leeds — um apartamento vazio onde passaram a noite. Enquanto estavam lá, Matt concordou em viajar a Londres para se reunir com o Nexo, como eles haviam pedido. Olhando para trás, ele achou que existia algo de inevitável naquilo.

"Estava destinado a acontecer. Estava planejado..."

Susan Ashwood tinha dito isso também. Estivera falando sobre a descoberta do diário do monge espanhol. Mas poderia estar falando dele. Matt começava a achar que cada movimento seu era ditado de fora. Não importava o que quisesse. Alguém, em algum lugar, tinha outras idéias.

— Talvez tudo dê certo — disse Richard. — Você só precisa encontrar esse cara, William Morton, convencê-lo a entregar o diário e então nós dois podemos ir para York ou qualquer outro lugar para recomeçar tudo.

— Realmente acha que vai ser tão fácil?

Richard encolheu os ombros.

— Nada é fácil quando se trata de você. Mas no fim das contas, Matt, você ainda está no controle. O que quer que eles peçam, você só precisa dizer não.

Um táxi havia sido mandado para pegá-los na estação e os levou a um hotel em Farringdon. Matt praticamente não conhecia Londres. Na primeira vez em que tinha ido à cidade estava sob escolta policial e entrou e saiu num prédio praticamente sem tempo para sentir o cheiro do ar. Farringdon era uma parte antiga, que parecia recuar mais ainda no tempo à medida que a tarde prosseguia. Havia becos escuros, lâmpadas a gás e até mesmo, em alguns lugares, ruas de paralelepípedos. Se uma sirene antiaérea tivesse rasgado subitamente o ar, Matt não ficaria surpreso. Era a Londres que ele tinha visto em filmes passados na Segunda Guerra Mundial.

O hotel era pequeno e tão discreto que nem tinha nome na porta da frente. Richard e Matt ocupavam quartos no terceiro andar — pagos pelo Nexo, claro. Depois de desfazerem as malas pegaram o elevador minúsculo de volta ao térreo e jantaram cedo, juntos, no refeitório. Ainda estavam comendo quando o Sr. Fabian apareceu, desta vez num terno escuro com sapatos pretos muito brilhantes.

— Boa noite — disse ele. — Pediram-me que os levasse ao encontro. Mas devem terminar de jantar primeiro. Temos bastante tempo. Importam-se se eu me juntar a vocês?

Ele puxou uma terceira cadeira e sentou-se.

— Fica longe daqui? — perguntou Richard.

— Não. É uma caminhada curta. — Fabian estava de bom humor. Parecia ter esquecido como havia terminado o último encontro dos três.

— Posso fazer uma pergunta? — pediu Richard.

— Por favor. Vá em frente.

— Não sei nada sobre o senhor. Quero dizer, uma vez o senhor disse que morava em Lima...

— Na verdade, moro em Barranco. É um subúrbio de Lima.

— Mas o que o senhor faz? Como foi escolhido pelo Nexo? Tem mulher ou filhos?

Fabian tinha levado um dedo aos lábios à menção do Nexo, mas não havia mais ninguém na sala e ele relaxou.

— Vou responder às suas perguntas. Não. Não sou casado. Pelo menos por enquanto. Quanto ao meu trabalho, sou escritor. Escrevi muitos livros sobre meu país, sua história e sua arqueologia. Foi assim que fiz contato com o Nexo. Eu era amigo do professor Dravid, antes de ele ser morto. Foi ele que me recrutou.

Richard e Matt terminaram de comer. Um garçom entrou na sala para retirar os pratos.

— Se estiverem prontos... — começou Fabian.

— Mostre o caminho! — respondeu Richard.

Saíram do hotel e seguiram pela rua, andando por uns cinco minutos antes de chegar a uma porta preta, simples, entre uma corretora de imóveis e um café. Fabian tinha uma chave e destrancou-a, levando-os por um corredor estreito e subindo um lance de escada. O segundo andar era mais moderno do que o resto do prédio, com portas de vidro escuro e câmeras de segurança. Matt havia pensado que estavam entrando numa casa particular, mas o andar de cima era mais parecido com um escritório. O tapete era grosso. As portas estavam fechadas. Tudo era silêncio e tinha aparência de segredo.

— É por aqui. — Fabian indicou com a mão e, como se por magia, uma das portas deslizou abrindo-se automaticamente. Do outro lado havia uma sala com uma mesa comprida e 11 pessoas sentadas em silêncio, esperando-os. Fabian entrou antes deles e sentou-se ao lado de Susan Ashwood. Com isso restaram duas cadeiras vazias.

Uma para Matt. Uma para Richard.

— Por favor, entrem. — Matt não teve certeza de quem havia falado. Só percebia que todo mundo olhava para ele. Sentiu-se começando a ficar vermelho. Normalmente não gostava de ser o centro das atenções, mas aquilo era definitivamente esquisito. Estavam olhando-o como se ele fosse um astro de cinema. Achou que a qualquer momento iriam começar a aplaudir.

Richard entrou. Matt foi atrás e a porta se fechou atrás deles.

Então esse era o Nexo! Rapidamente Matt avaliou as 12 pessoas sentadas ao redor da mesa. Agora que Fabian havia se juntado a eles, eram oito homens e quatro mulheres. Dois homens eram negros. Um parecia chinês. As idades iam de cerca de 30 a 70 anos. A pessoa mais velha na sala usava um colarinho eclesiástico e um crucifixo: era um bispo. Todos se vestiam com elegância. Matt podia imaginá-los juntos numa platéia de teatro, ou talvez na ópera. Eles compartilhavam o mesmo tipo de seriedade. Nenhum estava sorrindo.

A sala era comprida e estreita, com apenas uma janela dando para a rua. O vidro era escuro, para que ninguém de fora pudesse ver o lado de dentro. A mobília era discretamente cara mas não havia pinturas nem enfeites, apenas vários relógios mostrando horários diferentes e alguns mapas. Matt se deixou cair na cadeira mais próxima, tentando evitar os olhares. Mas Richard não. Ele ainda estava parado junto à porta, olhando ao redor com espanto.

— Conheço você! — disse ele, e apontou para um homem de rosto sério sentado com as costas eretas e um terno imaculadamente bem cortado. — O senhor é policial. Tarrant. Não é esse o seu nome? É algum figurão da Scotland Yard. Eu o vi pela televisão. — Ele se virou para a mulher que estava ao lado do policial, usando roupas caras e com cabelo ruivo obviamente tingido. Dois cordões de pérolas rodeavam o pescoço. — E você é Nathalie Johnson.

Até Matt conhecia esse nome. Tinha-o visto com freqüência nos jornais. Algumas vezes ela era chamada de Bill Gates de saias. Tinha feito fortuna com computadores e era uma das mulheres mais ricas do mundo.

— Não vamos nos incomodar com nomes, Sr. Cole — disse ela. Tinha sotaque americano. — Por favor, sente-se e poderemos começar.

Richard sentou-se ao lado de Matt. Era difícil saber quem estava no comando. A Srta. Ashwood se encontrava na cabeceira da mesa mas não havia um líder óbvio. Também lhe ocorreu que alguém na sala devia ser novo. Fabian dissera que no Nexo havia 12 membros, e certamente 12 homens e mulheres estavam ali. Mas o professor Dravid fizera parte da organização e havia morrido. Presumivelmente fora substituído.

— Estamos muito agradecidos por você ter vindo a Londres, Matt — começou outro homem. Seu sotaque era australiano. Vestia-se de modo mais casual do que os outros, com camisa de colarinho aberto e mangas enroladas. Tinha uns 40 anos, com a pele clara e os olhos injetados de alguém que passou muitas horas em vôos de longas distâncias. — Sabemos que você não quer estar aqui e não teríamos pedido se houvesse algum outro modo.

— Você deve nos deixar protegê-lo — disse a Srta. Ashwood. Suas mãos estavam pousadas na mesa mas tinha os punhos fechados. — Você quase foi morto na Forrest Hill. Isso não pode acontecer. Só estamos aqui para ajudá-lo.

— Achei que Matt é que estaria ajudando vocês — disse Richard.

— Temos de nos ajudar uns aos outros — continuou o australiano. — Há um monte de coisas que não sabemos, mas isto é certo: a situação vai ficar feia. Pior do que vocês podem imaginar. O motivo para nós doze estarmos aqui esta noite é que queremos fazer algo a respeito.

— A respeito do quê? O que estão falando? — perguntou Richard.

— Uma Terceira Guerra Mundial — respondeu a Srta. Ashwood. — Pior do que as duas anteriores. Governos fora de controle. Destruição e morte por todo o planeta. Não sabemos exatamente que forma o futuro assumirá, Sr. Cole. Mas no momento pensamos que podemos impedir que aconteça.

— Com sua ajuda. — O bispo assentiu para Matt.

— Olhem, vamos esclarecer uma coisa — disse Richard. — Matt e eu não queremos saber de morte e destruição. Não estamos interessados em guerras mundiais. A única ajuda de que precisamos é para encontrar um local onde morar, porque neste momento Yorkshire não parece ser uma opção e não temos mais ninguém a quem pedir ajuda.

— O caminhão-tanque que se chocou contra sua escola...? — O policial havia falado. Deixou a pergunta no ar.

— Minha tia estava dirigindo — respondeu Matt. — Gwenda Davis. Eu a vi atrás do volante. — Ele estremeceu. Sabia que era ela, mesmo que todos os seus sentidos dissessem que era impossível. Nunca havia gostado dela. Mas Gwenda jamais havia sido um monstro. Pelo menos não até seu fim.

— Sua tia...? — murmurou o australiano.

— Sim.

A informação agitou a sala. Os 12 membros do Nexo murmuraram brevemente uns com os outros e Matt viu Fabian anotar alguma coisa.

— Ela não sabia o que estava fazendo — disse Susan Ashwood. — Roubar um caminhão-tanque e conseguir chegar à sua escola... ela não poderia ter feito isso sozinha.

— Claro. Eles a ajudaram. Influenciaram. Talvez a tenham obrigado. Mas sem dúvida estavam por trás.

— Certo — interrompeu Richard. — Vocês querem que nós encontremos esse homem... William Morton. Matt concordou com isso. Mas vou dizer agora, se isso significar que ele vai correr mais perigo...

— Esta é a última coisa que passa pela nossa cabeça — disse a americana. Ela se inclinou para a frente, o cabelo comprido caindo sobre os olhos. Devia ter uns 50 anos, mas obviamente havia gastado muito dinheiro para parecer mais nova. — Certo, Richard. Você não se importa se eu chamá-lo assim, não é? Vamos ser diretos. Precisamos que Matt se encontre com o tal William Morton amanhã ao meio-dia, porque é o único modo que pensamos para convencê-lo a entregar o diário. Mas Matt é mais importante do que o diário. Neste momento, se ele realmente for quem pensamos, talvez seja o garoto mais importante do mundo.

— Vocês disseram a Morton que Matt é um dos Cinco — disse Richard. Estava falando devagar, pensando ao mesmo tempo. — E Morton quer encontrá-lo para ver se é verdade. Mas como fará isso? Matt precisará ver o futuro ou explodir alguma coisa para provar?

— Não sabemos — respondeu Nathalie. — Lembre-se. Ele leu o diário. Nós, não. Talvez ele saiba mais do que nós.

— Só sabemos que ele está com medo — interveio a Srta. Ashwood. — Ele tem medo do homem da América do Sul, com quem andou negociando. E tem medo do que leu no diário. William Morton percebeu que encontrou algo maior e mais sombrio do que qualquer coisa que havia experimentado na vida, e está procurando uma saída.

— Onde ele quer me encontrar? — perguntou Matt.

— A princípio ele não quis dizer. — Desta vez foi um francês que pegou a história. Era magro, grisalho e parecia advogado. — Morton só fala conosco pelo celular e não dá idéia de onde pode ser encontrado. Mas agora mencionou uma igreja no centro da cidade, não muito longe daqui.

— A igreja de Santa Meredith, na Moore Street — disse a Srta. Ashwood.

— Ele estará lá amanhã ao meio-dia. Vai se encontrar com você, mas somente com você.

— Matt não irá sozinho — disse Richard.

— Ele disse que vai estar atento ao garoto — disse o francês. Não descrevemos a aparência de Matt, mas é improvável que haja outros adolescentes de 14 anos perto da igreja naquela hora. O trato é muito simples. Se Matt não estiver sozinho, Monsieur Morton vai desaparecer. Nunca mais iremos vê-lo. E a pessoa que está negociando na América do Sul ficará com o diário.

— Por que essa igreja? — perguntou Richard. — Parece ser um lugar estranho para se encontrar. Por que não um restaurante, um café ou algo assim?

— Morton insistiu — respondeu Nathalie. — Acho que vamos descobrir a resposta quando Matt chegar lá.

— Talvez a igreja seja mencionada no diário — sugeriu o bispo. — Por acaso a igreja de Santa Meredith é uma das mais antigas da cidade. Na verdade, há uma igreja naquele local desde a Idade Média.

— E como podemos ter certeza de que Matt estará em segurança lá? Pelo que sabemos, esse misterioso empresário sul-americano, ou quem quer que seja, pode já ter falado com Morton. Isso pode ser uma armadilha.

— Deixem isso comigo — disse o policial. Richard estivera certo. Seu nome era Tarrant e ele era comissário assistente, um dos cargos mais altos em Londres. — Tenho acesso às câmeras de segurança ao redor de toda a Moore Street. Não podemos entrar na igreja, mas vou me certificar de que haja 100 policiais na área ao redor. Bastará uma palavra minha e eles agirão.

— Mesmo assim não entendo o que está acontecendo — disse Matt. — Esse homem, William Morton, vai se encontrar comigo. Talvez me faça algumas perguntas. E depois? Ele vai me dar o diário?

— Ele disse que iria vendê-lo a nós se acreditasse em você — respondeu Nathalie. — Ele não vai *dar* a ninguém! O sujeito ainda quer o dinheiro.

Houve uma pausa.

Richard virou-se para Matt.

— Você quer ir?

Matt balançou a cabeça.

— Não, não quero. — Em seguida olhou ao redor. Podia ver seu rosto refletido nos óculos pretos que cobriam os olhos de Susan Ashwood. — Mas vou. Se vocês me derem uma coisa em troca.

— O que você quer? — perguntou o australiano.

— Vocês têm muita influência. Impediram que Richard publicasse a matéria sobre a Ômega Um nos jornais. Então talvez possam conseguir um emprego para ele aqui em Londres.

— Matt... — começou Richard.

— É o que você sempre quis. E eu quero ir para uma escola comum. Não vou voltar à Forrest Hill. Quero que todos prometam que, se eu conseguir o diário, vão me deixar em paz.

— Não sei se podemos prometer isso — disse Fabian. — Você faz parte disso tudo, Matt. Não vê?

— Mas se houver algum modo de podermos deixá-lo de fora, deixaremos — interveio a Srta. Ashwood. — Não gostamos disso, assim como você, Matt. Nunca quisemos trazê-lo aqui.

Matt assentiu com a cabeça.

— Certo.

Uma decisão tinha sido tomada, mas mesmo agora Matt não estava convencido de que ele é que a havia tomado. Muito mais tarde naquela noite, deitado na cama no terceiro andar do hotel, disse a si mesmo que tudo acabaria logo. Iria se encontrar com Morton. Conseguiria o diário. E seria o fim.

Mas, de algum modo, não acreditava.

Tudo nos últimos dias havia acontecido contra sua vontade. E o que acontecesse em seguida seria igual. Não existia saída para ele. Tinha de se acostumar. Havia forças estranhas ao redor e elas jamais iriam libertá-lo.

A 16 mil quilômetros dali um homem se aproximou de sua mesa.

Era o meio da tarde na cidade de Ica, ao sul de Lima, capital do Peru. O Peru estava seis horas atrás da Inglaterra. O sol brilhava forte e a sala era aberta aos elementos, com piso de ladrilhos que se estendia para além de uma fileira de colunas até o pátio. Toda a sala estava inundada de luz. Bem no alto, um ventilador de teto girava devagar, sem refrescar nada mas dando a ilusão de que talvez poderia. O homem podia ouvir o barulho suave de água caindo. Havia uma velha fonte no pátio. Algumas galinhas bicavam o cascalho. Flores cresciam em toda parte e seu cheiro pairava denso no ar.

O homem tinha 57 anos, usava um terno de linho branco que pendia rigidamente, como se ainda estivesse no armário. Ele se movia devagar e com dificuldade, estendendo a mão para encontrar a cadeira e sentar-se.

Seu corpo era todo errado.

Tinha uma altura incomum — bem mais de 1,90m —, mas o que lhe dava a altura extra era a cabeça, com duas vezes o comprimento que deveria ter. Era enorme, com olhos tão altos que em qualquer outra pessoa estariam no meio da testa. Tinha alguns tufos de cabelos realmente sem cor, mas era quase todo careca, com manchas senis em toda a pele. O nariz se estendia até a boca, pequena demais com relação ao resto. Uma boca de criança num rosto adulto. Um músculo estremecia na lateral do pescoço enquanto ele se mexia. O pescoço estava obviamente lutando para sustentar um peso tão grande.

O nome do homem era Diego Salamanda, e era presidente de uma das maiores empresas da América do Sul. A Salamanda News International havia construído um império com jornais e revistas, estações de TV, hotéis e telecomunicações. Algumas pessoas diziam que a SNI era dona do Peru. E Diego Salamanda era o único dono, presidente e único acionista da SNI.

Sua cabeça fora esticada deliberadamente. Era uma prática de mais de mil anos. Algumas tribos antigas do Peru selecionavam bebês recém-nascidos que elas acreditavam ser "especiais" e os obrigavam a viver com a cabeça apertada entre dois pedaços de madeira. Era isso que provocava o crescimento anormal. Deveria ser uma honra. Os pais de Salamanda sabiam que seu filho era especial, por isso tinham feito o mesmo com ele.

E ele se sentia grato por isso.

Eles lhe haviam causado dor. Tinham-no tornado hediondo. Tinham impedido que formasse um relacionamento humano normal. Mas estavam certos. Haviam reconhecido seus talentos desde o dia do nascimento.

O telefone tocou.

Ainda se movendo lentamente, Salamanda estendeu a mão e pegou o aparelho que parecia ligeiramente ridículo, pequeno demais, encostado em seu ouvido.

— Sim. — Ele não precisou se identificar. Esse era um número privativo. Apenas um punhado de pessoas o possuía. E elas saberiam para quem estavam ligando.

— É ao meio-dia de amanhã — disse a voz na outra extremidade. — Ele estará numa igreja de Londres. Santa Meredith.

— Muito bom. — Os dois estavam falando em inglês. Era a língua que Salamanda usava para todos os seus negócios.

— O que o senhor quer que eu faça? — perguntou a voz.

— Você já fez o bastante, amigo. E será recompensado. Agora pode deixar comigo.

— O que o senhor vai fazer?

Salamanda fez uma pausa. Uma luz feia tremeluziu em seus olhos estranhamente sem cor. Não gostava que lhe fizessem perguntas. Mas estava num humor generoso.

— Pegarei o diário e matarei o Sr. Morton.

— E o garoto?

— Se o garoto estiver lá, é claro que vou matá-lo também.

SANTA MEREDITH

A igreja ficava depois de Shoreditch, num lugar atrasado e escondido de Londres que, na verdade, não se parecia nem um pouco com Londres. Na escola Matt havia aprendido sobre a Blitz — quando os bombardeios alemães destruíram grandes nacos da cidade, em particular no East End. O que os professores não tinham contado era que os espaços cobertos de entulhos haviam sido substituídos por modernos prédios de escritórios feitos de concreto, edifícios-garagem, lojas baratas e cafonas e — cortando tudo isso — estradas anônimas e amplas que levavam um fluxo incessante de tráfego muito barulhento mas não muito veloz.

Ele fora trazido de táxi, deixado no fim da Moore Street, que por acaso era um beco sujo que passava entre um bar e uma lavanderia automática. A igreja ficava no fim, parecendo triste e deslocada. E além disso, sofrera bombardeios. Uma nova torre de sino fora acrescentada em algum momento dos últimos 20 anos e não combinava direito com as colunas de pedra e as portas em arco abaixo. Santa Meredith era surpreendentemente grande, e no passado devia ter sido bastante imponente, no centro de uma comunidade próspera. Mas a comunidade havia se mudado e a igreja parecia esquecida e ligeiramente abandonada.

Mais uma vez Matt se perguntou por que o livreiro, William Morton, tinha escolhido este local para o encontro. Mas pelo menos os dois não teriam dificuldade para se reconhecer mutuamente. Havia poucas pessoas por perto — e certamente nenhum sinal dos 100 policiais armados que o comissário assistente havia prometido. Enquanto Matt seguia pelo beco, a porta do bar se abriu e um homem barbudo, de nariz quebrado, saiu com passo inseguro. Era apenas meio-dia mas ele já estava bêbado. Ou talvez ainda de ressaca da noite anterior. Matt apertou o passo. Havia um celular em seu bolso e Richard Cole estava a apenas alguns minutos de distância, caso ele precisasse de ajuda. Matt não sentia medo. Só queria acabar com isso e voltar à vida normal.

Foi até a entrada da igreja, imaginando se conseguiria entrar. A porta era muito sólida e de algum modo dava a impressão de estar trancada. Ele estendeu a mão e levantou a maçaneta. Era fria e pesada e se virou com relutância, com um rangido. A porta se abriu e Matt se adiantou, passando da luz forte do dia para um interior estranho e cheio de sombras. O sol ficou trancado lá fora. O som do tráfego desapareceu. Matt deixou a porta aberta mas ela girou, fechando-se atrás dele. O estrondo da madeira batendo no portal ecoou no espaço vazio.

Estava no fim da nave que se estendia até um altar a alguma distância. Não havia luzes elétricas e as janelas de vitral estavam empoeiradas demais ou eram muito escuras para deixar qualquer luz entrar. Mas havia umas mil velas iluminando o caminho, tremeluzindo juntas em pequenas multidões, reunidas ao redor das capelas e alcovas dos dois lados do prédio. Enquanto os olhos de Matt se acostumavam à escuridão, ele identificou várias figuras, homens e mulheres idosos, ajoelhados nos bancos ou encolhidos na frente das lápides, parecendo fantasmas que tivessem vindo das catacumbas abaixo.

Engoliu em seco. Estava gostando cada vez menos disso, e agora desejou ter insistido que Richard viesse junto. O jornalista queria, mas Fabian e os outros membros do Nexo o haviam dissuadido. Matt deveria entrar sozinho. Era o que tinham combinado com William Morton, e se violassem o trato poderiam nunca mais vê-lo.

Matt olhou em volta, mas não havia qualquer sinal do livreiro. Lembrava-se do rosto que tinha visto no DVD. Pelo menos saberia qual seria a aparência quando Morton optasse por se revelar. Onde estaria ele? Escondido em algum lugar nas sombras, talvez. Bem, isso fazia sentido. Ele verificaria se Matt estava sozinho. Se alguém tivesse vindo junto haveria outras maneiras de sair da igreja. Morton poderia sair sem ser visto.

Matt continuou em direção ao altar, passando por um púlpito de madeira esculpida na forma de águia. O padre poderia falar à congregação acima das asas abertas. As paredes da igreja eram cheias de quadros. Um santo crivado de flechas. Outro partido sobre uma roda. Uma crucificação. Por que a religião precisava ser tão sombria e cruel?

Quando chegou à abside, logo à frente do altar, onde os braços leste e oeste da igreja se abriam formando uma cruz, um homem se levantou e sinalizou para ele. O homem estivera sentado num banco, com a cabeça meio escondida nas mãos. Matt o reconheceu imediatamente. Estava acima do peso, com cabelos prateados em tufos dos dois lados de uma cabeça redonda e careca, bochechas vermelhas e olhos pequenos e úmidos. Usava um terno amarrotado e sem gravata. Havia um embrulho de papel pardo em suas mãos.

— Matthew Freeman? — perguntou ele.

— Sou Matt. — Matt nunca usava o nome inteiro.

— Sabe quem sou?

— William Morton.

O livreiro parecia um homem muito diferente daquele que Matt vira na entrevista da televisão. Algo havia cortado a arrogância e o orgulho: física e mentalmente ele parecia ter encolhido. Agora que estavam mais próximos, Matt pôde ver que Morton não tinha feito a barba. Os pêlos prateados se espalhavam nas bochechas e pelo pescoço. E ele provavelmente não trocava de roupa havia dias. Cheirava mal. Estava suando.

— Você é muito novo. — Morton piscou duas vezes. — Não passa de uma criança.

— O que o senhor estava esperando? — Matt não tentou afastar a irritação da voz. Não gostava de ser chamado de criança. Ainda não sabia o que aquilo tudo tinha a ver.

— Eles não lhe contaram? — perguntou Morton.

— Disseram que o senhor tinha um livro. Um diário... — Matt olhou o embrulho de papel pardo e Morton puxou-o mais para perto do corpo, segurando com força. — É isso?

Morton não respondeu.

— Disseram que o senhor queria se encontrar comigo. Querem comprar seu livro.

— Sei o que eles querem! — Morton olhou à esquerda e à direita. De repente estava cheio de suspeitas. — Você veio sozinho? — sibilou.

— Vim.

— Venha por aqui.

Antes que Matt pudesse dizer qualquer coisa, Morton se arrastou por toda a extensão do banco e começou a andar pela lateral da igreja, deixando os outros fiéis para trás. Matt seguiu-o lentamente. Ocorreu-lhe que o livreiro poderia estar meio doido. Mas ao mesmo tempo sabia que era pior do que isso. Pensou no fazendeiro, Tom Burgess, que havia falado com ele perto do reator nuclear em Pequeno Malling e mais tarde morreu. Era a mesma coisa. Enquanto caminhava para a escuridão no canto mais distante da igreja, Matt percebeu que William Morton estava morrendo de medo.

Morton esperou que ele o alcançasse, depois começou a falar, as palavras tropeçando umas nas outras numa algaravia baixa. Não havia mais ninguém nessa parte da igreja. Devia ter sido por isso que ele a escolheu.

— Eu não deveria ter comprado o diário — disse ele. — Mas sabia o que ele era, veja bem. Tinha ouvido falar dos Antigos. Sabia um pouco sobre a história deles... não muito, claro. Ninguém sabia muito. Mas quando vi o diário num mercado em Córdoba reconheci imediatamente. Pessoas diziam que ele nem mesmo existia. E outras juravam que o autor — São José de Córdoba — era louco. O Monge Louco. É como o chamavam.

"E ali estava! Incrivelmente. Esperando que eu pegasse. A única história escrita dos Antigos. O Portal do Corvo. E os Cinco!" Enquanto dizia essas últimas palavras seus olhos se arregalaram e ele encarou Matt. "Estava tudo ali. O início do mundo, do nosso mundo. A primeira grande guerra. Só foi vencida devido a um truque..."

— Isso aí é o diário? — perguntou Matt pela segunda vez. Aquilo estava indo depressa demais para ele.

— Achei que valeria uma fortuna! — sussurrou Morton. — É o sonho de todo livreiro... encontrar uma primeira edição ou o único exemplar de um livro que estava perdido para o mundo. E isso era muito, muito mais. Fui à televisão e contei a todo mundo o que tinha nas mãos. Alardeei. E foi o erro mais idiota que poderia ter cometido.

— Por quê?

— Porque...

Em algum lugar na igreja alguém largou um hinário. Ele caiu no chão com um eco trovejante e os olhos de Morton giraram como se ele tivesse escutado um tiro. Matt podia ver os tendões se avolumando na lateral do pescoço do sujeito. O livreiro parecia à beira de um ataque cardíaco. Esperou um momento até tudo ficar silencioso outra vez.

— Eu deveria ter tido mais cuidado — continuou, falando num sussurro. — Deveria ter lido o diário primeiro. Talvez então entendesse.

— O quê?

— Ele é maligno! — Morton pegou um lenço e enxugou a testa. — Já leu alguma história de terror, Matt? Uma história que não sai da sua cabeça? Que permanece e atormenta quando você quer dormir? O diário é assim, só que pior. Fala de criaturas que entrarão neste mundo, de fatos que acontecerão. Eu não entendo tudo. Mas o que entendo não me deixa em paz. Não consigo dormir. Não consigo comer. Minha vida virou de cabeça para baixo.

— Então por que simplesmente não o vende? Já ofereceram milhões de libras.

— E você acha que vou viver para desfrutar um centavo disso? — Morton riu brevemente. — Desde que li o diário tive pesadelos. Pesadelos horríveis. Quando acordo acho que tudo acabou, mas não. Porque eles são reais. As sombras que vi, estendendo-se para mim, não estão apenas na minha imaginação. Olhe...!

Ele puxou uma das mangas e Matt se encolheu. Parecia que Morton havia tentado cortar os pulsos. Havia meia dúzia de linhas arroxeadas, ferimentos recentes, entrecruzando-se a uns dois centímetros da mão.

— O senhor fez isso? — perguntou Matt.

— Talvez tenha feito. Talvez não. Não lembro! Acordo de manhã e eles simplesmente estão aí. Cortes e hematomas. Sangue nos lençóis! E sinto dor... — Ele esfregou os olhos, lutando pelo controle. — E não é só isso. Ah, não! Não consigo mais ver direito as coisas. Desde que li o livro só vejo as sombras e a escuridão. Pessoas que andam nas ruas para mim são mortas. Até os animais, os cães e gatos... olham para mim como se fossem saltar e...

De novo ele foi obrigado a fazer uma pausa.

— E acontecem coisas — continuou. — Agora mesmo! Quando vinha para cá. Um carro quase me atropelou. Era como se o motorista não tivesse me visto, ou como se me visse e não se importasse. Acha que estou ficando maluco? Bem, pergunte a você mesmo o que aconteceu com minha casa. Eu estava lá. O incêndio simplesmente começou, sozinho. Veio de lugar nenhum! As portas se fecharam. Os telefones pararam de funcionar. Vê o que estou dizendo? Entende? A casa queria me matar. Queria que eu morresse.

Matt sabia que pelo menos parte disso era verdade. O Nexo já lhe havia contado sobre o incêndio.

— Sou um homem condenado — disse Morton. — Tenho o diário. Li todos os seus segredos. E agora ele não vai permitir que eu viva.

— Então por que simplesmente não se livra dele? — Matt deu de ombros. — Por que não põe fogo nele ou algo assim?

Morton assentiu.

— Pensei nisso. Claro que pensei. Mas há o dinheiro! — Ele lambeu os lábios e foi então que Matt viu o horror do sofrimento de Morton. Ele estava sendo esmagado entre o medo e a cobiça. Era uma batalha constante que o estava destruindo. — Dois milhões de libras! É mais do que jamais ganhei. Não posso simplesmente jogar fora. Como poderia viver comigo mesmo? Não! Vou vendê-lo. É o que eu sou. Um livreiro. Vou vendê-lo, pegar o dinheiro e então ele vai me deixar em paz.

— O senhor tem de vendê-lo para nós.

— Eu sei. Eu sei. Por isso concordei em me encontrar com você. Quatro garotos e uma garota. Estão no diário. Você é um deles. Um dos Cinco.

— Todo mundo me diz isso — interrompeu Matt. — Mas nem sei o que significa. Desde que me embolei nisso estou tentando encontrar uma saída. Lamento, Sr. Morton. Sei que o senhor quer que eu prove alguma coisa. Mas não posso.

Morton balançou a cabeça, recusando-se a acreditar no que Matt havia acabado de dizer.

— Eu sei sobre o primeiro portal — disse ele.

— O Portal do Corvo.

— Há um segundo. Está tudo aqui...

— Então me dê. — De repente Matt estava cansado. — Se realmente quer se livrar do diário e eu sou a única pessoa a quem o senhor quer entregá-lo, tudo bem. Entregue. O senhor vai receber seu dinheiro. E então talvez nós dois possamos ir para casa e esquecer tudo isso.

Morton assentiu e, por um breve momento, Matt pensou que tudo estava acabado. Morton entregaria o embrulho e Matt e Richard estariam no próximo trem para... qualquer lugar. Mas, claro, não seria tão fácil assim.

— Preciso ter certeza de que você é quem diz que é — disse Morton com voz áspera. — Você precisa provar!

Matt estava tonto.

— Eu já falei. Não posso fazer isso.

— Pode sim! — Morton estava segurando o livro com tanta força que seus dedos haviam ficado brancos. Olhou rapidamente a igreja ao redor, de novo certificando-se de que não fossem ouvidos. — Está vendo a porta?

— Que porta?

— Ali! — Morton virou a cabeça e Matt olhou para uma estranha porta de madeira na parede de pedra.

O que havia de estranho nela? Demorou alguns instantes para deduzir. Era pequena demais, mais ou menos da metade do tamanho das outras portas da igreja. Presumiu que ela deveria dar na rua. Ficava abaixo de um vitral com pinturas sombrias dos dois lados. Olhando mais atentamente, viu que havia algo esculpido na porta. Um símbolo. Era um pentagrama: uma estrela de cinco pontas.

— O que é que tem? — perguntou Matt.

— Foi por isso que escolhi este lugar para o encontro. Está no diário.

— Não é possível. — Matt tentou deduzir. O diário fora escrito no século XVI, mais de 400 anos antes. Partes dessa igreja eram mais antigas. Partes eram bem modernas. De qualquer modo, como o monge poderia saber da existência de uma porta em especial?

— Claro que não é possível — concordou Morton. — Mas não importa. Quero que você passe pela porta e quero que me traga uma coisa do outro lado. Não importa o que seja. O que você escolher irá me provar que você é... quem eles dizem.

— O que há do outro lado?

— Diga você. Traga o que encontrar. Espero você aqui.

— Por que não vem comigo?

Morton riu, mas sem qualquer fiapo de calor ou humor.

— Você realmente não sabe nada. — De repente sua voz estava ansiosa de novo. — Não temos tempo para discutir. Faça o que eu digo. Faça agora. Ou vou embora e vocês nunca mais ouvirão falar de mim.

Matt suspirou. Não entendia nada daquilo. Mas não havia sentido em responder. Queria que isso acabasse. Esse era o único modo. Olhou uma última vez para o livreiro e foi até a porta. Lentamente estendeu a mão e pousou-a na maçaneta de ferro. Só agora viu que, apesar de ser pequena demais para a igreja, a porta estava em perfeita proporção com sua altura.

Fora construída para uma criança.

Virou a maçaneta. Abriu a porta. E passou.

Enquanto Matt e William Morton conversavam, nenhum dos dois ouviu a porta da frente da igreja se abrir de novo. Nem viram o homem que havia entrado. Estava sujo, vestido com trapos, barbudo e de nariz quebrado. Matt o havia notado na Moore Street quando o sujeito saiu do bar, fingindo estar bêbado.

O homem parou um momento, permitindo que os olhos se acostumassem à semi-escuridão, depois seguiu pela abside. Não demorou muito a encontrar o livreiro. Morton estava parado perto de uma porta com a metade do tamanho das outras, mudando o peso avantajado de um pé para o outro, como se esperasse para ir ao dentista. Havia um pacote quadrado, embrulhado em papel pardo, numa das mãos.

O diário.

Parecia que o garoto havia ido embora. Mas o garoto não era importante. O homem de nariz quebrado havia recebido dinheiro para matar Morton e pegar o livro. Se o garoto estivesse lá, morreria também. Mas não estava, e o homem ficou secretamente satisfeito. Matar crianças era ocasionalmente necessário, mas sempre desagradável.

Enfiou a mão no bolso da capa de chuva e pegou alguma coisa. A faca tinha apenas dez centímetros de comprimento, mas isso não importava. Ele sabia usá-la. Podia matar usando uma faca com metade do tamanho daquela.

O homem olhou para o altar e fez o sinal-da-cruz brevemente, usando a lâmina da faca. A ponta tocou sua cabeça, o peito e os dois ombros.

Então, com um sorriso, ele se adiantou.

Estava quente demais.

Foi o primeiro pensamento de Matt. Quando tinha entrado na igreja, era um dia normal de verão em Londres. Isto é, estivera ensolarado mas fresco, e a maioria das pessoas se sentia feliz porque não estava chovendo. Só estava na igreja havia alguns minutos, mas nesse tempo o sol parecia ter se intensificado. E o céu era da cor errada. Era um azul vívido, mediterrâneo. Todas as nuvens tinham desaparecido.

E essa não era a única coisa errada.

Matt não sabia o que iria encontrar do outro lado da porta. Estivera esperando voltar para a Moore Street. Em vez disso estava num claustro, um caminho coberto formando um quadrado ao redor de um pátio com uma fonte no meio. Bom, não havia nada surpreendente nisso. Um monte de igrejas possuía claustros. Era onde os padres iam caminhar e pensar no próximo sermão, ou qualquer outra coisa.

Mas esse claustro era completamente diferente da igreja. Parecia mais antigo — e mais bonito. As colunas dos arcos eram mais ornamentadas. E a fonte era realmente linda, esculpida em algum tipo de pedra branca, com água cristalina caindo de uma bacia para outra. Matt não sabia quase nada sobre arte ou arquitetura, mas até ele podia ver que havia algo na fonte que não era exatamente inglês. O mesmo era verdadeiro para todo o claustro. Pousou os olhos na grama perfeitamente aparada e nas flores coloridas que tombavam de enormes vasos de cerâmica. Como uma igreja tão precária e abandonada como a Santa Meredith conseguiria manter um pátio tão perfeito como este?

Olhou de novo para a igreja de onde acabara de sair. E isso era outra coisa. Será que estava louco ou os tijolos eram diferentes do lado de fora? Havia uma torre quadrada erguendo-se no alto, mas nenhum sinal de campanário, moderno ou não. Bem, talvez estivesse escondido pelo ângulo da parede. Mas mesmo assim Matt precisou lutar para não ter um pensamento absurdo.

Este era um prédio completamente diferente daquele de onde havia saído.

Não.

Era algum tipo de ilusão. William Morton estava deliberadamente tentando enganá-lo.

O livreiro tinha dito para trazer alguma coisa de volta. Não importava o que fosse e ele não se incomodou com isso. Só queria sair dali, voltar para um terreno familiar. Avançou e pegou uma flor de cor forte, malva, de um dos vasos. Sentia-se idiota segurando uma flor, mas não conseguia ver mais nada e não queria passar mais tempo ali procurando. Virou-se e já ia voltar quando alguém parou à sua frente. Era um rapaz vestindo manto marrom. Um monge.

E ali estava Matt, de jeans e casaco com capuz, colhendo flores no meio do claustro.

— Oi! — Matt não sabia o que dizer. Estendeu a flor. — Pediram para eu pegar isto. É para um amigo.

O monge falou com ele. Mas não em inglês. Ouvindo a língua estranha, Matt pensou que poderia ser espanhol ou italiano. O monge não parecia irritado. Tentava ser amigável — mesmo que obviamente perplexo.

— Você fala inglês? — perguntou Matt.

O monge estendeu o indicador e o polegar, quase tocando-se. O símbolo universal para "um pouquinho".

— Preciso ir — disse Matt. E apontou para a porta. — Tenho um amigo...

O monge não tentou impedi-lo. Matt abriu a porta e passou.

Tinha voltado à igreja de Santa Meredith.

Mas William Morton não estava ali.

Olhou ao redor, sentindo-se cada vez mais idiota com a flor na mão. Parecia que o livreiro havia pregado uma peça nele. Enquanto Matt estava no claustro, Morton tinha ido embora. Não pretendia entregar o diário. Tudo havia sido por nada.

E então a mulher gritou.

Gritou uma vez, a voz tão alta e aguda que sem dúvida devia ter sido ouvida em todo o bairro de Shoreditch. O grito voou pela igreja, acompanhado por um segundo e depois um terceiro, cada grito se tornando um eco do outro. Matt virou-se e viu-a, uma velha vestida de preto, a alguns metros de distância, apontando. Ao mesmo tempo viu o sangue no frio chão de pedras.

Correu para a frente.

William Morton estava caído de costas, uma das mãos apertando a barriga, tentando fechar o ferimento feito pela faca. Havia muito sangue. A princípio Matt pensou que ele estava morto. A mulher continuava gritando. Nenhum dos outros fiéis havia se aproximado, porém Matt podia ouvi-los sussurrando, murmurando, com medo de se revelar. Então o livreiro abriu os olhos e viu Matt, viu o que Matt estava segurando. Mesmo contra a vontade, sorriu. Era como se Matt houvesse trazido flores para o enterro que ele teria em breve.

— Você é... — começou ele.

Apenas duas palavras. E morreu.

Ao mesmo tempo, as portas se abriram com violência e meia dúzia de homens entrou correndo. Matt levantou os olhos e viu uniformes da polícia. Então o Nexo não havia mentido para ele. Realmente existia um anel protetor ao redor da igreja. Só que não tinha dado certo. A polícia havia chegado tarde demais.

Foi rodeado. Mais pessoas gritavam. A polícia estava tentando mantê-las afastadas. Outros policiais passaram pela porta. Matt reconheceu um deles. Era o comissário assistente. Parecia emburrado.

Richard Cole chegou alguns minutos depois com Fabian. Mas agora o corpo fora coberto. Os fiéis tinham ido embora. Mais policiais haviam chegado. Matt estava sentado sozinho, segurando a flor, que já começava a murchar. Estava imóvel. Havia sangue em um dos seus tênis.

— Você está bem? — perguntou Richard, o rosto cheio de horror.

— É. Estou. — Matt imaginou se estaria em choque. Não sentia nada. — Não consegui o diário. O assassino levou.

— Como ele sabia que o diário estava aqui? — murmurou Fabian. — Ninguém sabia sobre a reunião. Ele só contou a nós.

— Alguém sabia — disse Matt. E balançou a mão na direção do morto. — Levaram o diário. Estava com ele quando nós nos encontramos, mas agora mesmo olhei e não estava mais lá.

— Para o diabo o diário — disse Richard. — Você estava com ele. Poderia ter sido morto também. — Em seguida fez uma pausa e franziu a testa. — O que aconteceu? Você viu quem foi?

— Não. Eu estava lá fora no claustro. Ele me pediu para pegar isso. — Matt estendeu a flor.

Agora foi a vez de Fabian ficar perplexo.

— Que claustro?

— A igreja tem um claustro. Morton pediu para eu ir lá. Disse que era uma espécie de teste, mas acho que estava mentindo.

— Esta igreja não tem claustro — disse Fabian.

— É ali. — Matt olhou na direção da porta.

— Vamos sair — disse Richard. — Você precisa de um pouco de ar.

— Não existe claustro — insistiu Fabian.

Com raiva, Matt se levantou e foi até a porta.

— É aqui.

Abriu a porta. E parou.

Não havia claustro do outro lado. Não havia flores, nem fonte, nem monges. Em vez disso, Matt olhava para um beco cheio de latas de lixo e, do outro lado, um quintal sujo cheio de entulho e concreto partido.

Olhou a flor e jogou-a no chão, como se ela o estivesse queimando. Ela ficou ali, flutuando numa poça, a única cor num mundo cinza.

ÁREA DE PERIGO

No fim, tudo pareceu fácil demais.

Matt não queria fazer parte daquilo. Gostaria de esquecer o Nexo, os Antigos, William Morton, o diário, o segundo portal e todas as outras coisas esquisitas que de algum modo o cercavam e controlavam sua vida. Sem dúvida não tinha grande vontade de visitar o Peru. No entanto, aqui estava ao meio-dia, num jumbo da British Airways na pista do aeroporto de Heathrow a caminho de Lima, com escala em Miami. De novo teve a sensação de que não havia optado. A coisa simplesmente acontecia.

Depois da morte do livreiro na igreja de Santa Meredith, houve um outro encontro no Nexo — foi quando eles disseram isso a ele.

— Matt, queremos mandá-lo ao Peru. — Desta vez a Srta. Ashwood é quem mais havia falado. Talvez os outros sentissem que ela o conhecia melhor. — Perdemos o diário. Não foi sua culpa, mas é uma catástrofe. Significa que a pessoa que estava tentando comprá-lo na América do Sul provavelmente está com ele, ou estará em breve. O diário mostrará como encontrar o portal. Pior, talvez mostre como abri-lo.

— Não há nada que o Matt possa fazer — disse Richard. — Mandá-lo para o outro lado do mundo... qual é o sentido disso?

— Não sei responder, Sr. Cole. Como posso explicar? Imagine que isto era um jogo de xadrez. Perder Morton foi como perder um peão. Mandá-los ao Peru é como se estivéssemos avançando um cavalo. No fim, talvez seja tarde demais. Pode não ajudar. Mas pelo menos isso mostra que continuamos no ataque.

— O garoto e o portal são ligados — disse Nathalie Johnson. Matt podia ver que a americana já havia se decidido. — Ele faz parte disso. Algo vai acontecer no Peru. E, o que quer que seja, ele deve estar lá.

— Bem, o Peru é um país grande. Por onde deveríamos começar?

— Na capital. Lima.

— Por quê?

— Talvez tenhamos uma pista — explicou o comissário assistente. — William Morton estava com o celular quando foi morto. Felizmente para nós, o assassino o deixou para trás. Dei uma olhada e parece que ele deu uma dúzia de telefonemas na semana anterior à morte. Alguns para nós, claro. Mas três eram para um número de Lima.

— Rastreamos o número e descobrimos que é da Salamanda News International — disse o francês.

— O que é isso? — perguntou Richard.

— Uma das maiores empresas de todo o continente — explicou Nathalie Johnson. — E o homem que a controla, Diego Salamanda, é um dos mais ricos. Já fiz negócios com ele. Nunca o encontrei pessoalmente. Ouvi dizer que tem algum tipo de deficiência e se mantém praticamente recluso. É dono de jornais, estações de tevê e satélite, editoras e hotéis, e faz tudo isso a partir de um escritório em Lima.

— Seria ele que estava tentando comprar o diário?

— Talvez — continuou ela. — Não podemos ter certeza. Mas não acontece muita coisa na sua organização sem que ele saiba, de modo que provavelmente dá no mesmo. Se é contra Salamanda que estamos, a coisa é ruim. Ele é poderoso. Mas, por outro lado, talvez seja bom sabermos quem é o inimigo. Pelo menos isso nos diz por onde começar.

— Certo. — Richard assentiu. — Então vocês mandam Matt a Lima. E o que ele faz?

— Fica comigo, como meu hóspede — respondeu Fabian. — Vocês dois serão bem-vindos à minha casa. Eu já disse que tenho uma casa em Barranco. É uma parte calma da cidade, onde moram muitos artistas e artesãos. Não fica longe da praia. Vocês estarão seguros lá.

— William Morton achou que estava seguro. E olhe o que aconteceu com ele!

— Não sabemos o que deu errado — admitiu a Srta. Ashwood. — Nenhum de nós sabia sobre o lugar do encontro até a véspera, e claro que não contamos a ninguém. Só podemos presumir que ele tenha sido seguido. Mas concordo com você. Sua segurança é fundamental — motivo pelo qual decidimos tomar precauções extras. Ninguém deve nem mesmo saber que vocês saíram da Inglaterra.

— E o controle de passaportes? — perguntou Richard.

— Exato! — concordou a Srta. Ashwood.

— Estou cuidando disso — interveio o comissário assistente. — Vou arranjar passaportes falsos para vocês. Esse homem, Salamanda, pode não ter agentes no aeroporto de Heathrow, mas sem dúvida terá pessoas de olho quando vocês chegarem a Lima. Portanto os dois viajarão com nomes falsos. Ninguém fora desta sala saberá quem vocês são.

— Mesmo assim parece loucura — disse Richard. — Seu plano é que não temos plano. Vão ao Peru! Fim da história!

— Não — interrompeu Matt. Era praticamente a primeira vez que ele havia falado e todos os 13 adultos na sala se viraram para olhá-lo. — Acho que a Srta. Ashwood está certa. Não podemos simplesmente deixar isso de lado. Principalmente depois do que aconteceu. O segundo portal fica no Peru. Ele vai se abrir. Temos de estar lá.

Desde então haviam se passado três dias. Agora, no avião, Matt se perguntou por que tinha se mostrado tão decidido.

Talvez os 12 membros do Nexo estivessem certos. Sua vida era completamente ligada ao segundo portal e parecia não ter como fugir. Ou existiria alguma parte dele que realmente queria ajudar, lutar contra um inimigo antigo? Não tinha certeza. Só sabia que estava suando e enjoado. Quando os motores começaram a rugir preparando a decolagem, teve certeza de que eles iriam cair das asas. Como essa máquina enorme, com seus 600 passageiros, malas, carrinhos de comida e todo o resto, poderia ficar no ar? Matt só tinha voado duas vezes na vida, viagens curtas a Marselha e Málaga com os pais, quando era pequeno. Esse vôo duraria 17 horas! Não tinha medo do que poderia encontrar no Peru, mas certamente sentia medo de voar até lá.

Vinte minutos depois o 747 estava bem acima das nuvens, já se nivelando atrás da costa oeste da Inglaterra. Uma aeromoça veio até eles com um cardápio.

— Gostaria de beber alguma coisa, Sr. Carter? — perguntou ela.

Matt demorou um instante para perceber que a mulher estava falando com eles. Paul e Robert Carter. Dois irmãos viajando juntos. Esses eram os nomes nos passaportes falsos que haviam recebido.

— Uma cerveja, obrigado — disse Richard.

— Para mim só um pouco d'água — acrescentou Matt.

Estavam viajando na classe executiva, perto da frente do avião. As passagens haviam custado milhares de libras, mas afinal de contas o Nexo estivera disposto a pagar milhões pelo diário; obviamente não faltava dinheiro. Matt se acomodou em sua poltrona. Tinha um televisor pessoal com opção de cerca de dez filmes além de vários jogos de computador. Richard também havia lhe comprado um livro e algumas revistas. Porém Matt não sentia vontade de fazer nada. Sentado ali, suspenso no ar em algum local acima do mar da Irlanda, sentia-se vazio, desligado.

— Então, quer falar sobre aquilo? — perguntou Richard.

— O quê?

— A porta. O que você viu do outro lado.

Matt balançou a cabeça.

— Não sei. Estive pensando. William Morton escolheu a igreja por causa de algo que leu no diário. Usou a porta como um teste, para provar que eu era quem ele pensava.

Richard assentiu.

— Se qualquer outra pessoa passasse pela porta iria parar numa poça em East London.

— Mas eu fui para outro lugar. Nem sei se era na Inglaterra. — Matt pensou por um momento. — Lembra do que disseram naquele noticiário? O que a gente viu no DVD? Falava alguma coisa sobre uma internet dentro da igreja...

— Era uma das coisas do diário.

— Bem, talvez fosse isso que ele queria dizer. Quando a gente se senta diante de um computador, pode clicar um mouse e ir para onde se quer. Pode se ligar com outro computador em qualquer parte do mundo. Talvez seja a mesma coisa... só que de verdade.

— Fantástico! — Richard sorriu. — Então você só precisa encontrar outra porta de igreja no Peru e talvez possa voltar para casa sem pagar a passagem de volta.

A aeromoça veio com as bebidas. O sol entrava pelas janelas e o cheiro do almoço já se espalhava pela cabine, vindo da cozinha logo atrás. Havia apenas quatro meses Matt estava morando com a tia em Ipswich, fracassando na escola, lutando de segunda a sexta e desperdiçando tempo nos fins de semana. E agora estava ali. Era difícil acreditar.

Richard pareceu captar seu pensamento.

— Você não precisava fazer isso — disse ele.

— Acho que precisava, Richard. — Matt olhou pela janela. Não havia nada para ver. Só as nuvens num céu vazio. — A Srta. Ashwood sabia. Até William Morton. Eu faço parte disso e acho que sempre fiz. Tentei fingir que não e quase fiz com que um monte de gente morresse. — Ele suspirou. — Você não precisa estar aqui. Mas eu acho que preciso.

— É, bem, você não vai a lugar algum sem mim.

— Então estamos nisso juntos.

O vôo parecia interminável. Matt assistiu a um filme, depois outro. Leu parte do livro. Tentou dormir mas não conseguiu. O barulho dos motores soava a toda volta e ele não podia esquecer que estava pendurado no espaço com o chão muito longe. Pousaram em Miami e passaram duas horas num saguão de trânsito sem graça enquanto o avião era reabastecido. Agora o relógio interno de Matt dizia que era o fim da tarde — mas ainda estava claro lá fora. Todo o dia fora esticado até perder a forma, e ele se sentia exausto.

Decolaram de novo e de repente o tempo ficou ruim. O céu estava escuro e um relâmpago estalou para baixo, chamejando contra a pele prateada do 747. Entraram num trecho de turbulência e Matt sentiu o estômago se revirar quando o chão desapareceu momentaneamente sob os pés. Dentro da área executiva as luzes tinham sido reduzidas. Um brilho amarelo e fraco iluminava os passageiros sentados, tentando parecer tranqüilos mas ao mesmo tempo segurando os braços das poltronas com toda a força. Ninguém falava. Mas enquanto cada sopro de vento fazia o avião estremecer e o tom dos motores subia e descia nos bolsões de ar em redemoinho, um ou dois xingavam baixo ou até murmuravam uma oração.

E de algum modo, no meio disso tudo, Matt finalmente conseguiu cair no sono. Não que a sensação fosse essa. Num momento ele estava ao lado de Richard, meio concentrado em mais um filme e contando os minutos até voltarem ao chão, no outro estava em outro lugar.

A ilha. Reconheceu-a imediatamente, e a conhecia tão bem que precisou se lembrar de que nunca estivera lá de verdade, só a visitava em sonhos. Ali estava a torre de rocha negra e partida. E ali estava o mar, feio como alcatrão líquido, espalhando-se ao redor. Não havia vento, mas as nuvens continuavam correndo de encontro a um céu que ia escurecendo. Matt se perguntou o que tudo aquilo significava. Por que estava ali? Por que voltava com tanta freqüência?

Olhou para baixo e viu o estranho barco feito de junco que viera na direção dele na última vez em que tinha estado ali. Ele havia chegado à beira da ilha e estava abandonado na areia cinzenta.

— Matt!

Alguém havia chamado seu nome. Virou-se e viu o garoto do barco, parado numa plataforma de rocha logo abaixo. Os dois tinham mais ou menos a mesma idade, mas o garoto era menor e mais magro do que ele, usando roupas que eram pouco mais do que trapos. Matt abriu a boca para responder. Sabia quem o garoto era e por que estava ali. Tinha vindo pegá-lo, levá-lo até os outros três que continuavam esperando no continente, a apenas 800 metros de distância.

Mas as palavras não saíram. Houve um grito. Matt olhou para cima bem a tempo de ver o cisne mergulhando do céu, o pescoço se esticando à frente. Vinha para ele com toda a força de um acidente de avião. Enquanto olhava, o cisne chegou mais perto, o bico aberto preenchendo sua visão como se fosse engoli-lo inteiro.

O garoto gritou. Matt sentiu que ia caindo.

Houve uma sacudida e ele abriu os olhos.

Richard estava ao lado.

Tinham chegado a Lima.

Matt achou que o aeroporto Jorge Chávez estava construído apenas pela metade. Depois das luzes fortes e da agitação de Heathrow, com multidões passando entre as *free-shops* como se todo dia fosse Natal, havia chegado a um espaço vazio e sem graça onde os passageiros eram convidados a fazer fila diante de uma fileira de cubículos onde estavam guardas de alfândega com uniformes em preto-e-branco. Faltavam telhas no teto do saguão de desembarque e nenhum ventilador funcionava. Algumas plantas em vasos murchavam ao calor pegajoso. Era menos uma chegada ao Peru do que a chegada a um lugar qualquer.

Matt estava sentindo-se cansado e sujo enquanto esperava na fila com Richard — que parecia do mesmo jeito. Mas havia outra coisa. Enquanto olhava os passageiros à frente e ouvia o barulho dos carimbos nos passaportes à medida que eram admitidos no país, começou a ficar nervoso. Só agora percebia que ele e Richard estavam cometendo um crime. Viajavam com passaportes falsos. Supunha que o Nexo soubesse o que estava fazendo, mas mesmo assim isso não parecia tanto uma boa idéia.

Os dois chegaram à frente da fila e se viram diante de um funcionário de aparência cansada, com a suspeita desenhada no rosto. Presumivelmente esse era o seu trabalho. Suspeitar de todo mundo. Mas Matt sentiu o coração acelerar enquanto Richard entregava os documentos. Olhou para outro lado.

Parte do teto do saguão estava sustentado por andaimes e havia um grande cartaz pendurado embaixo: *NO CRUZAR. ÁREA DE PELIGRO*. Richard havia acompanhado seu olhar.

— Não atravesse. Área de perigo... — traduziu.

Matt confirmou com a cabeça, imaginando se as palavras seriam proféticas.

O guarda de fronteira havia passado os dois passaportes por uma máquina e estava examinando um monitor. Agora levantou os olhos.

— Qual é o propósito da visita? — Ele devia ter feito a mesma pergunta dez mil vezes.

— Estamos aqui de férias — mentiu Richard.

O carimbo baixou mais duas vezes. Era isso. Haviam passado e Matt sentiu irritação consigo mesmo por se preocupar menos um pouquinho.

O trato era que Fabian não viria pessoalmente ao aeroporto pegá-los. Sempre havia a chance de que ele fosse reconhecido e seguido. Em vez disso mandaria um chofer — e sem dúvida havia um atarracado peruano vestindo camisa branca de manga curta esperando-os depois de terem pegado a bagagem. Estava segurando um cartaz com seus nomes falsos: Paul e Robert Carter. Dois irmãos de férias. Nada a ver com Matt Freeman e Richard Cole que tinham vindo salvar o mundo.

— *Buenos dias* — disse ele, estendendo a mão para pegar as malas. — Sou Alberto. O Sr. Fabian manda lembranças. Espero que tenham feito boa viagem.

— Foi longa — respondeu Richard.

O chofer riu.

— Vôo longo. Vocês vieram de muito longe. Mas o Sr. Fabian está perto. Vou levá-los.

Guiou-os para fora do aeroporto, abrindo caminho por uma multidão ruidosa que imediatamente os rodeou gritando: "Táxi! Táxi!" e tentando agarrar sua bagagem. Agora Matt estava sentindo-se realmente cansado. Era o início da noite e uma escuridão pesada pendia no céu. O ar era quente e cheirava a óleo diesel. Ele esperava não demorar muito para chegar ao destino.

O carro era novo em folha, e quando a porta se fechou e o motorista ligou o motor, Matt sentiu o frio bem-vindo do ar condicionado. Afundou no banco de couro ao lado de Richard.

— Peru — murmurou Richard.

— É. — Matt não sabia o que dizer.

— Não é tão peruano como eu imaginava. Não deveria haver lhamas?

— Estamos no meio de um aeroporto, Richard.

— Bem, deveria haver alguma coisa. — Richard fechou os olhos.

Alberto engrenou o carro e eles partiram.

Matt olhou pela janela. Depois de uma jornada interminável e de todas as horas desconfortáveis passadas no ar, era difícil crer que finalmente haviam chegado. Estava na América do Sul! Não apenas em um país estrangeiro, mas um outro continente. Em outro mundo.

Passaram por uma espécie de base naval — o aeroporto ficava perto do mar — e pegaram uma estrada de seis pistas, misturando-se a cerca de mil outros veículos passando por todos os lados. Ônibus multicoloridos, com tamanho para apenas 20 passageiros mas carregando o dobro disso, passavam rugindo. Furgões Toyota, também apinhados, costuravam no tráfego com buzinas berrando. De cada lado da estrada havia uma larga tira de terreno abandonado, cheio de entulho, pneus velhos, tambores metálicos e lixo. Muros quebrados cobertos de pichações apareciam no caminho, junto com antigas torres de vigia, algumas com a bandeira peruana, vermelha e branca. Para Matt era como se uma guerra tivesse sido travada ali, mas muito tempo atrás, e as pessoas ainda estivessem limpando a bagunça.

De algum modo o emaranhado de poeira, pichações, tráfego e concreto conseguiu se unir em algo que parecia vagamente uma cidade. À medida que se aproximavam dos arredores de Lima, Matt viu uma fileira de modernos prédios de escritórios, uma garagem com o nome — REPSOL — piscando em néon, algumas lojas, ainda abertas, com pessoas do lado de fora; sinais de vida cotidiana. Táxis-bicicletas verdes e vermelhos passavam rapidamente por eles, com as buzinas tocando musiquinhas furiosas. Cartazes com anúncios de computadores e celulares brotavam, bloqueando a vista. E então saíram e voltaram ao mar, cinza e pouco convidativo, quebrando-se contra a areia que parecia misturada com cimento, formando uma praia que era pouco mais atraente do que uma área de construção.

— A que distância fica a casa de Fabian? — perguntou Richard.

O motorista levantou a cabeça nervoso, encontrando os olhos de Richard no retrovisor.

— Não vamos à casa — respondeu.

— Por quê?

— Vamos ao Hotel Europa, em Miraflores. Não fica longe. O Sr. Fabian vai encontrá-los lá.

Pararam num sinal de trânsito onde o barulho era pior do que nunca. Ao redor, motoristas se apoiavam nas buzinas, furiosos por terem de esperar. Houve o som de metal se esmagando: uma van colidindo com a traseira de um carro. O grito agudo de um apito quando um policial de uniforme verde-escuro tentou assumir o controle. O ruído de um aparelho de som na traseira de uma motocicleta. Uma figura apareceu na frente do carro. Era um garoto, mais ou menos da idade dele, vestindo jeans imundos e camiseta, fazendo malabarismo com três bolas. Parecia estar se divertindo, lançando as bolas num círculo acima da cabeça. Apresentou-se por alguns segundos, depois fez uma reverência e estendeu a mão, pedindo dinheiro. Alberto balançou a cabeça e imediatamente o garoto se transformou, o rosto contorcido de raiva. Xingou rapidamente e cuspiu na janela. A luz do sinal mudou e eles partiram de novo. Matt ficou aliviado. Nunca estivera num lugar assim. Em que havia se metido?

Agora seguiam por uma rua calma, mais residencial, afastando-se do mar. Matt teve a sensação de que estavam chegando perto do hotel.

— Que horas são? — perguntou a Richard.

— Não sei. — Richard virou o pulso para olhar o relógio. Matt percebeu que ele havia acabado de cochilar. Os dois estavam meio dormindo, meio acordados, presos entre as duas coisas. — Meu relógio ainda está no horário da Inglaterra. Mas agora são...

Não terminou a frase.

O carro parou de modo abrupto. Matt e Richard foram jogados para a frente. O motorista disse algo gutural em espanhol. Matt viu o que havia acontecido. Uma van azul havia saído a toda velocidade de uma rua lateral, bloqueando o caminho. A princípio achou que fosse apenas um acidente, mas então viu as portas da van se abrindo. Quatro homens saíram e começaram a correr para eles, e naquele instante soube que não havia nada de acidental. Tinham caído numa armadilha. Aquelas pessoas estavam esperando-os.

Alberto também soube. Com um sentimento de irrealidade, Matt o viu enfiar a mão no porta-luvas e pegar uma arma. Fabian devia estar com medo disso desde o início. Devia ter suspeitado de que eles talvez fossem atacados no caminho da cidade. Talvez por isso tivesse mudado o destino. E por que outro motivo garantiria que o motorista levasse uma arma?

E não era o único. Dois homens que vinham para eles estavam segurando revólveres. Tudo acontecia tão depressa que Matt mal conseguiu vislumbrar os rostos — morenos e decididos, com cabelos longos e pretos. Usavam jeans e camisas abertas no peito, mangas enroladas. Então alguém deu um tiro e o pára-brisa se tornou um labirinto de rachaduras com um único buraco, um olho mortal, no centro. Alberto gritou. Fora acertado no ombro. Seu sangue espirrou no encosto do banco. Mas agora ele girou a arma e deu três tiros. O pára-brisa despencou, o vidro cascateando no capô. Os homens da van hesitaram, depois procuraram cobertura.

E foi então que Richard agiu. Segurando Matt com uma das mãos, abriu a porta com a outra. Estava do lado direito do carro, o mais distante da van.

— Anda! — gritou ele.

— Não, *señor*! — Alberto girou no banco da frente.

Richard ignorou-o. Arrastando Matt, saiu do carro para a rua. Matt não resistiu. Sua cabeça rodava. Não sabia o que estava acontecendo. Mas concordava com Richard. Iria se sentir mais seguro ao ar livre.

Mais dois tiros. Com o canto do olho Matt viu Alberto sair desajeitadamente do carro e correr para a escuridão da noite, uma das mãos segurando o ombro ferido. Estava abandonando-os! A rua tinha casas dos dois lados, mas ninguém veio ver o que acontecia. Ninguém queria ajudar.

— Corra! — gritou Richard. — Continue em movimento! Não pare por nada!

Matt não precisou ouvir duas vezes. Afastou-se do carro e começou a correr de volta pela rua, indo na direção de onde tinham vindo. Agora estava escuro. As lâmpadas da rua lançavam uma luz feia, artificial, sobre eles, tornando tudo amarelo. E havia ficado mais quente ainda. Matt podia sentir o suor escorrendo por baixo das roupas.

Richard gritou.

Matt parou e se virou. Dois homens haviam agarrado o jornalista. Matt viu um deles claramente. Um rosto redondo, quase feminino. Barbado. Uma pequena cicatriz perto de um olho. Estava segurando Richard pelo pescoço. Os dois outros vinham rapidamente atrás.

Richard estava lutando e, de algum modo, por um breve momento conseguiu se soltar.

— Continue, Matt! — gritou. — Corra!

Richard deu um chute na barriga de um dos homens. O sujeito gemeu e despencou no chão. Mas o segundo, o da cicatriz, havia agarrado-o outra vez. Matt ficou olhando enquanto os outros os alcançavam, e eram três contra um. Não havia como salvar Richard. Matt girou e começou a correr. Ouviu um dos atacantes chamando-o e, mesmo não tendo certeza, pensou tê-lo ouvido usar seu nome. Seu nome de verdade. Então sabiam quem ele era! A armadilha devia ter sido feita muito antes de chegarem.

Matt virou uma esquina e correu por um beco. No fim virou de novo, chegou a uma rua principal e atravessou-a, ziguezagueando no meio do tráfego. Alguém gritou com ele. Um ônibus passou a toda, golpeando-o com um soco de ar quente. Chegou a um terreno baldio e correu por ele. Um cão sujo e meio morto de fome latiu. Algumas mulheres o olharam com curiosidade preguiçosa.

Por fim parou, a respiração áspera na garganta. Estava coberto de suor. A camisa parecia ter se grudado ao corpo. E estava cansado por causa da diferença de fuso horário. Podia senti-la pousando nos ombros, tentando apertá-lo no chão. Mas pelo menos estava sozinho. Olhou de volta a rua principal do outro lado do terreno baldio e o tráfego a distância. Ninguém vinha atrás dele. Havia escapado.

Só então a enormidade da situação o golpeou. Estava num país estranho, sem dinheiro nem bagagem. O motorista que fora mandado para pegá-lo tinha fugido, salvando a pele, e seu único amigo fora seqüestrado por um inimigo desconhecido. Não sabia onde estava. Não sabia como chegar aonde deveria ir. E estava sozinho.

HOTEL EUROPA

Matt nem havia percebido que caíra no sono até que começou a acordar de novo. Gemeu baixinho e se enrolou, não querendo retornar à consciência. Ainda não estava pronto para encarar a realidade. Sentia-se absolutamente exaurido. Todo o corpo parecia esvaziado. Talvez fosse o fuso horário. Mais provavelmente era o choque pelos acontecimentos. Seus braços e os ombros doíam e a boca estava seca. O que o havia acordado? Ah, sim, uma mão no bolso de sua jaqueta. Só para aumentar os problemas, ele estava sendo roubado.

Abriu os olhos e viu um garoto de cabelos escuros inclinado sobre ele. Ao mesmo tempo os olhos do garoto se arregalaram alarmados. Matt gritou e o empurrou para longe. O garoto estivera agachado sobre os calcanhares. Perdeu o equilíbrio e caiu de costas. Matt saltou de pé.

— Sai daí! — gritou. — Quem é você? Me deixe em paz!

O garoto não disse nada. Claro, era improvável que falasse alguma palavra de inglês. Matt olhou-o e, apesar de tudo que havia acontecido e de toda a confusão na mente, pensou que o conhecia. Parecia que os dois tinham se encontrado havia muito tempo, mas então se lembrou — no carro, no caminho do aeroporto. Era o garoto que estivera fazendo malabarismo no sinal de trânsito e havia xingado o motorista.

— *No hacia nada. Solo intentaba ayudarte!* — disse o garoto.

Estava se dizendo inocente, mas Matt não acreditou. A verdade se encontrava ali nos olhos dele — castanho-escuros e cheios de suspeita — no modo como se comportava, como um animal acuado, como se fosse saltar a qualquer momento. O garoto era todo ossos. Se Matt segurasse o braço dele tinha certeza de que os polegares e os indicadores iriam se encontrar. Ele estava usando uma camiseta amarela que anunciava uma bebida chamada Inca Cola, mas as palavras haviam se desbotado e o tecido estava gasto e esburacado. A calça jeans era nojenta, amarrada com um pedaço de corda na cintura. Usava sandálias feitas de borracha preta.

O garoto se levantou e se espanou, como se a ação pudesse remover meses de sujeira acumulada. Então olhou maldoso para Matt.

— *No he tomado nada.* — Em seguida mostrou as mãos vazias para enfatizar. Não havia tirado nada.

Matt tateou os bolsos. Quando saiu da Inglaterra estava com dez libras, e felizmente as havia mantido no bolso da calça. Continuavam ali. O passaporte continuava na jaqueta. Isso pelo menos era alguma coisa. O garoto estava olhando-o com orgulho ferido, como se dissesse: "Como você pode desconfiar de mim?". Mas Matt tinha certeza de que se dormisse por mais 30 segundos teria acordado sem nada.

Olhou ao redor. Estivera sentado, encostado numa parede baixa de tijolos sob um cartaz rasgado anunciando celulares. O terreno baldio que ele havia atravessado estava à frente, com uma fileira de casas parcialmente construídas do outro lado. Todos os prédios pareciam ter sido cortados ao meio com uma faca. Fios e postes de metal brotavam de onde os telhados deviam estar. Ainda estava escuro, a área iluminada por feias lâmpadas de arco voltaico, curvando-se a partir de postes de concreto. Mas os primeiros dedos cinzentos da manhã já se esgueiravam pelo céu. Matt olhou o relógio. Não estava ali. O garoto se remexeu inquieto.

— Imagino que você não saiba que horas sejam — disse Matt.

O garoto estendeu a mão. O relógio de Matt estava no pulso.

Eram cinco da manhã.

Matt nem tentou pegar o relógio de volta. Ficou meio surpreso por o garoto não ter fugido abandonando-o. Talvez estivesse curioso. Um turista estrangeiro perdido numa cidade. E que tinha mais ou menos a idade dele. Talvez visse uma chance de ganhar mais dinheiro. Bem, ele poderia ser útil — mesmo sendo ladrão. Afinal de contas, era peruano. Conhecia a cidade.

Era hora de pensar.

Matt precisava voltar a fazer contato com o Nexo... e em particular com Fabian, que devia estar procurando-o agora mesmo. O problema é que ninguém havia contado com a separação de Richard e Matt. Richard tinha dinheiro e cartões de crédito. Tinha números de telefone para contatar Fabian de dia ou de noite. Mas não os tinha dado a Matt.

Afora as dez libras, Matt não possuía nada. Talvez, se deduzisse um modo de usar um catálogo telefônico, poderia conseguir o número de Susan Ashwood em Manchester... Mas até isso parecia complicado e um tanto improvável. Que tal a polícia? Era a escolha óbvia, mas Matt duvidava de que o garoto peruano estivesse muito ansioso para mostrar onde ficava a delegacia mais próxima. Talvez ele pudesse achar o caminho até Barranco. Não devia ser muito longe.

Então se lembrou do que o motorista, Alberto, tinha dito. Fabian estava esperando-os num hotel. Qual era o nome? Demorou alguns instantes para colocar o cérebro em movimento. Hotel Europa. Isso. Hotel Europa em Miraflores.

O garoto continuava esperando que ele dissesse alguma coisa. Matt tocou o próprio peito.

— Matt — disse ele. Agora não havia sentido em se esconder atrás de um nome falso.

O garoto assentiu.

— Pedro.

Então era assim que ele se chamava. E o estranho era que Matt sabia o nome antes de ele dizer. Talvez tivesse ouvido enquanto estava dormindo.

— Conhece o Hotel Europa em Miraflores?

Pedro permaneceu inexpressivo.

Matt tentou de novo, mais devagar.

— Hotel Europa. — Apontou para si mesmo. — Eu ir.

— Hotel Europa? — Desta vez Pedro entendeu. — *Si*...

— Pode me mostrar o caminho? — Matt indicou a rua. — Entende?

Pedro entendeu. Mas não estava concordando com nada. Matt viu a dúvida nos olhos dele. Por que deveria ajudar esse garoto estrangeiro?

Matt pegou as dez libras.

— Se me levar lá eu lhe dou isso. É muito dinheiro.

Os olhos de Pedro se fixaram na nota. Era o que ele estivera procurando. Assentiu pela segunda vez.

— Hotel Europa — repetiu.

— Vamos.

Os dois partiram.

Demoraram uma hora para chegar ao hotel: um prédio moderno, de 12 andares, com uma entrada de veículos que ia até a porta da frente, onde um porteiro uniformizado já estava esperando para receber os hóspedes da manhã. Miraflores era um dos bairros mais exclusivos de Lima. As ruas eram calmas e passavam entre gramados bem cuidados, com palmeiras e fontes. Havia uma galeria de aparência cara alardeando o tipo de lojas e restaurantes que não ficariam deslocados em Londres. Todo o bairro era empoleirado no fim de um penhasco em miniatura. Lá embaixo o mar formava um crescente gigantesco, estendendo-se a distância com o resto da cidade praticamente invisível, a um quilômetro e meio dali.

Hotel Europa. Matt sentiu um jorro de alívio ao ver o nome escrito em letras grandes e brancas acima do saguão de entrada. E havia outra coisa. A princípio não tinha notado, mas dois carros da polícia estavam parados do lado de fora. Não tinha dúvida alguma de que estavam ali por causa dele. Fabian devia estar esperando que ele chegasse com Richard. Quando não chegaram, deve ter dado o alarme.

Matt começou a avançar, mas Pedro estendeu a mão e o segurou.

— É. Certo. — Matt pegou a nota de dez libras e ofereceu ao garoto. — Pronto. Obrigado.

— Não! — Pedro parecia apavorado. Apontou para os dois carros e disse a palavra que era quase igual em tantas línguas diferentes. — *Policía!*

— Tudo bem, Pedro. Quero falar com eles. Não tem problema.

Mas Pedro estava preocupado. Balançou a cabeça e pareceu que não queria deixar Matt ir.

Matt soltou-se, enfiando a nota no bolso.

— Vejo você por aí — disse, sabendo que isso não aconteceria.

Subiu pela entrada de veículos e entrou no hotel. O porteiro olhou brevemente na sua direção e decidiu deixá-lo entrar. Ele era uma criança e estava amarrotado — mas era europeu e só isso importava. Em algum lugar, por dentro, Matt soube que Pedro não teria permissão de chegar nem mesmo perto.

A porta da frente se abria para uma grande área de recepção, com sofás de couro, mesas antigas, enormes plantas em vasos e espelhos. Matt nunca estivera dentro de um hotel de luxo — e muito menos sozinho. Sentia-se desconfortável em entrar naquele espaço enorme. O Hotel Europa era local de turistas e empresários ricos, e ele não era uma coisa nem outra. Havia duas mulheres elegantes paradas atrás da bancada de mármore que servia como mesa de recepção, e as duas o olharam com educação gélida enquanto ele se aproximava.

— Preciso de sua ajuda — disse Matt.

— Sim? — A recepcionista mais jovem pareceu surpresa, como se ajudar não fizesse parte de seu serviço.

— Meu nome é... — Matt hesitou. Que nome deveria dar? Decidiu não se incomodar com isso. — Eu deveria encontrar uma pessoa aqui.

— Com quem você vai se encontrar, por favor?

— O nome dele é Sr. Fabian.

A recepcionista digitou no teclado de um computador escondido logo atrás da bancada. Suas unhas faziam barulho nas teclas. Um instante depois ergueu os olhos.

— Sinto muito. Não há ninguém com este nome hospedado no hotel.

— Talvez ele não esteja hospedado aqui. — Matt tentou afastar a impaciência da voz. — Eu cheguei ao aeroporto ontem. Vinha para cá encontrá-lo. Mas fui atrasado.

— De onde você vem?

— Da Inglaterra. — Matt pegou o passaporte e colocou na mesa. Esperava que a capa com letras douradas impressionasse a jovem mais do que ele estava conseguindo.

Ela o abriu e olhou o nome sob a foto.

— Paul Carter? — Ela o olhou estranhamente, como se estivesse esperando-o. A outra pegou um telefone e digitou um número.

— Onde está seu irmão? — perguntou ela.

— Meu irmão? — Matt percebeu que elas estavam falando de Richard. Portanto ele estava certo. Eram esperados. — Não sei. Onde está o Sr. Fabian?

— O Sr. Fabian não está aqui.

Perto dela, a segunda garota completou a ligação. Falou rapidamente em espanhol, depois pousou o telefone.

Uma porta lateral se abriu.

Quatro homens saíram, andando objetivamente na direção dele. Havia algo ameaçador no modo como caminhavam. Era como se estivessem saindo de um bar, meio bêbados, procurando briga. Se não fossem os carros da polícia parados do lado de fora, Matt presumiria que eram soldados. Estavam usando calças cinza, enfiadas nas botas, jaquetas verde-escuras com zíper na frente e bonés. O líder era um homem enorme e barrigudo com bigode grande e pele parecendo couro, cheia de cicatrizes de espinhas. Seu cabelo era escuro. Haveria um único homem no Peru que não tivesse cabelo escuro? Ele tinha corpo de praticante de luta livre. As mãos eram enormes. Tudo nele parecia brutal e grande demais, e Matt precisou lembrar-se de que era ele que precisava da polícia, que não havia cometido crime algum.

Pelo menos pensava.

— Você é Paul Carter? — perguntou o policial. Mesmo com aquelas quatro palavras Matt percebeu que o inglês dele era bom. Tinha um forte sotaque espanhol, mas havia um certo ritmo no modo como falava. E, apesar da aparência, a voz era suave.

— Sim.

— Sou o capitão Rodriguez. Estava esperando vocês. Onde está seu amigo... — Ele deu um sorriso desagradável. — ...Robert Carter?

— Não está aqui.

— Onde está?

Matt ia ficando cada vez mais nervoso. O policial havia se referido a Richard como seu amigo, não como irmão — o que ele deveria ser. E tinha falado os nomes como se já soubesse que eram falsos. Pedro o havia alertado para não entrar no hotel e Matt começou a desejar que tivesse prestado atenção. Certamente não esperava esse grau de hostilidade. O policial chefe estava parado bem à frente dele. Os outros três haviam se movido para rodeá-lo. Não estavam tratando-o como se precisasse de ajuda. Era mais como se fosse um suspeito, um criminoso procurado.

— O Sr. Fabian ligou para vocês? — perguntou Matt.

— Fabian? Quem é Fabian?

— Escutem... eu fui atacado ontem à noite. Precisava de ajuda.

— Seu nome é Paul Carter?

— Sim. — No instante em que falou a palavra, ela morreu em seus lábios. O policial sabia quem ele era. Só havia feito a pergunta para testá-lo. Lentamente ele pegou o passaporte e virou-o, segurando-o como se fosse uma coisa suja. Então pegou-o e abriu. Por longo momento franziu os olhos para a fotografia.

— Onde você conseguiu isso? — perguntou ele.

— É o meu passaporte. — Matt sentiu um terror sem nome abrindo-se embaixo dele.

— Este passaporte é falso.

— Não...

— Diga seu nome verdadeiro.

— Já disse. É Paul Carter. Não ouviu o que eu falei? Fui atacado ontem à noite. Havia homens com armas. O senhor tem de ligar para o Sr. Fabian.

As jovens na recepção estavam observando aquilo tudo com os olhos cheios de medo. Um dos policiais falou algo bruscamente e elas saíram depressa, desaparecendo por um corredor. Outro policial foi até a porta principal e ficou ali parado, certificando-se de que ninguém olhasse para dentro. Ainda era de manhã cedo. Nenhum hóspede havia se levantado. Ninguém poderia testemunhar o que aconteceu em seguida.

O policial principal — o que dizia ser o capitão Rodriguez — deu um soco em Matt. O garoto mal teve tempo de ver o punho enorme girando na direção dele antes de fazer contato com sua barriga, arrancando-o do chão. Se tivesse comido alguma coisa nas últimas 12 horas, Matt vomitaria. Sentiu a respiração sair explodindo quando caiu de costas no chão. A escuridão tremeluziu à frente de seus olhos enquanto ele pairava na borda da consciência e precisava lutar com toda a força simplesmente para respirar de novo. Sentiu o mármore frio encostado na bochecha. Precisava daquilo. O frio ajudava a lutar contra a escuridão.

— Você está mentindo — disse Rodriguez, e Matt soube que estava mais encrencado do que podia imaginar. O policial sabia de tudo. Estivera esperando Matt no hotel. Talvez a noite toda. — Acha que sou idiota? Acha que os policiais do Peru não valem o seu respeito?

— Não... — Matt tentou falar, mas ainda não havia recuperado o fôlego e estava sentindo muita dor. Não podia acreditar no que acabara de acontecer. Havia um gosto amargo em sua boca. Obrigou-se a continuar: — Quero... — Ele era cidadão britânico. Não importava o que tivesse feito. Não podiam tratá-lo assim.

O capitão Rodriguez girou o pé quase com preguiça e Matt gritou quando ele fez contato com suas costelas. Uma nova onda de dor atravessou seu corpo. Por alguns segundos o hotel ficou vermelho e ele se perguntou se iriam matá-lo ali mesmo, nesse hotel elegante.

— O que você quer? — provocou Rodriguez, imitando sua voz. — Quer confessar? Acho que seria boa idéia, amigo. Acho que deveria me dizer quem você é de verdade e por que veio aqui. Acho que deveria contar agora mesmo!

Golpeou de novo. Matt viu a bota chegando e pôde acompanhar o movimento dela, rolando pelo piso de mármore. Os outros policiais riram.

Rodriguez veio até ele, um passo lento de cada vez.

— Você não deveria vir aqui, meu amigo — cantarolou ele.

— Eu... não... fiz... nada... errado.

— Você não tem documentos. Não tem nacionalidade. Entrou neste país ilegalmente. — Rodriguez baixou a mão e agarrou o cabelo de Matt. Puxou com tanta força que Matt gritou. Podia sentir as lágrimas sendo espremidas dos olhos. — Talvez seja terrorista. É. Você é jovem, certo. Mas existem terroristas jovens. Está preparado para dizer a verdade?

Matt assentiu. O que mais poderia fazer? Contaria tudo ao sujeito.

— Onde está Richard Cole? — perguntou Rodriguez.

Então a charada estava terminada. O policial sabia quem eram. Sabia desde o início.

— Onde ele está? — Rodriguez puxou com mais força.

— Não sei! — gritou Matt. Tinha certeza de que o cabelo seria arrancado. Havia sangue escorrendo do nariz e pelo canto da boca. — Ele disse que iria me encontrar aqui! Não sei aonde foi! — Era mentira, mas não importava. Só precisava dizer algo para acabar com a dor.

Ouviu o som de uma campainha e a porta do elevador se abriu. Um empresário havia aparecido, saindo para uma reunião matinal. Deixou o elevador e viu os quatro policiais, o garoto caído no chão entre eles. Ninguém disse nada. O empresário piscou e desapareceu de volta no elevador. Matt pôde imaginar que ele nem respiraria até voltar ao quarto.

Mas finalmente o capitão Rodriguez havia largado seu cabelo. Matt ficou caído, esparramado no chão como um daqueles desenhos que a polícia faz depois de um assassinato. Imaginou se algumas costelas teriam se quebrado. Todo o corpo doía.

Rodriguez se abaixou perto dele e segurou sua bochecha. Por um momento era como se fosse um pai, consolando o filho ferido, mas cada palavra que dizia pingava veneno e ódio.

— Você é uma criança muito idiota — murmurou. — Veio ao meu país sem ser convidado e ninguém pode ajudá-lo. Porque, veja bem, você é "Paul Carter". Você não existe. Ninguém sabe que está aqui e ninguém saberá quando você desaparecer. Porque é isso que vai acontecer, meu amigo. Nós temos lugares aqui que ninguém conhece. Prisões distantes aonde você poderia ir e de onde jamais sairia. Seria fácil matá-lo. Eu poderia matá-lo agora e ir tomar meu café-da-manhã sem pensar duas vezes. Mas não é isso que vai acontecer, Matthew Freeman. Você será enterrado vivo numa cela de concreto muito abaixo do solo e será deixado para apodrecer. E ninguém ouvirá falar de você outra vez.

Ele ergueu um pouco mais a cabeça de Matt, de modo que seus lábios quase tocavam o ouvido do garoto. E então vieram as palavras finais, um sussurro de puro ódio.

— Diego Salamanda manda lembranças.

Deixou a cabeça cair e Matt sentiu outro espasmo de dor quando o crânio entrou em contato com o piso de mármore.

Rodriguez devia ter dado um sinal. Os outros três policiais se aproximaram e o pegaram. Arrastaram-no para fora do hotel. Matt nem tentou resistir. Podia sentir os pés, com os artelhos para baixo, deslizando atrás do corpo. Sua visão estava turva. Mal podia vislumbrar a bancada da recepção com Rodriguez parado à frente, mas as duas coisas estavam fora de foco. Não havia sinal do porteiro. Como o empresário, ele devia ter sumido das vistas o mais rápido possível. Matt se lembrou dos dois carros parados do lado de fora. Eles estavam à espera! E ele simplesmente havia entrado e se entregado.

Arrastaram-no até o primeiro carro e um dos policiais procurou a chave nos bolsos. Com isso apenas dois ficaram segurando Matt. Será que ele teria forças para lutar? Não. Estavam segurando-o com firmeza. E os seus poderes? Matt se lembrou por um instante do lustre explodindo na Forrest Hill. Aquilo parecia ter acontecido um século atrás. Imaginou se poderia fazer algo semelhante. Ligar o poder e fazer o carro da polícia explodir. Mandar aqueles homens girando como marionetes no vento. Mas não era assim tão fácil. Não havia um interruptor que ele pudesse ligar. Qualquer poder que ele possuísse ainda não estava sob seu controle.

Mas então o policial que o segurava do lado mais próximo do carro gritou e subitamente soltou-o. Levantando os olhos, Matt viu sangue escorrendo pelo rosto do sujeito. Será que *ele* tinha feito isso? Estava tão chocado que por um momento pensou que sim. Mas então viu uma pedra do tamanho de um punho voando pelo ar e o segundo policial cambaleou para trás, as mãos segurando o rosto. Matt estava livre. Caiu de encontro ao carro e olhou para longe do hotel, na direção da rua principal. E ali viu a resposta.

Pedro. Estava segurando um estilingue feito com uma tira de algum material preto — borracha ou couro. Havia usado aquilo por duas vezes com precisão mortal, derrubando os dois policiais. Mas ainda restava um: o que estava com as chaves do carro. Matt gritou um alerta quando o sujeito levou a mão ao coldre e pegou um revólver.

Mas antes que a arma tivesse saído totalmente, Pedro usou o estilingue pela terceira vez. Outra pedra voou e acertou o terceiro policial, pegando-o logo acima do olho. O sujeito gritou e largou a arma.

Pedro gritou seu nome.

— Matt!

Matt olhou de volta para a porta do hotel. O capitão Rodriguez tinha aparecido, alertado pelos gritos dos seus homens. Estava com uma arma na mão. Rapidamente percebeu o que havia acontecido. Seus homens estavam machucados. O garoto inglês estava livre, encostado no carro que deveria levá-lo para longe. E havia outro garoto com um estilingue. Rodriguez apontou o revólver para o segundo garoto.

Matt mergulhou e agarrou a arma caída no chão. Rolou de barriga para baixo e disparou seis tiros na direção do hotel. Não sabia se algum deles havia acertado o capitão Rodriguez, mas viu o policial mergulhar em busca de cobertura atrás de um carro estacionado. Atrás dele as portas de vidro do hotel se despedaçaram. Ao mesmo tempo, um alarme disparou lá dentro. Matt largou a arma e se levantou inseguro.

O primeiro policial que Pedro havia acertado já estava se recuperando. Matt olhou para ele e, encontrando uma reserva de força escondida, deu um pontapé. A ponta do tênis entrou em contato com carne macia. Havia chutado o sujeito bem entre as pernas e ele desmoronou sem emitir um som.

Outra pedra passou voando. Um dos outros policiais foi acertado pela segunda vez e foi jogado longe, batendo na lateral do carro e disparando outro alarme. O terceiro havia se arrastado para longe.

— Matt! — gritou Pedro de novo.

Matt não precisava de mais encorajamento. Com as mãos segurando a barriga, saltou adiante. O garoto peruano esperava por ele, com outra pedra preparada no estilingue, para o caso de alguém tentar segui-los. Mas ninguém fez isso.

Pedro estendeu a mão e segurou Matt, e os dois correram o mais rápido que puderam. Os alarmes continuavam tocando e agora eram acompanhados pelo grito de sirenes à medida que mais carros da polícia se aproximavam. Segundos depois, pararam diante do hotel. O capitão Rodriguez havia reaparecido, o rosto cheio de fúria. Mas era tarde demais. A rua estava vazia. Os dois garotos tinham desaparecido.

A CIDADE DO VENENO

Uma hora depois ainda estavam correndo.

Matt ficou perplexo com a quantidade de energia que Pedro parecia ter. Afinal de contas, ele aparentava não comer havia uma semana. Mas tinham mantido o mesmo ritmo desde que deixaram o hotel, parando apenas quando um furgão azul sujo, com janelas gradeadas e as palavras *POLÍCIA NACIONAL* pintadas na lateral, passou a toda velocidade. Então Pedro se escondeu atrás do que parecia ser um caminhão abandonado, arrastando Matt. Olhou para Matt e indicou que ele descansasse. Os dois sentaram-se na calçada.

Enquanto recuperava o fôlego, Matt se lembrou do que Rodriguez tinha dito. Ele não tinha documentos. Havia entrado ilegalmente no Peru. Quando o Nexo sugeriu, os passaportes falsos pareceram uma boa idéia. Mas, de fato, ele e Richard foram entregues, embrulhados para presente, em mãos inimigas. Matt não podia provar quem era. Não existia registro de sua chegada. E se desaparecesse ninguém saberia nem se incomodaria.

— *Debemos apresurarnos* — disse Pedro e se levantou outra vez. Matt entendeu. Era hora de ir.

Estavam numa rua larga e movimentada, em algum lugar nos arredores de Lima, diante de uma fileira de lojas e um restaurante, todos sem as janelas e portas da frente. Na verdade não tinham fachadas. Eram como caixas abertas com o interior se derramando na rua, o cheiro de comida se misturando à fumaça de gasolina. Do outro lado havia uma fileira de homens de jeans e bonés sentados junto a um muro baixo de concreto, aparentemente sem ter o que fazer. Também havia uns dois garotos engraxates com caixas rústicas de madeira penduradas às costas. A visão fez Matt estremecer. Os dois meninos tinham cerca de seis anos.

— Aonde estamos indo? — perguntou.

Pedro não entendeu ou não se incomodou em responder. Já ia andando pela calçada. Matt estava exausto, mas se obrigou a ir atrás. O que mais poderia fazer?

Chegaram a um sinal de trânsito e o rosto de Pedro se abriu num sorriso. Era a primeira vez que Matt o via sorrir. Um caminhão esperava com uma carga de material de construção. Pedro havia reconhecido o motorista. Correu e começou a falar, gesticulando algumas vezes na direção de Matt. O sinal ficou verde e imediatamente os carros começaram a buzinar. Mas o motorista não estava com pressa. Esperou até Pedro ter acabado, olhou rapidamente para Matt e balançou o polegar. Pedro sinalizou e, com um enorme sentimento de alívio, Matt subiu com ele na carroceria.

Partiram de novo.

Matt estava desesperadamente exausto. Só havia conseguido algumas horas de sono perturbado na noite anterior. Além disso estava mal por causa do encontro com Rodriguez. Sentia um latejamento enjoativo na cabeça e na barriga, e ele tinha certeza de que havia quebrado uma costela. A polícia o havia espancado. Como uma coisa assim poderia ter acontecido — e num lugar público, no meio de um hotel? Que tipo de país era este?

O motorista gritou alguma coisa pela janela e Matt viu a mão dele aparecer segurando uma pequena penca de bananas. Pedro pegou-a e separou algumas, oferecendo a Matt. Matt balançou a cabeça. A fome era de matar, mas ele não conseguia se obrigar a comer. Estava encrencado demais, sentindo dor demais. Pedro encolheu os ombros, descascou uma banana e deu uma mordida.

Matt não sabia o que pensar daquele garoto. Sem dúvida, Pedro o havia salvado ao esperar do lado de fora do hotel com seu estilingue, mas era difícil saber exatamente o motivo. Agora mesmo estava ignorando-o completamente. Era como se Matt não passasse de um fardo, como um animal desgarrado acompanhando-o pela rua. Certamente não havia nada de amigável no garoto. Pelo contrário. Matt precisava lembrar que havia apenas algumas horas Pedro estivera tentando roubá-lo — e continuava usando seu relógio! Talvez ainda estivesse interessado na nota de dez libras de Matt. Não, isso não era justo. Matt tinha oferecido o dinheiro antes e Pedro se recusou a pegar. Então aonde estariam indo agora? Pedro devia morar em algum lugar daquela cidade grande e pouco convidativa. Talvez tivesse pais. Quem sabe, conheceria alguém que pudesse ajudar.

Cerca de 20 minutos depois o caminhão parou e os dois desceram. Pedro acenou e gritou para o motorista. Matt se viu ao pé de um morro onde um bairro feio — um emaranhado de tijolos e fios — se esparramava encosta acima. Nunca tinha visto algo assim. A primeira impressão era a de uma comunidade que havia despencado morro abaixo, partindo-se e se embolando no caminho. Então percebeu que o lugar fora construído assim. Era um *barrio* — uma favela, onde moravam os mais pobres dentre os pobres.

Como sempre, Pedro já estava em movimento. Matt o acompanhou, mergulhando num labirinto de ruas estreitas e becos, nenhum pavimentado, todos cobertos de lixo e entulho. Só agora, no meio daquilo tudo, Matt viu que menos da metade das casas era feita de tijolos. A maioria era de papelão, zinco, esteiras de palha, plástico ou uma mistura de tudo isso.

Chegaram a uma espécie de praça onde várias velhas com xales coloridos e chapéus-coco estavam agachadas ao lado de um enferrujado barril de óleo que fora transformado em fogão improvisado. Estavam fazendo uma espécie de cozido, com latas de leite em pó que elas haviam achatado e transformado em panelas. Algumas galinhas magras bicavam inutilmente no entulho, e um cachorro — era difícil ver se estaria vivo ou morto — estava estendido ao sol. Havia um cheiro terrível de esgoto. Matt cobriu o nariz e a boca com a mão. Ficou espantado ao ver que alguém podia viver ali, no entanto Pedro mal parecia notar o cheiro.

Matt percebeu as mulheres olhando-o com curiosidade. Imaginou o que estariam pensando. Estava sujo e desgrenhado, mas mesmo assim suas roupas eram novas e caras... pelo menos comparadas ao que elas vestiam. Aos olhos delas ele devia ser um garoto europeu rico, e duvidava de que muitos assim aparecessem por ali. Assentiu para elas e foi correndo atrás de Pedro.

Foram subindo mais ainda. O esforço fazia o peito de Matt doer — dava para sentir as costelas — e ele começou a se perguntar quanto tempo conseguiria ir em frente, quando chegaram a uma pequena construção de tijolos com duas janelas cobertas pelo lado de dentro com algum tipo de pano de saco. Pedro sinalizou para ele entrar.

Seria ali que ele morava? Subitamente apreensivo, Matt o acompanhou pela passagem. Não havia porta. Viu-se num espaço quadrado, parecendo uma caixa, e à medida que os olhos se acostumavam à falta de luz identificou uma mesa de madeira, duas cadeiras, um fogareiro a gás — o tipo de coisa que ele usaria num acampamento —, algumas latas e uma cama baixa e estreita. Então viu um homem deitado na cama. Pedro estava agachado junto dele, falando com empolgação. Lentamente o homem se sentou.

Tinha uns 60 anos e usava um terno que parecia ter a mesma idade. Havia dormido com a roupa e o tecido estava terrivelmente amarrotado. Faltavam quase todos os botões e a camisa pendia fora da calça. Ele tinha barba, os pêlos grisalhos se espalhando ao redor da boca fina e bastante cruel. Os olhos do sujeito eram vermelhos e desconfiados. Por um longo minuto não disse nada, olhando Matt como se estivesse avaliando-o, tentando deduzir quanto ele valeria. Enxugou a boca com as costas da mão e engoliu em seco. Por fim disse:

— Bem-vindo.

Era a primeira palavra amigável em inglês que Matt escutava desde que havia se separado de Richard, e sentiu um jorro de alívio. Mas ao mesmo tempo, examinando o sujeito, começou a perguntar se seus problemas teriam acabado. Certamente este não era o salvador que ele estivera esperando.

— Pedro disse que você é americano — disse o homem. Seu sotaque inglês era desagradável. Ou talvez fosse o tom de suspeita na voz, o modo como arrastava as palavras.

— Não. Sou inglês — respondeu Matt.

— Da Inglaterra! — O sujeito achou divertido. — De Londres?

— Vim de Londres. Mas moro num lugar chamado York.

— York. — Ele repetiu a palavra, mas obviamente nunca ouvira falar. — Pedro diz que você está sozinho. Que foi espancado pela polícia. Que iam prendê-lo.

— É. Pode agradecer a ele por ter me ajudado?

O homem enfiou a mão embaixo da cama e pegou uma garrafa com líquido transparente até a metade. Tomou um gole e pousou-a. Matt sentiu cheiro de álcool. Em seguida o sujeito pegou meio charuto no bolso do paletó e acendeu. O tempo todo seus olhos jamais se afastavam do recém-chegado.

— Pedro diz que você tem dinheiro.

Matt hesitou — mas de novo soube que não tinha chance. Pegou a nota de dez libras e deu ao homem.

Ele virou a nota nas mãos, depois enfiou no bolso do paletó com um franzido nos lábios que poderia ser um sorriso. Um instante depois falou algo rispidamente com Pedro. Pedro fez uma careta. O homem esperou. Pedro tirou o relógio de Matt do pulso e entregou.

— Qual é o seu nome? — perguntou o homem.

De novo Matt hesitou. Que nome deveria usar? Mas não havia sentido em tentar fingir que era alguém que não era. O passaporte falso já havia se mostrado inútil.

— Sou Matt.

— E eu sou Sebastian. — O homem soprou fumaça, que pairou no ar, cinza-prateada. — Parece que você precisa de ajuda, amigo.

— Não tenho mais dinheiro para lhe dar — murmurou Matt com raiva.

— Seu dinheiro e seu relógio vão comprar comida para mim. Mas neste momento acho que eles não adiantam para você. Se quiser, pegue os dois e vá embora. Provavelmente vai estar morto ou na cadeia antes que o sol se ponha. Mas se quiser minha ajuda, seja educado. Você está na minha casa, lembre-se.

Matt mordeu o lábio. Sebastian estava certo. O dinheiro era irrelevante.

— Quem é o senhor? — perguntou. — Que lugar é este?

— Esta comunidade tem um nome. Os moradores chamam de *Ciudad del Veneno*. Cidade do Veneno. Chamam assim por causa da quantidade de doenças que há por aqui. Cólera. Bronquite. Pneumonia. Difteria. Nenhum de nós tem direito de viver neste lugar. Roubamos a terra e construímos as casas. Mas as autoridades nunca vêm aqui. Têm medo demais.

Matt olhou ao redor, quase com medo de respirar.

— Não se preocupe, Matt. — Sebastian sorriu, mostrando dois dentes de ouro. — Não há doença nesta casa nem nesta rua. E ninguém sabe por quê. Aqui somos nove morando. E há mais sete na casa ao lado. Não temos nada... mas temos saúde.

— Pedro mora aqui?

Pedro levantou os olhos ao ouvir seu nome. Até agora estivera examinando Matt com expressão de desconfiança. Mas não havia demonstrado interesse pelo que era dito.

— Ele dorme no chão, bem aí onde você está agora. Trabalha para mim. Ele e as outras crianças. Mas por que estamos perdendo tempo, falando dele? Há um milhão de crianças como Pedro em Lima. Elas vivem. Morrem. Não têm utilidade alguma. Mas um garoto inglês na Cidade do Veneno é outra coisa. Como veio parar aqui, Matt? Por que a polícia está procurando você? Precisa me contar tudo, e veremos como podemos ajudar. *Se* pudermos ajudar. Se quisermos...

Tudo?

Matt não sabia por onde começar. Sua história era gigantesca. Engolia toda a sua vida. E onde ela havia começado? Com a morte de seus pais seis anos antes ou com seu envolvimento com o Portal do Corvo e o Nexo? Não adiantava. Matt sabia. Poderia falar o dia inteiro e esse homem não acreditaria numa palavra.

— Não posso explicar tudo — disse ele. — Vim ao Peru porque está para acontecer uma coisa ruim e algumas pessoas acharam que eu poderia impedir. Éramos dois. Eu e um amigo. O nome dele é Richard Cole, é mais velho do que eu... tem 25 anos. Nenhum de nós queria vir aqui, mas fomos mandados.

— Para impedir que essa coisa acontecesse.

— É. Eu não tenho passaporte. O passaporte que me deram é falso. Deveria me proteger. Mas no momento em que cheguei fui atacado. Richard foi seqüestrado e a polícia tentou me prender. Havia um capitão da polícia. Ele disse que trabalhava para alguém chamado Diego Salamanda.

Sebastian estivera escutando tudo aquilo com expressão de perplexidade e descrença. A menção a Salamanda foi a primeira coisa a provocar alguma reação verdadeira. Seus olhos se estreitaram e ele permitiu que um fiapo de fumaça do charuto escapasse pelo canto da boca.

— Salamanda! — exclamou ele. — Sabe quem ele é?

— Algum tipo de empresário.

— Um dos homens mais ricos da América do Sul. Certamente o mais rico do Peru. Dizem que tem mais dinheiro do que o resto da população junta, com suas empresas de telefonia, jornais e satélites. — Ele disse algumas palavras em espanhol a Pedro, que estava sentado no chão com as pernas cruzadas, encostado na cama. Pedro encolheu os ombros. Então Sebastian se virou de novo para Matt. — Se eu fosse ter um inimigo, não escolheria esse homem.

— Acho que ele é que me escolheu... não o contrário. Onde posso encontrá-lo?

— Por que vai querer isso?

— Porque acho que ele é que deve ter seqüestrado meu amigo. Ele sabia que nós estávamos chegando. Pegou Richard primeiro, depois tentou me pegar.

Sebastian levou a garrafa aos lábios e engoliu mais um pouco. O álcool devia ser forte. Matt podia sentir o cheiro de longe. Mas Sebastian bebia como se fosse água.

— A sede da Salamanda News International é aqui em Lima. Eles têm escritórios por todo o Peru. O que você quer fazer? Visitar todos? Não importa porque não vai encontrá-lo. Ele tem a principal base de pesquisas perto da cidade de Paracas. Ao sul daqui. Mas passa a maior parte do tempo numa fazenda perto de Ica. Nunca é visto em público. Dizem que ele é muito feio, que talvez tenha três olhos ou alguma coisa errada no rosto. Se quiser falar com o *Señor* Salamanda, vá a Ica. Tenho certeza de que ele vai adorar vê-lo.

Matt ignorou o sarcasmo na voz de Sebastian.

— O senhor pode me ajudar a ir até lá?

— Não.

— Então talvez eu esteja perdendo tempo conversando com o senhor.

— É isso que você acredita? — Sebastian encarou Matt e agora estava com raiva. — Bem, vou lhe dar um conselho. Não se preocupe com o tempo. Tempo aqui é barato. — Ele apagou o charuto. — Preciso dar uma saída. Há algumas coisas aqui que eu não entendo e há pessoas com quem preciso falar. Talvez eu o ajude, talvez não. Mas neste momento eu diria que você precisa de comida e de dormir.

— Posso dormir aqui? — perguntou Matt. Estava cansado demais para comer.

— Pode dormir no chão. Tem cobertores. Na cama não, entendeu? A cama é minha! Você estará seguro neste lugar. Mais tarde vamos conversar de novo. E veremos o que podemos fazer.

Sebastian disse alguma coisa a Pedro. Pedro confirmou com a cabeça.

Os dois saíram da casa.

Era fim de tarde quando Matt acordou. Sem o relógio, não fazia idéia do tempo que havia dormido, e a diferença de fuso horário não ajudava. Na Inglaterra poderia ser hora do café-da-manhã, do jantar ou qualquer coisa. Demorou alguns minutos para trazer um pouco de vida de volta aos músculos com cãibras por causa do chão duro. Ao mesmo tempo, procurava entender o que estivera acontecendo. Mas isso não era tão fácil. Estava sozinho, a milhares de quilômetros de casa, enfiado num cômodo precário numa cidade que, até mesmo pelo nome, era venenosa. Hóspede de um homem de quem não gostava muito e de um garoto que o havia roubado. O homem mais rico do Peru queria que ele fosse morto e parecia que a polícia ficaria muito feliz em ajudá-lo nesse objetivo.

Era demais. Matt fechou os olhos e gemeu.

No entanto, havia outra coisa estranha. De repente percebeu que a dor na cabeça tinha sumido. Sentou-se e passou a mão no peito. As costelas e a barriga não doíam. Era como se a surra que tinha levado não houvesse acontecido. Seria outra faceta de seus poderes? Será que de algum modo tinha conseguido se curar? Levantou-se e se espreguiçou. Estava morrendo de fome. Agora desejou ter aceitado a comida. Mas afora isso precisava admitir que estava ótimo.

Estranho.

Houve um movimento na porta e Pedro apareceu carregando uma lata de comida fumegante e uma colher. Entregou-as, os olhos jamais abandonando o rosto de Matt. Estava examinando-o, procurando alguma coisa.

— Obrigado — disse Matt. Estava se sentindo cada vez menos à vontade.

A lata continha algum tipo de cozido. Um monte de feijão e muito pouca carne. Em circunstâncias comuns Matt poderia cheirar a comida com suspeita — mas agora estava com fome demais para se importar. Engoliu tudo, tendo cuidado para não olhar muito de perto. Qualquer que fosse a carne, certamente não era de cordeiro nem de boi. Tentou não pensar no cachorro que tinha visto caído do lado de fora.

Quando Matt terminou de comer, Pedro pegou uma velha jarra de metal com água e entregou para ele beber. Estava morna e com gosto salobro, e Matt se perguntou de onde ela viria. Será que a Cidade do Veneno tinha poços ou bombas de água? Teria ao menos eletricidade? Havia todo tipo de perguntas que queria fazer, mas não adiantava, até que Sebastian retornasse. Pedro não entendia nada.

Cerca de dez minutos depois, Sebastian entrou trazendo algumas roupas velhas. Desde o instante em que ele entrou no cômodo Matt achou que o sujeito estava mais alerta, mais nervoso. Ele pôs as roupas no chão e acendeu outro charuto, quase queimando os dedos, e jogou o fósforo longe.

— Estive falando com algumas pessoas — disse ele. — Há muita coisa acontecendo em Lima, e nada é bom. Você deve sair daqui logo. Não tem muito tempo.

— Eles estão me procurando.

— Os policiais estão em toda parte, fazendo perguntas, e não estão sendo muito educados. Entendeu? Estão com grandes cassetetes e gás lacrimogêneo. Procuram um garoto inglês. Dizem que ele é terrorista e estão oferecendo uma grande recompensa... — Sebastian estendeu a mão antes que Matt pudesse falar. — Só algumas pessoas viram você entrar na Cidade do Veneno e não vão falar. Não temos dinheiro. Não temos posses. Talvez por isso a gente valorize o que tem... lealdade e amizade. Ninguém vai falar, mas mesmo assim a polícia virá aqui, procurando você. Vão virar o lugar de cabeça para baixo. Talvez já estejam vindo.

— Preciso encontrar meu amigo — disse Matt.

— Está desperdiçando o fôlego. Eu já disse. Se ele está com Salamanda, pode estar em qualquer lugar. Pode ser em Lima. Ou pode estar flutuando de cara para baixo no oceano. Se você quiser saber, acho que é o mais provável.

— E o lugar do qual você me falou? Essa fazenda...

— A Fazenda Salamanda. Não acredito que você vá encontrá-lo lá.

— Mesmo assim quero dar uma olhada.

Sebastian pensou um minuto. Depois assentiu.

— Não me importa aonde você vai. A única coisa importante é não ficar aqui. E Pedro deve ir com você. Já expliquei a ele. Ele atacou três policiais, de modo que agora também está sendo procurado. Vão matá-lo, se o encontrarem.

— Desculpe. Foi minha culpa.

— Não. É culpa dele. Se fosse mais inteligente teria roubado seu relógio e seu dinheiro sem que você acordasse. Eu sempre disse que ele é um péssimo ladrão. Mas agora é tarde demais para se preocupar. — Ele fez uma pausa. — Há outra coisa. Sua aparência. Você precisa mudar isso.

— Como assim?

— Um garoto branco com roupas de branco! Não importa aonde você for no Peru, vai ser visto a um quilômetro de distância. — Sebastian indicou as roupas que havia trazido. — Me dê tudo que você está usando.

— O quê...?

— Agora!

Matt estava atordoado demais para discutir. Tirou a jaqueta, a camisa e os jeans e entregou a Sebastian. Não tinha dúvida de que tudo iria aparecer em algum mercado no dia seguinte.

Mas isso não bastava.

— Os sapatos e as meias também — ordenou Sebastian.

Matt descalçou-os e ficou parado no meio do cômodo, apenas de cueca. Sebastian havia apanhado uma garrafa que entregou a ele.

— Esfregue isso — ordenou. — Nos braços, nas pernas e especialmente no rosto. Pedro vai passar nos seus ombros e nas costas.

— O que é?

— Uma tintura feita de sementes. Vai deixar sua pele tingida por muitas semanas. E você também precisa cortar o cabelo. — Sebastian pegou uma tesoura. Matt hesitou. — Seu cabelo é bonito. E vai ficar ótimo no seu enterro. Mas se quiser viver deve parecer um de nós. Não temos tempo para discutir.

Em pouco tempo Matt estava usando seu novo figurino. O cabelo fora cortado na forma de uma tigela, com franja reta sobre os olhos. Todo o corpo estava de um marrom-escuro. Não havia espelho no quarto, por isso ele não fazia idéia da própria aparência, mas sentia-se nojento. Os "novos" jeans eram manchados, sem forma e terminavam abruptamente acima dos tornozelos, revelando pernas e pés descalços. Tinha recebido uma camiseta Adidas verde, cheia de buracos, imunda e desbotada. E em vez de sapatos tinha um par de sandálias feitas de borracha preta — iguais às de Pedro.

— São feitas de pneus — disse Sebastian.

Matt sentiu a pele tentando se encolher para longe das roupas. Podia imaginar que muitas pessoas as haviam usado antes dele, e provavelmente nunca tinham sido lavadas. Notou Pedro olhando-o com um meio sorriso.

— O que há de tão engraçado? — perguntou.

Sebastian traduziu a pergunta para o espanhol e Pedro respondeu. Falou baixo, apenas algumas palavras.

— Ele diz que agora você sabe como um garoto peruano se sente — disse Sebastian. — Mas você ainda é alto demais. Deve aprender a andar meio curvado. Certifique-se de nunca parecer mais alto do que ele. E de agora em diante você não será mais Matt. Será Matteo. Entende?

— Matteo! — Pedro repetiu a palavra. Parecia divertido com a transformação de Matt.

Mas Sebastian estava totalmente sério.

— Você precisa sair de Lima. Se quiser meu conselho, vá para o sul até Ayacucho. Tenho muitos amigos na cidade que poderão cuidar de você. Talvez a polícia não procure lá.

— Ainda quero ir a Ica.

— Você é teimoso e idiota, mas gosta do seu amigo e acho que isso serve de crédito. — Sebastian cuspiu. — Muito bem. Pode parar em Ica se acha que isso vai adiantar. O primeiro ônibus parte amanhã de manhã às seis horas. É quase certo que a polícia vai estar vigiando a estação e teremos de pensar nisso.

— Só quero encontrar Richard e ir para casa.

— Seria a melhor coisa para todos nós. É uma pena você ter vindo para cá.

Matt confirmou com a cabeça. De repente ficou sem jeito. Desde o instante em que havia conhecido Sebastian sentiu uma espécie de hostilidade entre os dois — sem saber por que ela estava ali.

— Posso perguntar uma coisa? — disse ele.

— O quê?

— O senhor obviamente não gosta muito de mim. Então por que está me ajudando?

— Você está errado. Não é verdade que não gosto muito de você. Não gosto de você nem um pouco. A polícia está revirando as favelas graças a você. Está fazendo perguntas, prendendo. Tudo vai ficar difícil até encontrarem você.

— Então por que simplesmente não me entrega? Obviamente, é isso que o senhor quer.

— É exatamente o que quero. Mas foi Pedro que me convenceu do contrário. Disse que você é importante. Disse que temos de ajudá-lo porque você está do nosso lado.

— Como ele sabe disso? Ele não sabe nada sobre mim.

— Eu sei. É muito estranho. Normalmente ele teria pegado seu relógio, seu dinheiro e qualquer coisa de valor e teria deixado você onde estava. Não teria se arriscado a arranjar encrenca com a polícia. E não teria trazido você aqui.

— Então por que fez isso?

— Pedro não entende. Nem eu. Mas disse que já viu você antes. — Sebastian balançou a cabeça. — Diz que viu você nos sonhos.

PAPO DE SONHO

Havia oito pessoas dormindo no chão da casa de Sebastian. O mais novo tinha apenas cinco anos, o mais velho, uns dezessete. Haviam chegado, um de cada vez, à medida que o dia terminava, alguns carregando caixas de engraxate, alguns com baldes e esponjas, um com um cesto cheio de multicoloridos bonecos de dedo. Sebastian devia ter contado a eles sobre Matt, já que nenhum pareceu surpreso em encontrá-lo e ninguém tentou falar com ele. Jantaram — mais feijão com cozido —, depois passaram o início da noite num jogo com copos e pequenos dados de madeira. O cômodo era iluminado por velas brancas e grossas que Matt suspeitou terem sido roubadas de uma igreja. Observou durante uma hora, ouvindo o barulho dos dados nos copos que eram sacudidos e virados no chão. Pedro jogava com os outros. Olhou para Matt uma ou duas vezes e pela primeira vez Matt pôde ver uma espécie de curiosidade nos olhos dele.

Ele disse que já viu você antes... nos sonhos.

As palavras de Sebastian ecoavam em sua cabeça. Matt examinou o garoto peruano concentrado no jogo, sacudindo furiosamente seus dados, jogando-os e escondendo-os com as duas mãos, os olhos fixos nos outros jogadores. Claro que Matt sabia quem ele era. Quantas vezes os dois haviam se sentado juntos no barco de junco com cabeça de gato selvagem na proa? Estava irritado consigo mesmo por não ter percebido antes.

Lembrou-se do momento em que havia acordado com Pedro roubando seu relógio. Tinha-o reconhecido naquele momento. Mas com toda a confusão havia pensado apenas no sinal de trânsito no caminho do aeroporto. Foi então que vira Pedro pela primeira vez. Mas claro que o conhecia havia muitos anos.

Pedro era um dos Cinco. Matt podia imaginar Susan Ashwood dizendo as palavras. Ficaria deliciada. Seria uma espécie de coincidência Matt ter descido de um avião num país com 20 milhões de habitantes e Pedro ser praticamente a primeira pessoa que ele conheceu? Não... de jeito nenhum. Não existiam coincidências. Isso estava *destinado* a acontecer. Era o que a médium cega diria.

Então Richard estava destinado a ser seqüestrado? Matt estava destinado a ser espancado no hotel? Matt possuía algum controle sobre o que estava acontecendo ou era simplesmente empurrado por forças que não podia ver e que estavam fora de sua compreensão? E, nesse caso, por que elas estavam pegando-o? O que tinham em mente?

Havia mil perguntas que Matt queria fazer e não tinha resposta para nenhuma. Mas sentiu algum conforto no pensamento de que, de algum modo, ele e Pedro haviam se encontrado. Agora eram dois, e isso significava que os outros três talvez não estivessem muito longe.

Pedro ganhou o jogo. Matt o viu rir com prazer e pegar seus dados. Desejou que seu novo amigo falasse ao menos um pouquinho de inglês. Como iriam se ajustar se nem podiam bater papo?

O jogo terminou. As crianças menores já estavam dormindo e agora as outras pegaram seus cobertores e se juntaram a elas. Na Inglaterra, ir para a cama sempre fora uma rotina de trocar de roupa, lavar-se, escovar os dentes e todo o resto. Aqui era uma coisa muito casual e acontecia depressa. A diversão simplesmente acabou. Todo mundo ocupou seus lugares, amontoados ao redor da cama vazia, e logo todo o chão era um mar de cobertores que subiam e desciam enquanto as velas estalavam, lançando sombras estranhas na parede. Matt não conseguia dormir, ainda preso no fuso horário errado. O cômodo era quente demais com tanta gente dentro e havia um mosquito zumbindo em volta de seu ouvido. E não tinha se acostumado ao cheiro, ainda que agora fizesse parte dele. Não tomava banho havia 48 horas e podia sentir a sujeira grudada. Pensou em Richard. Sebastian tinha dito que ele estava provavelmente morto, mas Matt nem iria considerar a possibilidade. Perguntou-se como os dois tinham se permitido entrar naquilo tudo e se algum dia iriam se ver outra vez.

Cerca de uma hora depois, Sebastian entrou. Matt viu, consternado, que o sujeito estava bastante bêbado. Ele cambaleou até a cama e desmoronou nela sem tirar nenhuma peça de roupa, nem os sapatos. Em segundos estava dormindo e roncando.

Matt demorou muito mais. Metade da noite pareceu se passar antes que seus olhos finalmente se fechassem.

Para seu alívio, porque desta vez sabia exatamente onde estava, não sentiu medo. Estava com Pedro na praia. O barco de junco ancorado na frente deles, esperando para levá-los.

— Matteo — disse Pedro.

— Fico feliz em ver você, Pedro.

— É. Eu também. Acho...

E essa foi a coisa estranha. Matt estava falando em inglês. Pedro estava falando em espanhol. No entanto as palavras mudavam no meio do ar e os dois se entendiam perfeitamente. Será que essa ilha só existia num sonho? Matt sempre havia pensado isso. Mas agora que os dois compartilhavam a areia, o mar, o barco e todo o resto, não tinha tanta certeza. Parte dele sabia que, ao mesmo tempo que estava ali diante de Pedro, os dois também estavam deitados, separados por um metro de distância, na Cidade do Veneno. Talvez por isso pudessem finalmente falar um com o outro, porque antes nunca haviam ficado próximos.

— Não estou entendendo nada — começou Pedro.

— Você é um dos Cinco.

— É. Eu sei. Um dos Cinco! Um dos Cinco! Ouço isso a vida toda, mas não sei o que significa. Você sabe?

— Um pouco. Nós somos cinco...

— Já vi os outros. Lá... — Pedro apontou, mas não havia sinal dos dois garotos e da garota no continente.

— Somos Guardiões.

— De quê?

— É uma longa história, Pedro.

— Temos a noite toda.

Matt confirmou com a cabeça. Por enquanto pareciam fora de qualquer perigo. Na Cidade do Veneno tudo estaria calmo. Na ilha estavam sozinhos sem sinal do cisne que por duas vezes viera da escuridão. E qual era o significado daquilo?, pensou Matt. Ainda havia muita coisa que não conseguia entender.

Contou a Pedro o que sabia, começando com a morte dos pais, a consciência cada vez maior de que nunca teria uma vida normal, a vida com Gwenda Davis em Ipswich, o envolvimento com o Portal do Corvo e tudo que havia acontecido depois.

— Vim ao Peru encontrar o segundo portal — concluiu. — Isso foi há dois dias, mas parece muito mais. Tudo deu errado a partir do minuto em que chegamos. Se eu puder encontrar o Nexo, talvez eles possam ajudar. Ou podem estar procurando por mim. Não sei.

Matt respirou fundo. O barco de junco balançava suavemente na água. Imaginou se deveriam entrar. E, se entrassem, aonde ele iria levá-los?

— Eu sabia que você viria — disse Pedro. — Sempre estive esperando você. Mas há uma coisa que quero que saiba. Quando você estava dormindo... quando peguei seu relógio... achei que você era só um garoto rico perdido. Não sabia que era você. Desculpe.

— Quando percebeu?

— Quando você acordou. Então reconheci. E a verdade é que não fiquei feliz em ver você. Queria que você não tivesse vindo.

— Por quê?

— Porque você vai trazer encrenca. Tudo vai mudar agora. — Pedro fez uma pausa. — Você pode achar que minha vida não é grande coisa, mas é a única que eu tenho, e eu era meio feliz com ela. Tenho certeza de que não é o que você quer ouvir. Mas não é isso que eu quero.

— Não. Eu entendo.

Matt sabia exatamente o que Pedro queria dizer. Sentia a mesma coisa.

— Não sei nada sobre você — disse ele. — Só o seu nome. Você tem outro nome? O que faz em Lima quando não está fazendo malabarismo na frente dos carros ou roubando turistas? E quem é Sebastian? Por que você mora com ele?

— Não gosto de falar de mim. — Pedro fez uma pausa. — Vou falar porque acho que você deve saber. Mas vou avisando: não há muita coisa a contar... e, de qualquer modo, você provavelmente não vai lembrar de nada quando acordar.

Essa possibilidade não ocorrera a Matt. Sentou-se na areia, imaginando que horas seriam nessa estranha terra dos sonhos. Seria ao menos dia? O céu estava escuro mas dava para ver com clareza. A areia era quente, mas não havia sol. Não era dia nem noite, e sim alguma coisa intermediária.

Pedro sentou-se diante dele com as pernas cruzadas.

— Para começar, Pedro não é meu nome de verdade. Todo mundo me chama assim. Foi como Sebastian me chamou quando cheguei à Cidade do Veneno. Ele dizia que me deu o nome de seu cachorro predileto. Sei que tive família antes de conhecer Sebastian, mas não me lembro muito dela. Tinha uma irmã. Uns anos mais nova do que eu.

"Morava num povoado na província de Canta, da qual você provavelmente nunca ouviu falar. Fica a uns 100 quilômetros de Lima. Três dias de caminhada. Era um lugar muito chato. Os homens trabalhavam na lavoura — plantavam batata e milho — e as mulheres ficavam em casa cuidando das crianças. Não havia escola no povoado mas eu estudava numa a três quilômetros de lá. Mas não aprendi muito. Quero dizer, aprendi algumas letras do alfabeto, mas nunca soube ler."

Ele estendeu a mão e desenhou com o dedo um P maiúsculo na areia.

— Este é o P de Pedro. Também é o P de papagaio. Lembro da letra porque sempre achei parecida com um papagaio.

"Minha mãe dizia que eu nasci sob uma estrela do mal, mas não sei o que ela queria dizer. Nós éramos quatro na família e tínhamos uma casa boa, mesmo sendo feita principalmente de madeira e papelão. E tínhamos uma cama grande. Nós quatro dormíamos nela. Não posso falar muito sobre minha mãe. Não quero pensar nela. Algumas vezes lembro da sensação dela perto de mim na cama e isso me deixa triste. Era sempre a melhor hora do dia para mim... quando caía no sono.

"A pior coisa em Canta era o clima. O vento costumava vir das montanhas e atravessava a gente direto. Eu nunca tinha roupas suficientes para usar. Algumas vezes só tinha uma camiseta e a cueca, e achava que ia virar um bloco de gelo.

"No início do ano costumava chover. Você nunca viu chuva assim, Matteo. Algumas vezes chovia tanto que só dava para ver água e eu imaginava como ia conseguir viver não sendo um peixe! Chovia quando eu acordava e não parava mais. Não dava para ir de uma ponta do povoado à outra por causa da chuvarada, e se a gente escorregasse numa poça podia se afogar.

"E houve um dia, eu devia ter uns seis anos, em que choveu tanto que o rio saiu das margens. O rio Chillon... era como se chamava. Havia tanta água que saiu fora do controle e veio descendo numa grande inundação. Era que nem um monstro... marrom e gelado. Engoliu nossa casa e simplesmente a jogou longe. Lembro que alguém gritou um aviso mas eu não sabia o que era, e então o mundo inteiro explodiu. Não com fogo, mas com água e lama. Foi tudo depressa demais. Todas as casas foram esmagadas juntas. Pessoas e animais... foram simplesmente mortos. Eu deveria ter morrido. Mas alguém me agarrou e colocou no alto de uma árvore, e tive sorte. A árvore devia ter raízes fortes porque não foi arrancada como as outras. Fiquei nos galhos daquela árvore o dia inteiro e a noite inteira, e quando a manhã chegou meu povoado não existia mais. Era só uma espécie de pântano com pessoas mortas boiando na superfície. Acho que meus pais e minha irmã estavam entre os mortos. Nunca mais vi nenhum deles e ninguém me contou nada. De modo que todos devem ter se afogado."

Pedro parou. Matt ficou espantado por ele ser capaz de contar tudo aquilo de um modo tão casual. Tentou imaginar o horror. Toda uma comunidade havia sido destruída. Percebeu que esse tipo de coisa devia acontecer com freqüência em algumas partes do mundo, mas não receberia mais do que dois centímetros de texto num jornal inglês.

— Depois disso as coisas ficaram muito difíceis — continuou Pedro. — Acho que eu queria morrer. Por dentro achava errado meus pais estarem mortos e eu continuar vivo. Mas o estranho é que eu sabia que tudo ia ficar bem. Não tinha onde morar. Não existia comida. As pessoas adoeciam em volta de mim. Mas eu sabia que, independentemente do que acontecesse, eu conseguiria. Era como se minha vida estivesse recomeçando.

"Até que alguns sobreviventes se juntaram — havia um bocado deles — e decidiram ir para Lima. Tinham ouvido dizer que existia trabalho lá. Acharam que poderiam construir uma vida nova. Fui com eles. Eu era o mais novo e eles não queriam me levar. Mas no fim das contas fui atrás e eles não puderam fazer nada.

"Chegamos à cidade, mas não foi como a gente pensava. Ninguém queria falar com a gente. Ninguém queria ajudar. Éramos os *desplazados*. É a palavra que usamos para pessoas que não têm onde morar. Já havia muita gente pobre passando fome e morrendo em Lima. Não queriam mais ainda.

"Havia uma mulher que cuidava de mim e tinha um irmão numa favela, e por um tempo morei com eles. Eles me faziam trabalhar procurando comida nas latas de lixo. Eu odiava aquilo. Saía às cinco da manhã, antes de os caminhões de lixo chegarem, e pegava o que pudesse encontrar. Legumes que não estivessem podres demais. Pedaços de gordura e sebo. Os restos da comida dos ricos. Era disso que a gente vivia, e se eu não arranjasse o bastante ou se a comida estivesse podre demais, eles não me davam nada para comer e me batiam. No fim, eu fugi. Se ficasse, acho que iriam me matar.

"E essa é a minha história. Gostou? Vou contar o resto. Você queria saber sobre o Sebastian. Ninguém sabe exatamente quem ele é, Matteo, e a gente não faz muitas perguntas. Ouvi pessoas dizerem que ele era professor numa universidade até que foi abandonado pela mulher e começou a beber. Mas há outros que dizem que ele era garçom num hotel caro e que foi lá que aprendeu a falar várias línguas. De qualquer modo, eu fui para a Cidade do Veneno para fugir da mulher e do irmão dela, encontrei Sebastian e ele ficou comigo.

"Ele não é mau. Só me machuca quando está bêbado demais e sempre pede desculpa no dia seguinte. Todos os garotos da casa trabalham para ele. Foi ele que me ensinou a fazer malabarismo na frente dos carros dos turistas. Algumas vezes eu consigo cinco dólares, mas tenho de dar quatro a ele. A gente lava vidros de carros. Vende bonecos de dedo. Algumas vezes a gente trabalha recolhendo bilhetes de ônibus. Sebastian conhece todos os motoristas, e é assim que vai conseguir tirar a gente da cidade amanhã."

Pedro ficou quieto.

— Há uma coisa que você não me contou — disse Matt.
— Você sabia que o rio ia inundar?

— Como eu iria saber?

— Você recebeu algum aviso... talvez na véspera?

— Não.

— Quando meus pais foram mortos eu sabia que isso ia acontecer. Vi num sonho.

— Nunca tive sonhos assim. Esquece, Matteo. Não sou como você. Não tenho nenhum poder especial, se é isso que está pensando. Não sou especial... só tenho esses sonhos idiotas em que vejo você. E eles também não ajudam muito.

— Você vai comigo a Ica.

Pedro franziu a testa.

— Não quero ir. Mas Sebastian diz que não posso mais ficar com ele. É perigoso demais. E de qualquer modo... — Ele relaxou um pouco e a expressão preocupada abandonou seu rosto. — Agora que a gente se encontrou, não sei como posso ficar de fora... mesmo querendo. De modo que... é, vou junto.

— Obrigado.

Era toda a ajuda de que ele precisava. Não estava mais sozinho.

Levantou-se e nesse instante foi como se todo o mundo de sonho fosse cortado na metade por uma vasta guilhotina branca. Não sentiu dor. Nem houve sentimento de choque. Mas de repente o mar e a ilha haviam sumido e ele estava sentado no piso da casa na Cidade do Veneno, e viu que tinha acabado de acordar.

Olhou para Pedro, ainda dormindo sob o cobertor. O garoto peruano não havia mudado, mas agora Matt o enxergava de modo diferente. Sabia tudo sobre ele. Era como se fossem amigos durante toda a vida. De certo modo, refletiu, era exatamente isso.

Lá fora a alvorada ia chegando: as primeiras tiras de luz cor-de-rosa sangrando pelo céu, sinalizando o começo de outro dia.

Meia-noite em Londres.

Susan Ashwood estava sentada na espaçosa sala de estar num apartamento de cobertura, bem acima da Park Lane. Janelas que iam do chão ao teto proporcionavam uma visão panorâmica do Hyde Park, uma área de negrume intenso, com as luzes da Knightsbridge piscando lá atrás. Ela estava de costas para a janela. Algumas vezes conseguia sentir a aparência de uma cidade pelo modo como os sons viajavam, pela sensação da brisa no rosto, pelo cheiro do ar noturno. Conhecia a beleza. Mas esta noite toda a sua atenção estava focalizada na dona da cobertura, sentada diante dela.

— Obrigada por me receber — disse Susan Ashwood.

— Não precisa agradecer — respondeu Nathalie Johnson.

A americana estava sentada num sofá, com as pernas dobradas sob o corpo e segurando uma taça de vinho branco. O cabelo ruivo estava preso na nuca e ela usava um vestido preto simples. Já ia para a cama quando a médium cega havia ligado. Esta era a sua casa quando ficava em Londres. Tinha um apartamento semelhante dando para o rio Hudson em Nova York.

— Não sabia a quem mais procurar.

— Não se preocupe, Susan. Minha porta está sempre aberta para você.

Nathalie Johnson era membro do Nexo havia 11 anos. Nesse tempo havia montado um gigantesco império empresarial vendendo computadores baratos, principalmente para escolas e clubes juvenis. Os jornais a chamavam de Bill Gates de saias. Ela achava a descrição machista e irrelevante.

— Matthew Freeman continua perdido — disse Susan Ashwood. — Mas agora foi confirmado que houve um tiroteio perto do aeroporto Jorge Chávez. Richard Cole foi seqüestrado, mas Matt conseguiu escapar. Pelo que sabemos, ele não foi visto desde então.

— Nós o mandamos ao Peru porque queríamos que algo acontecesse — disse a americana. — Parece que conseguimos mais do que desejávamos.

— Nenhum de nós poderia esperar isso.

— O que devemos fazer?

— Este é um dos motivos para eu estar aqui. Esperava que você pudesse ajudar. Você tem interesses empresariais na América do Sul.

— Eu poderia falar com Diego Salamanda, se você quiser.

— Você disse que já negociou com ele.

— Nunca o encontrei, mas nós nos falamos bastante ao telefone. — Nathalie Johnson fez uma pausa. — Mas acho que deveríamos ter cuidado. Salamanda é nosso suspeito número um. Parece mais do que provável que seja ele quem deseja abrir o portal.

— Fabian está tentando encontrar Matthew — continuou Susan Ashwood. — Está morrendo de preocupação com ele e se culpa por não ter ido pessoalmente ao aeroporto. Já falou com a polícia, mas não sabe se pode confiar nela. Sugeriu uma campanha publicitária na imprensa nacional.

— Tipo "Você viu esse garoto?" — A idéia pareceu divertir Nathalie.

— Alguém deve saber onde ele está. Um adolescente inglês sozinho no Peru...

— Presumindo, claro, que ele ainda esteja vivo. — A americana pousou a taça de vinho. — Eu pagarei pelos anúncios, se é isso que você quer. Meu escritório de Nova York pode organizar a campanha.

— Há outra coisa... — A cega fez uma pausa, tentando se concentrar. Seu rosto estava sério. — Andei pensando no que aconteceu. Primeiro houve o negócio com William Morton. Nós éramos os únicos que sabíamos onde ele estaria e ele só nos contou 24 horas antes de se encontrar com Matthew. Mas mesmo assim alguém conseguiu segui-lo até a igreja de Santa Meredith. Mataram-no e pegaram o diário.

"E depois o que aconteceu com Matthew e Richard Cole. Os dois viajaram ao Peru com nomes falsos mas parece que alguém sabia que eles iriam chegar. Houve uma emboscada. O motorista de Fabian quase foi morto. Richard Cole foi seqüestrado."

— O que você está sugerindo?

— Que nosso inimigo sabe o que fazemos. Alguém está contando a ele cada passo que damos.

Nathalie Johnson enrijeceu.

— Isso é ridículo.

— Vim procurá-la porque a conheço há muito tempo e meus instintos dizem que posso confiar em você. Não falei isso a mais ninguém. Mas acho que precisamos ter cuidado. Se há um traidor dentro do Nexo, podemos todos estar em perigo.

— O que deveríamos fazer?

— Primeiro temos de encontrar Matthew Freeman. Ele é nossa prioridade máxima. O segundo portal vai se abrir logo e ele é o único que pode impedir isso. Não importa o que aconteça conosco, Srta. Johnson. Se não encontrarmos o garoto, estaremos perdidos.

A estação de ônibus parecia um louco circo ao ar livre, uma confusão de cores e ruídos com pessoas e bagagens em toda parte, camelôs gritando, velhas com xales sentadas atrás de pequenas pilhas de mamões e bananas-da-terra, crianças e cachorros perseguindo uns aos outros em meio ao lixo — e os ônibus antiqüíssimos trovejando em suas vagas. Ninguém estava indo a lugar algum mas ninguém parecia ter pressa. Grandes sacos e caixas de papelão eram passadas de mão em mão antes de serem jogadas para cima e amarradas em pilhas altíssimas nos tetos dos ônibus. Havia bilhetes velhos espalhados no chão como confete e os novos eram vendidos em cubículos onde mal cabia o vendedor. Havia uma índia cozinhando *cau cau* — cozido de batatas e tripas — numa lata grande na extremidade do pátio dos ônibus, e alguns viajantes estavam agachados comendo em tigelas de plástico enquanto o cheiro da comida lutava com a fumaça dos canos de descarga.

Matt captou tudo isso enquanto se aproximava da estação de ônibus com Sebastian e Pedro. Tinham vindo a pé desde a Cidade do Veneno, partindo logo depois das cinco horas. Sebastian já estava com as passagens e havia anunciado que iria com eles até Ica. Mesmo estando bêbado quando tinha ido para a cama, parecia com a cabeça bastante limpa ao acordar. A seu modo, parecia até alegre.

— Não há praticamente nenhuma chance de você encontrar seu amigo em Ica — dissera. — Mas depois de cumprimentar o *Señor* Salamanda vocês podem continuar até Ayacucho. Vou estar esperando lá.

Passaram por uma fileira de lojas e, olhando por uma porta aberta, Matt notou um garoto ali parado, espiando-o. Era da sua idade e vestia uma camiseta verde vibrante com jeans que iam até alguns centímetros abaixo dos joelhos. Não tinha meias e usava sandálias de borracha preta. O garoto tinha cabelo preto cortado reto na testa e pele morena. Estava completamente desgrenhado e sujo.

Matt se mexeu, e o garoto moveu-se também. Só então Matt viu que estava olhando um espelho de corpo inteiro. O garoto era um reflexo dele.

Sebastian tinha visto.

— Você não se reconheceu — riu ele. — Esperemos que o mesmo aconteça com eles.

Olhou na outra direção e Matt sentiu a boca ficar seca quando dois policiais apareceram segurando metralhadoras semi-automáticas, caminhando pela estação rodoviária. Poderiam estar ali por vários motivos, mas instintivamente Matt sabia que o estavam procurando. Pedro perguntou algo em espanhol e Sebastian o tranqüilizou. Desde o momento em que o outro garoto havia acordado, Matt soube que ele também se lembrava da conversa no sonho. Pedro podia não estar satisfeito, mas não iria abandoná-lo.

— Lembre-se de ficar encurvado — sussurrou Sebastian. — Sua altura vai entregar você. E, olha, pegue isso...

Sebastian entregou um grande embrulho a Matt, feito de pano de saco branco. Matt não sabia o que havia dentro. Nem sabia se era bagagem ou meramente um adereço para fazer com que parecessem viajantes de verdade, mas entendia a estratégia de Sebastian. Com o corpo dobrado e a trouxa sobre os ombros e a nuca, Matt parecia um empregado carregando a bagagem do patrão. Isso disfarçava sua altura verdadeira e, fixando os olhos no chão, o rosto também ficava escondido.

Os três avançaram. Os policiais se moviam lentamente pela multidão que se dividia para deixá-los passar. As pessoas tinham o cuidado de evitar os olhares deles.

— Por aqui — disse Sebastian baixinho.

Estava guiando Matt para um ônibus já meio cheio. Os dois policiais não os haviam notado. Matt chegou à porta e seu coração falhou. Um terceiro policial havia aparecido, descendo do ônibus. Matt quase deu uma trombada nele. Dobrado sob a trouxa, não pôde ver o rosto do sujeito — apenas suas botas de couro e o cano do revólver. Mas então o policial disse alguma coisa e, com uma sensação de vazio no estômago, Matt soube que ele tinha feito uma pergunta. Não disse nada. O policial repetiu o que tinha dito.

Então uma mão segurou a trouxa e a arrancou de suas costas. Por um momento terrível ele pensou que fora o policial. Mas era Sebastian. Ele estava gritando com Matt em espanhol e, antes que Matt pudesse reagir, Sebastian havia lhe dado um tapa com força na bochecha. Sebastian deu-lhe um segundo tapa e jogou-o dentro do ônibus. Matt foi atirado no chão. Atrás dele ouviu Sebastian falando com o policial e rindo. Havia umas 20 pessoas no ônibus, todas olhando-o. Com a pele do rosto queimando — de dor e vergonha —, ele cambaleou para a frente até encontrar um banco livre.

Pedro entrou no ônibus e Sebastian veio atrás. Sebastian sentou-se ao lado de Matt mas não disse nada. Mais pessoas entraram, algumas com cabras amarradas com cordas, outras com cestos cheios de galinhas vivas. Logo todos os bancos estavam ocupados e o corredor ficou cheio de pessoas agachadas no chão. Por fim o motorista chegou. Sentou-se em seu banco e ligou o motor. Todo o ônibus começou a vibrar e se sacudir.

O motorista engrenou o motor e o veículo saltou para a frente, começando a atravessar o pátio. Olhando pela janela, Matt viu o policial se afastar.

— Essa foi por pouco — resmungou Sebastian. E continuou em voz baixa: — Tive de machucar você porque o policial estava ficando com suspeitas. Falei que você era meu sobrinho e que era idiota. Disse que você teve problema no cérebro e por isso não demonstrou mais respeito com ele.

— Ele estava me procurando?

— Estava. Disse agora mesmo. Estão oferecendo uma recompensa enorme, centenas de dólares, pela sua descoberta. Continuam dizendo que você está envolvido com terroristas.

— Mas por quê? Eles são da polícia! Por que estão fazendo isso?

— Porque alguém pagou. Por que acha? Talvez Ayacucho não seja um local tão receptivo para você. Você nunca vai estar livre enquanto permanecer no Peru, e sem passaporte não há como sair.

O ônibus foi chacoalhando por uma trilha e entrou na estrada principal. Quando fez a curva, os passageiros balançaram nos bancos e os vários animais se agitaram. Então o motorista acelerou e o motor rugiu. Haviam começado a longa jornada para o sul.

SALAMANDA

Ica era uma cidade pequena e movimentada, cheia de poeira e tráfego. A primeira impressão de Matt, enquanto descia do ônibus, era que todas as construções haviam sido pintadas num mesmo tom de branco e amarelo, dando ao lugar uma aparência artificial. Fazia com que ele se lembrasse de um cenário de filme, talvez de um bangue-bangue antigo. Mas a vida real estava ao redor. Estava nas pilhas de lixo, nas roupas penduradas nos varais acima dos telhados, nas pichações que pareciam ter se espalhado em todas as paredes. À toda volta havia propagandas da Nike e de Coca-Cola, nomes de políticos e seus partidos e anúncios públicos feitos com tinta spray. E estava nos velhos e velhas, piscando nos bancos ao sol, nos *chollos* — táxis — entrando e saindo da praça principal, nos cambistas com paletós verdes vibrantes seguindo os turistas que tiravam fotos de tudo isso com máquinas que deviam ter custado mais do que a maioria dos moradores ganharia em um ano.

Sebastian havia caminhado com eles até a praça principal. Comprou churrasquinhos com arroz e sentou-se com eles no meio-fio para comer.

— Não gosto dessas cidades provincianas — disse ele. — Lima pode ser um buraco fedorento... mas pelo menos você sabe onde está. Nunca sei o que esse povo do campo pensa. Talvez não pense nada. São apenas *indios*. — Ele usou a palavra considerada ofensiva para os nativos. — Não têm nada na cabeça.

— O que vamos fazer agora? — perguntou Matt.

— O que vamos fazer agora? Vou dizer o que *eu* vou fazer agora, Matteo. — Sebastian havia acendido outro charuto. Matt pensou que praticamente nunca o tinha visto sem um charuto na boca. — Vou para Ayacucho. Se chegarem lá vivos, vão à praça principal. Terei pessoas procurando por vocês. Elas vão levá-los a mim.

— Não vai nos ajudar a entrar na fazenda?

Sebastian deu um riso desagradável.

— Já ajudei bastante, e além disso, gosto muito de viver. Vou mostrar onde ela fica. Depois disso vocês estão sozinhos.

Após terem acabado de comer, Sebastian caminhou com os dois, atravessaram um rio e chegaram aos limites da cidade. Enquanto andava, ia conversando com Pedro. Parecia estar dando conselhos. Gradualmente as casas ficaram para trás até eles chegarem a um caminho de terra que saía da estrada principal.

— A fazenda fica a oito quilômetros daqui. Espero que encontre seu amigo lá, Matteo, mas já disse: duvido. Talvez nos encontremos de novo em Ayacucho. Duvido disso também. Mas espero.

— Achei que o senhor não gostava de mim — disse Matt.

— Pedro diz que talvez eu esteja errado a seu respeito, que você não é igual aos outros garotos ricos que têm tudo e nunca pensam em gente como nós. — Ele deu de ombros. — De qualquer modo, você é inimigo da polícia e isso basta para torná-lo meu amigo.

Sebastian enfiou a mão no bolso e pegou um saco de pano.

— Tenho algum dinheiro para vocês. São 100 *soles*. É muito... quase 20 libras na sua moeda. E, antes que me agradeça, o dinheiro é do Pedro. Foi ele que roubou, não eu. Talvez ajude a manter vocês dois vivos.

Pedro disse alguma coisa em espanhol. Sebastian chegou perto dele e falou longamente. Quando terminou, estendeu a mão e desgrenhou o cabelo do garoto. De repente estava parecendo triste.

— Eu já tive um filho — disse. E balançou a cabeça. — Vocês sabem como me encontrar.

Virou-se e foi embora.

Matt olhou para Pedro, que assentiu. Ainda não conseguiam falar um com o outro, mas pareciam se entender cada vez mais. Juntos, partiram.

A trilha que Sebastian havia mostrado atravessava terras agrícolas. Alguns campos eram plantados com milho, beterraba e aspargos, outros tinham gado pastando o capim áspero e pontudo. Seguindo o conselho de Sebastian, os dois se mantinham na beira da estrada, prontos para saltar fora das vistas caso algum carro aparecesse. Uma vez um caminhão de carroceria aberta veio chacoalhando e eles se jogaram sob um arbusto baixo e esperaram até ele desaparecer, lançando nuvens de poeira. O calor da tarde era de rachar. Pedro havia tirado duas garrafas plásticas de uma lata de lixo e enchido com água de uma torneira, porém Matt duvidou de que isso bastasse. Podia sentir sua garrafa vazando no bolso da calça. Sentia-se tentado a beber tudo agora.

Assim que o caminhão sumiu, eles se levantaram e continuaram andando em silêncio. Matt gostaria de conversar — ainda havia muita coisa que não compreendia — e achava loucura eles só poderem se comunicar quando estavam dormindo. Eram dois dos Cinco. Imaginou que línguas os outros falariam. Os dois garotos e a garota que ele vira na praia eram brancos e de cabelos claros, mas podiam ser russos, escandinavos — ou até mesmo marcianos. E o que aconteceria quando finalmente se encontrassem? O fim da aventura ou o início de algo pior?

Eram muitas perguntas, mas Matt só podia caminhar em silêncio, sentindo o sol bater nos ombros. Ainda não havia se acostumado ao próprio cheiro, à forma estranha do cabelo e à tintura escura e pegajosa em toda a pele. As roupas não o enojavam mais, porém a sensação delas era estranha, como se fossem uma espécie de fantasia desagradável. E ficava o tempo todo tropeçando nas sandálias de tamanho errado. E o pior de tudo era a preocupação com Richard. Precisava admitir que Sebastian estava certo. As chances de o jornalista aparecer nessa fazenda eram provavelmente de uma em um milhão. Mas não tinha aonde ir, não tinha pistas para seguir. Precisava começar em algum ponto e podia muito bem ser aqui.

Pedro parou e tomou um gole rápido. Matt fez o mesmo, imaginando se a água de torneira peruana iria deixá-lo doente. Sem dúvida o outro garoto estava acostumado. Bebera aquilo durante toda a vida. A água era quente e tinha gosto metálico, porém Matt não se importou. Precisou se conter para não tomar toda a garrafa.

Depois disso seus pensamentos vaguearam. Oito quilômetros poderiam não parecer muito para Pedro, mas era um longo caminho para ele, em particular no calor e com sandálias que pareciam querer que ele tropeçasse praticamente a cada passo. Um carro passou, desta vez vindo da outra direção, e de novo os dois tiveram de mergulhar em busca de cobertura. Quanta segurança haveria na fazenda? Sebastian não tinha dito nada, mas Matt pensou que uma pessoa rica e poderosa como Salamanda certamente teria guardas.

O sol começou a se pôr e uma brisa fresca veio de mansinho no ar. As pernas de Matt estavam começando a doer e ele praticamente não tinha mais água quando viraram uma curva e Pedro levantou a mão, em alerta. Esconderam-se de novo no mato baixo, agachando-se. Havia uma casa logo adiante... não somente uma casa, mas todo um complexo, com celeiros, depósitos, estábulos e até mesmo, incrivelmente, uma igreja do século XVI esculpida em pedra branca, inclusive com uma enorme torre de sino. Era ali que a trilha os trouxera — os oito quilômetros. Não havia mais nada depois. Duas colunas de pedra e um portão de metal retorcido marcavam a entrada. O portão estava aberto, mas de algum modo Matt não sentia que ele os estivesse convidando.

Com cuidado chegou mais perto e olhou em volta, procurando algum sinal de vida. Todas as construções eram agrupadas ao redor de um pátio florido com uma elaborada fonte ornamental no meio. Uma acácia enorme crescia ao lado dela. A árvore tinha quatro troncos separados que se espalhavam proporcionando sombra natural. Havia um trator parado junto de um dos celeiros. Um homem, vestido de branco, saiu empurrando um carrinho de mão. Afora o barulho tranqüilizador da água na fonte, tudo estava silencioso.

— Matteo... — Pedro bateu no braço de Matt e apontou.

Matt olhou a distância e viu uma torre de guarda, construída na borda do complexo. Ao mesmo tempo um homem apareceu com um fuzil pendurado às costas. Ele parou e acendeu um cigarro, depois continuou andando. Então Matt estivera certo. A fazenda podia ficar no meio de lugar nenhum, mas Salamanda não deixava nada ao acaso. O local era guardado, e Matt tinha certeza de que haveria muitos outros seguranças por ali.

— *Qué hacemos ahora?* — perguntou Pedro.

— Vamos esperar. — O significado da pergunta de Pedro era óbvio. Queria saber o que iriam fazer. Matt levantou os olhos. O sol já estava se pondo atrás das palmeiras que cresciam altas nos fundos da casa. Talvez ainda faltasse uma hora para anoitecer, mas as sombras iam se espalhando. Elas ajudariam. Dois garotos de pele escura com roupas escuras no escuro. Não seria muito difícil entrar.

A casa em si parecia não estar vigiada. Três largos degraus de pedra levavam a uma varanda que acompanhava toda a construção. Não havia ninguém no pátio, nenhum sinal de movimento na torre de vigia. Câmeras de segurança? Matt não tinha visto nenhuma, e além disso sempre havia a chance de que elas não funcionassem com tão pouca luz. Precisariam se arriscar. A idéia de que Richard Cole poderia estar ali, talvez a apenas alguns metros de distância, o instigava. Cutucou Pedro e, mantendo-se abaixado, correu pelo portão até um canto do pátio, indo para a lateral da casa.

Ninguém os viu. Ninguém gritou. Matt parou sem fôlego, com as costas junto à parede logo abaixo da varanda. Pedro estava ao lado. O garoto peruano não parecia feliz. Balançou a cabeça como se dissesse "Essa é uma idéia maluca e não quero participar". Mas ao mesmo tempo continuava junto dele e Matt agradeceu por não ficar sozinho nesse momento.

Onde Richard estaria, e como eles poderiam encontrá-lo numa casa apinhada de guardas? Não havia uma prisão óbvia no complexo, nenhuma janela com grades. Um porão ou sótão, talvez? Seria o lugar mais provável. Mas primeiro precisariam entrar.

Pelo menos isso não seria muito difícil. Agora que estava mais perto, Matt pôde ver que a varanda continuava rodeando a construção até os fundos. Num dos lados havia um corrimão separando a casa do jardim e do pátio. A casa tinha janelas altas e elegantes a intervalos regulares, a cada cinco metros aproximadamente. Chegavam praticamente ao piso e todas estavam abertas. Matt olhou para Pedro, dando-lhe uma última chance de recuar.

Pedro assentiu, como se dissesse "estou com você".

Matt estendeu a mão e usou o corrimão para subir à varanda. Agora estava praticamente dentro da casa. O teto com suas telhas pesadas e vermelhas se estendia sobre ele. Matt esperou até Pedro chegar, depois se esgueirou pela lateral.

Quase imediatamente escutou vozes. Havia uma reunião acontecendo num dos cômodos, mas no silêncio da noite os sons iam longe. Matt sinalizou e os dois foram devagar pela varanda, passando por mais sofás e alguns vasos de cerâmica. Chegaram a uma porta dupla, aberta. Do outro lado um homem falava. Avançando com cuidado, Matt esticou o pescoço e olhou para dentro.

Era uma sala de jantar, com uma vasta mesa de madeira que parecia ter sido cortada de uma única árvore. O piso também era de madeira encerada e havia painéis de madeira nas paredes. Um lustre de ferro — devia pesar uma tonelada — pendia, iluminando a sala não com lâmpadas elétricas, mas com umas cem velas, cada uma em seu suporte.

Havia três homens e uma mulher sentados ao redor da mesa. Matt reconheceu um deles instantaneamente e parou, sentindo que o chão poderia se abrir embaixo de seus pés. Era Rodriguez, o capitão da polícia que o havia espancado no hotel em Miraflores. Estava de uniforme. Os outros dois usavam ternos. A mulher tinha um vestido preto e simples. Todos ouviam atentamente como se recebessem instruções.

O homem que falava estava sentado numa alta cadeira de vime, de costas para a porta. Matt não podia ver nada dele, a não ser um braço e uma das mãos, pousada no braço da cadeira. Tinha dedos compridos e parecia usar terno de linho.

Estava falando rapidamente, em bom inglês, hesitando apenas de vez em quando em alguma palavra. Matt assoviou bem baixinho para Pedro e assentiu na direção da sala. Por que eles estariam usando sua língua? Se ouvisse por tempo suficiente poderia descobrir.

— Não me importa o que é uma possibilidade e o que não é — estava dizendo o homem. — Eu lhes dou instruções e vocês obedecem. O cisne de prata deve estar... *en la posición*... em posição daqui a cinco dias. Exatamente à meia-noite. Vocês serão responsáveis por isso. Entendeu, Srta. Klein?

A mulher confirmou com a cabeça.

— Tudo isso será feito — disse ela. Seu inglês era pior do que o dele, com um sotaque forte. — Mas logo vou precisar das... — Ela demorou um minuto para encontrar a palavra. — Preciso das coordenadas.

Agora Matt entendia. A mulher era alemã e não falava espanhol. O homem era espanhol e não falava alemão. Estava usando o inglês como língua comum.

— Você terá as coordenadas assim que eu as tiver — continuou o homem. — Meus agentes foram ao deserto de Nazca mas não conseguiram encontrar a plataforma.

— O diário não lhe deu a posição?

— Deu a posição aproximada e é possível que agora saibamos o bastante para colocar o cisne exatamente onde deve estar. Mas prefiro não deixar nada ao acaso. Precisamos ter cuidado, mas a busca prossegue. Desde que tudo esteja pronto do lado de vocês.

— Claro, *Herr* Salamanda. Tudo estará como o senhor pede...

E foi o fim. Matt estava escutando com a cabeça encostada na parede, bem ao lado da porta dupla, com Pedro logo atrás. De modo que foi ele que ouviu o som de botas na madeira e percebeu que pelo menos dois guardas iam em sua direção, patrulhando toda a extensão da varanda. Os guardas ainda estavam fora das vistas, na frente da casa. Mas em alguns segundos virariam a esquina e os dois garotos seriam descobertos.

Só havia uma coisa a fazer. Pedro empurrou Matt e os dois passaram rapidamente pela porta aberta da sala de jantar. Matt esperou que não fossem vistos pelas pessoas da sala — ou, que se fossem vistos, ninguém percebesse que eles não deveriam estar ali. Ouviu a mulher falando enquanto passava e desejou poder ficar mais tempo para escutar. Mas ele e Pedro haviam se movido bem a tempo. Um segundo depois os guardas apareceram, ambos vestindo macacões cáqui largos e armados com fuzis pendurados nos ombros. A varanda estava vazia.

Matt e Pedro só pararam quando chegaram aos fundos da casa, onde havia um pátio interno imaculadamente arrumado com bancos antigos ao redor de um poço e uma árvore *molle*, verde-escura, bem no centro. Havia mais duas alas na casa, uma de cada lado. Matt notou que ali algumas janelas do andar de cima tinham grades. Talvez naquele lugar ficassem as celas que ele estivera imaginando. Será que Richard Cole estaria numa, agora mesmo?

Precisava de um modo de subir — e viu do lado oposto do pátio. Uma escada aberta com uma série de arcos sobre uma balaustrada de madeira, subindo até uma galeria. Mas, antes que pudesse se mexer, um terceiro guarda saiu por uma porta no primeiro andar, parecendo que ia descer. Matt xingou a si mesmo. Será que havia mesmo pensado que poderia simplesmente entrar aqui, encontrar o amigo e ir embora com ele? Seria possível que um dos homens mais ricos e mais poderosos do Peru não tivesse proteção suficiente? Sebastian estava certo. Aquilo era estupidez. Pior, era suicídio. Ele e Pedro iam ser apanhados. Seriam devolvidos ao capitão Rodriguez. E nenhum dos dois seria jamais visto — nem em Ayacucho nem em qualquer outro lugar.

Pedro obviamente tivera o mesmo pensamento. Vir aqui havia sido má idéia. Olhou para Matt, que assentiu. Iriam sair da casa e esperar. Talvez mais tarde, no meio da noite, fosse mais seguro dar uma olhada.

Juntos se esgueiraram pela lateral do pátio, mantendo-se nas sombras. Havia luzes dentro dos cômodos e eles podiam ver mariposas dançando nas portas, mas por enquanto, felizmente, nenhuma lâmpada fora acesa do lado de fora. Uma porta dava no escritório que eles tinham visto da frente. Poderiam passar por ali e sair do outro lado.

Entraram no escritório.

Matt observou rapidamente o lugar. Devia ser ali que Diego Salamanda trabalhava. Havia uma grandiosidade na sala, nas ricas tapeçarias penduradas nas paredes, nos tapetes caros no chão. Um pensamento súbito lhe ocorreu. Se aquele era o escritório particular de Salamanda, talvez o diário de São José de Córdoba estivesse ali. Não havia pensado no diário desde o desaparecimento de Richard. Toda a sua mente estivera ocupada em descobrir o amigo. Mas e se o encontrasse? Se pusesse as mãos nele, talvez pudesse usá-lo como instrumento de barganha. O diário em troca de Richard. O Nexo adoraria essa idéia — mas ele não se importava. Salamanda e os Antigos podiam fazer o que quisessem. Matt só queria sair do Peru.

Pedro já estava na metade da sala.

— Espera! — sussurrou Matt.

Pedro parou e olhou consternado enquanto Matt começava a revistar a mesa. Era um móvel feio, mais pesado e maior do que tinha o direito de ser, com um quadrado de couro engastado na superfície e argolas de ouro nas gavetas. Matt experimentou uma. Não estava trancada, mas fez tanto barulho ao ser aberta, madeira rangendo contra madeira, que sem dúvida podia ser ouvido em toda a casa.

— *Qué estás haciendo?* — sussurrou Pedro. *O que você está fazendo*?

— O diário... — respondeu Matt, e Pedro entendeu. A palavra era praticamente igual em inglês e espanhol.

Pedro foi até a lateral da sala, onde várias prateleiras se estendiam acima de uma moderna máquina copiadora. Algumas prateleiras continham livros, mas antes que ele pudesse examiná-los notou uma folha de papel em cima da copiadora.

— Matteo — chamou ele.

Matt abandonou a mesa — a maioria das gavetas estava vazia e o resto não continha nada de interessante. Chegou à copiadora e pegou o papel. Estava coberto de escrita, possivelmente feita com uma antiga pena de metal, ou talvez mesmo uma pena de pato. Poderia ter sido tirada do diário? Matt xingou baixinho. As palavras eram em espanhol. Não conseguia entender. E Pedro não sabia ler, por isso não poderia traduzi-las. Será que essa invasão poderia ter sido mais inútil?

Dobrou o papel e enfiou no bolso. Talvez mais tarde conseguisse decifrá-lo.

Houve movimento junto à porta.

Pedro tinha visto primeiro. Parou onde estava, os olhos se arregalando de incredulidade. Matt viu a expressão, virou-se e ficou congelado. Um tremor, tangível como um choque elétrico, o atravessou. Sentiu-o viajar pelos braços e ir até a nuca.

Não podia ver o homem que estava parado do outro lado da passagem, envolto em escuridão. Mas podia vislumbrar sua forma e soube imediatamente que a cabeça dele tinha um tamanho impossível, o dobro do que deveria, monstruosa. O homem se apoiava no portal e Matt entendeu o motivo. Ele precisava de ajuda para se manter ereto. O pescoço simplesmente não tinha força suficiente para sustentar a cabeça sozinho.

— Achei que era você — disse o homem. Ainda estava falando em inglês. Sua voz parecia tensa, como se alguém o estivesse estrangulando. — Ouvi os dois na varanda quando passaram. Mas não foi só isso. Eu sabia que você estava ali. Venho sentindo sua presença desde o início da noite, assim como sinto agora. Um dos Cinco. *Dois* dos Cinco! Aqui na minha fazenda! A que devo o prazer da sua companhia? O que vocês querem?

Não havia sentido em negar quem ele era. O homem havia enxergado através do disfarce de Matt. Parecia saber tudo sobre ele.

— Onde está Richard? — perguntou Matt.

— Seu amigo, o jornalista? — Matt pôde ver os lábios se retorcendo em algo que parecia um sorriso. Mas aquele era um rosto que jamais sorriria direito. — O que o faz pensar que estou com ele? Por que ele deveria estar aqui? — Salamanda parecia genuinamente perplexo. — Como descobriu o caminho até mim?

Matt ficou quieto. Não havia sentido em responder.

Salamanda se virou para Pedro.

— *Cómo te llamas*? — perguntou.

Pedro cuspiu. O que quer que tivesse sido perguntado, essa seria a sua resposta.

— Como vou me divertir com vocês dois! — murmurou Salamanda. — É quase bom demais para ser verdade. Um presente, se quiserem, e na hora perfeita. Daqui a uma semana tudo estará acabado. O portal será aberto e não apenas um, mas dois guardiões serão meus. Nunca pensei que seria tão fácil.

Salamanda entrou na luz e Matt viu seus olhos sem cor, a boca infantil, a pele manchada e horrivelmente esticada. Era o bastante.

— Vamos! — gritou.

Pedro não precisou ser encorajado. Os dois se viraram e correram para longe da porta interna, passando pela janela de volta ao pátio externo. Não tinham plano. O único desejo era ir embora — dessa casa e do monstro que a habitava. Mas no instante em que pularam da varanda indo para o portão principal os sinos da igreja soaram, metal batendo em metal e ecoando na noite. Luzes de busca, que eles nem haviam notado, saltaram para a vida, transformando o preto em branco e ofuscando-os. Ao mesmo tempo perceberam guardas, meia dúzia, vindos de todos os lados. Dois tinham pastores alemães que faziam força contra as correntes grossas, mordendo o ar. O capitão Rodriguez havia reaparecido na lateral da casa, olhando com raiva e incredulidade. O estranho era que ninguém parecia ter pressa. Dois intrusos haviam sido descobertos. O alarme fora dado. Mas os guardas estavam praticamente passeando na direção deles, deliberadamente se demorando.

Matt entendeu o motivo. Com um sentimento crescente de desesperança, percebeu que não tinham aonde ir. Mesmo que pudessem escapar da área de construções, havia uma caminhada de oito quilômetros de volta à cidade, sem qualquer outra casa à vista e sem um lugar onde se esconder. Poderiam correr o quanto quisessem; simplesmente seriam caçados como ratos. Matt engoliu em seco, reconhecendo o gosto amargo da derrota. Fora alertado para não ir ali, mas não escutou, e em resultado estava condenando os dois.

Começou a levantar as mãos em rendição — mas então tudo mudou. Viu primeiro no rosto dos guardas, ouviu um instante depois. Era o rugido de um motor e, enquanto Matt girava, um carro passou a toda velocidade pelo portão e entrou no pátio. Por um instante Matt presumiu que pertencesse a Salamanda, outro de seus homens cortando o último caminho de fuga. Mas ao mesmo tempo soube que algo estava errado. Os guardas haviam parado onde estavam. Rodriguez havia pegado a arma e estava gritando ordens.

O carro parou derrapando.

— Entre! — gritou uma voz pela janela, primeiro em inglês, depois em espanhol. — *Suba al coche!*

Houve uma rajada de metralhadora e de repente era como se Matt estivesse de volta a Lima, a caminho do aeroporto. Nunca haviam atirado contra ele. Agora isso acontecera duas vezes em uma semana. Dois tiros foram dados da torre de vigia, que ele vira antes. Uma bala acertou o chão, levantando uma nuvem de poeira. A outra acertou o capô do carro. Isso lhe disse tudo que precisava saber. Quem quer que estivesse no carro estava do seu lado.

Correu para a frente. Houve mais tiros. Os guardas pareciam estar atirando no carro, e não em Pedro e nele. Estariam obedecendo a instruções de Salamanda? Aparentemente queriam-nos vivos. Então viu que os cães haviam sido soltos. Estavam saltando para a frente, os olhos em chamas, as bocas escancaradas para revelar dentes brancos e malignos. Ele e Pedro talvez não levassem tiros, mas se não chegassem logo ao carro seriam despedaçados.

— Depressa! — gritou o motorista.

Pedro chegou primeiro. Abriu a porta de trás e se jogou no banco. Matt correu para a porta do carona. E, apesar das armas disparando ao redor, apesar dos cães chegando cada vez mais perto em meio à luz brilhante e elétrica, congelou.

Conhecia o motorista do carro.

O rosto ligeiramente feminino. Cílios compridos. Um rosto fino com bochechas esculpidas, coberto pelo início de uma barba. Uma cicatriz de meia-lua perto de um dos olhos.

Era um dos homens que haviam seqüestrado Richard.

— Entre no carro, senão você morre!

Mais duas balas acertaram no metal. Uma terceira despedaçou um dos retrovisores. Matt não precisava de mais estímulo. Mergulhou e ao mesmo tempo o homem pôs o carro em marcha a ré, derrapando e levando Matt. Matt estava metade dentro e metade fora do carro, com a porta ainda aberta. Pedro estava sentado, surpreendentemente calmo, no banco de trás. O carro continuou de ré. Matt viu um guarda levantando a arma. Houve um som oco, terrível, e o guarda desapareceu.

— A porta...! — começou o homem.

Houve um rugido hediondo e Matt se virou a tempo de ver um dos pastores alemães saltar para ele. O cão meio pousou em sua perna e ele sentiu os dentes batendo a centímetros da coxa. Com um grito, encolheu a outra perna e chutou. O pé acertou a cabeça do cachorro, que uivou e caiu para trás. Matt entrou no carro e fechou a porta. O motorista já havia mudado a marcha. O carro saltou adiante.

Mas ainda não estava acabado. Como se tivesse medo de perdê-los, todos os guardas que restavam dispararam ao mesmo tempo e Matt gritou quando vidro e balas explodiram acima de sua cabeça. Perto dele o motorista se sacudiu no banco e Matt sentiu algo molhado espirrar em seu rosto. Enxugou a bochecha com as costas da mão e olhou para baixo. Seus dedos estavam cobertos de sangue.

Não havia levado um tiro. Era o motorista. Era Lima de novo, só que desta vez os papéis haviam sido trocados. O homem com a cicatriz não estava disparando contra eles, e sim ajudando-o. E estava ferido. Tinha sido acertado duas vezes: no ombro e na lateral do pescoço. Havia sangue no banco e no painel. Mais sangue se espalhava rapidamente pela camisa dele. Mas continuava segurando o volante, o pé apertando fundo o acelerador. O carro girou no pátio e foi para a escuridão. O motorista estendeu a mão e acendeu os faróis. O carro pulou e chacoalhou na estrada de terra.

— Eles vão nos seguir! — disse Matt. Esperava ver os homens de Salamanda já vindo atrás em carros ou caminhões.

— Acho que não. — O homem tentava esconder a dor da voz, mas Matt podia ver que ele estava bastante ferido. O sangue havia se espalhado peito abaixo. Logo toda a camisa estaria vermelha. O sujeito murmurou algumas palavras em espanhol. Pedro se inclinou ao chão. Quando se levantou de novo, estava segurando um punhado de fios e fusíveis. Matt sorriu. De algum modo o homem havia chegado à fazenda antes deles. E havia estragado todos os veículos que pôde encontrar.

— Quem é você? — perguntou Matt.

— Meu nome é Micos.

— Como encontrou a gente? Onde está Richard? — Havia mais uma dúzia de perguntas que Matt queria fazer.

— Agora não. Mais tarde.

Matt ficou quieto. Entendia. Micos não tinha forças para dirigir e falar ao mesmo tempo.

Pareceram demorar uma eternidade para chegar ao fim da estrada de terra. Estava completamente escuro e os faróis iluminavam apenas uma área pequena adiante. Matt só soube que estavam de volta à estrada principal quando as rodas começaram a girar macias, numa superfície de asfalto. Alguns instantes depois Micos parou no acostamento.

— Escute — disse ele, e com um tremor de alarme Matt viu que Micos fora ferido ainda mais do que parecia, que lhe restava muito pouco tempo. — Vocês devem ir a Cuzco. — Micos tossiu e engoliu com dificuldade. Mais sangue apareceu no lábio inferior. — Na sexta-feira... templo de Coricancha. Em Cuzco. Ao pôr-do-sol.

Ele pareceu respirar fundo, como se estivesse se preparando para falar mais.

— Por favor, diga a Atoc... — começou. Mas foi só isso. Estava imóvel, os olhos fixos em algo a distância. Matt percebeu que ele havia acabado de morrer.

No banco de trás, Pedro gemeu.

— Não podemos ficar aqui — disse Matt. Não se importou se o outro garoto entendia ou não. — Salamanda vai acabar vindo atrás de nós. Precisamos ir embora.

Saíram. O carro estava parado no acostamento junto a uma encosta que ia até uma área de arbustos. Matt desligou os faróis e soltou o freio de mão. Sinalizou para Pedro e os dois começaram a empurrar o veículo, que saiu da estrada para fora das vistas.

Se alguém viesse da fazenda pensaria que Matt e Pedro tinham ido para longe. Não saberiam que estavam de novo a pé.

A lua havia saído, iluminando o caminho. Ica não podia estar a muito mais que um quilômetro de distância.

— Está pronto? — perguntou Matt.

— Sim. — Pedro havia entendido. E respondido em inglês.

Juntos partiram pela estrada.

A CIDADE SAGRADA

De novo, Matt estava na praça principal de Ica, e desta vez os dois estavam ainda mais nervosos do que antes. Eram cinco e meia da manhã mas já havia bastante gente por ali. Parecia que a vida começava cedo no Peru. Mesmo assim tudo estava calmo. Ainda não havia turistas. Os cambistas não haviam saído. Se alguém viesse procurando-os, não seria muito difícil achar.

Matt tinha quase certeza de que Salamanda não iria procurá-los ali. Pelo que o empresário sabia, eles poderiam estar a mais de 100 quilômetros pela rodovia Panamericana — a estrada que cortava toda a extensão do país. Mas Matt não iria se arriscar. Tinha deixado Pedro comprar as passagens de ônibus para a próxima parte da viagem enquanto se mantinha agachado nas sombras. Estava na beira do calçamento, fingindo dormir. Não era inteiramente fingimento. Sentia-se exausto. Não sabia quanto tempo conseguiria ficar acordado.

Pedro voltou com as passagens e sentou-se ao lado dele.

— Cuzco — disse Matt.

— Cuzco — concordou Pedro e mostrou os dois pedaços de papel.

Matt não estivera certo de que ele iria realmente comprar as passagens. Sabia que Pedro preferiria ir para o sul, até a cidade de Ayacucho — onde Sebastian e seus amigos estariam esperando. Enquanto pegava as passagens, Matt olhou para o colega. Pedro não parecia contente com o que havia feito, mas sem dúvida tinha chegado a uma decisão. Ficaria com Matt.

Os dois tomaram um rápido café-da-manhã com bolinhos comprados numa barraca e entraram rapidamente a bordo do ônibus, no último instante. Mas desta vez quase todos os lugares estavam ocupados e eles tiveram de ficar separados. Não que isso importasse, pensou Matt. Quando estavam acordados não podiam conversar mesmo.

Cuzco.

Não significava nada para ele. Um nome falado por um homem agonizante. Era uma cidade... podia ficar em qualquer ponto do Peru. Ele achou que devia ser longe porque as passagens haviam custado quase metade do dinheiro que restava. Quando partiram, chacoalhando pela praça meio vazia, Matt olhou para o outro lado do corredor onde Pedro estava sentado, espremido perto da janela, junto de um homem gordo e suado. O que ele estaria pensando? Desde o instante em que havia conhecido Matt, toda a sua vida fora jogada num tumulto. Apesar de tudo, Matt estava começando a se preocupar com ele. Pedro não tinha dito nada e mostrava pouca emoção desde a morte do homem chamado Micos. Claro, ele estava acostumado à violência e à morte súbita. Mas certamente não estava esperando tanto disso.

A rodovia Panamericana era longa e muito reta, atravessando a paisagem como se fosse cortada por uma faca. Nas primeiras duas horas não havia uma paisagem verdadeira pela janela. As margens eram cheias de lixo — pneus velhos, pedaços de plástico, fios emaranhados e montes de entulho que pareciam decididos a acompanhá-los a cada centímetro do caminho. Matt nunca havia estado num lugar assim. Tinha visto lixo largado na Inglaterra. Havia partes de Ipswich que eram arruinadas e deprimentes. Mas a pobreza deste país não tinha fim. Espalhava-se como uma doença.

O sol subiu e de repente fazia calor. Matt olhou os outros passageiros ao redor: uma mistura de pessoas de cidade, camponeses, índios e — de novo — animais. A mulher sentada ao seu lado vestia roupas coloridas, com um xale vermelho vivo enrolado no pescoço e um chapéu mole. A pele parecia couro batido. Ela podia ter 100 anos. Estava examinando-o com curiosidade e Matt se perguntou se ela teria enxergado através da tinta da pele, das roupas e do corte de cabelo e reconhecido o garoto inglês por baixo. Virou-se, com medo de que a velha tentasse conversar.

Mais uma hora se passou. E várias outras. Era impossível dizer havia quanto tempo estava sentado ali. Sentia sede. Sua boca parecia cheia de poeira e fumaça de óleo diesel. Fechou os olhos. Dormiu quase imediatamente.

De novo estava de volta à praia.

— A gente deveria ter ido para Ayacucho — disse Pedro.

— Eu sei. Desculpe. Por que você decidiu vir junto?

— Por causa do homem que morreu. Micos. Ele morreu porque queria ajudar. E no fim, quando só restava um sopro de vida, ele disse para a gente ir a Cuzco. Era importante para ele. Se a gente não fizesse o que ele disse, seu fantasma nunca iria perdoar.

— Você sabe alguma coisa sobre Cuzco?

— Não muito. Sebastian esteve lá uma vez e não gostou. É longe... no alto das montanhas. Sebastian disse que não dá para respirar direito porque não tem ar suficiente. Um monte de turistas vai lá. — Pedro pensou um momento. — Não fica longe de um lugar chamado Machu Picchu, que é onde os incas viviam.

— E o templo de Coricancha?

— Nunca ouvi falar.

Os dois ficaram sentados em silêncio por um minuto. Mas nesse mundo estranho um minuto poderia ser uma hora ou mesmo um dia.

— Quem você acha que ele era? — perguntou Pedro. — Ele disse que se chamava Micos, mas não falou mais nada. E o cara de cabeça grande? Aquele era Salamanda.

— É. — Matt estremeceu.

— Nunca vi ninguém como ele. Quero dizer, em Lima tem gente sem pernas e sem braços, e coisas assim. A gente vê o tempo todo. Mas ele era um monstro. Um monstro de verdade. E era mau. Era como se o mal escorresse dele. Me deu vontade de vomitar.

— É. Eu senti a mesma coisa.

Matt olhou para o barco com proa de cabeça de felino. Pensou que em breve ele e Pedro deveriam deixar a ilha de sonho. Havia todo um mundo de sonhos para explorarem.

— Escute, Pedro. Estive pensando em tudo que tem acontecido. Tudo aconteceu tão depressa... o aeroporto, conhecer você, o resto todo... que não tive chance de raciocinar. Mas agora tive. E talvez eu tenha sido idiota. Talvez tenha entendido tudo errado.

Fez uma pausa.

— Vamos começar com o Salamanda. Ele é nosso inimigo. É ele que quer abrir o portal. Deve ter pagado a alguém para matar William Morton e pegar o diário. Mas não foi Salamanda que seqüestrou Richard. Ele mesmo me disse isso, mais ou menos. Nem sabia que Richard foi seqüestrado.

— Então quem...?

— É o que eu estive pensando. Richard e eu chegamos a Lima e fomos recebidos por um motorista que disse que estava trabalhando para Fabian. Disse que o nome dele era Alberto, mas poderia ser qualquer um. Ia para um hotel onde o capitão Rodriguez e a polícia estavam esperando por nós. Nós estávamos indo para uma armadilha. Mas no caminho outras pessoas encontraram a gente. Atiraram no motorista e tentaram nos pegar. Levaram Richard, mas eu fugi.

— Eles estavam tentando impedir vocês! Não queriam que vocês fossem ao hotel porque sabiam que a polícia estava lá!

Matt confirmou com a cabeça.

— Isso mesmo. Micos era um deles. Eu o reconheci na fazenda. Ele estava lá, com os outros, em Lima. E ontem à noite deve ter seguido a gente, de algum modo, até a casa de Salamanda. Ou talvez estivesse esperando que eu aparecesse.

— Talvez ele pudesse contar onde seu amigo está.

— Eu gostaria que ele tivesse falado mais. Quem ele era. Para quem estava trabalhando.

— Ele não sabia que ia morrer. — Pedro pensou um momento. — Esse templo...

— Coricancha. Se pudermos encontrá-lo, talvez possamos encontrar Richard. — Matt pegou uma pedrinha e jogou no mar. Ela não fez som algum ao bater na água. — Quanto tempo vamos levar até Cuzco?

— Disseram que era 20 horas, quando comprei a passagem.

— Bem, se pudermos dormir a maior parte do tempo, pelos menos vamos conseguir conversar.

— É. — Pedro franziu a testa. — E este lugar, Matteo? Onde a gente está agora? Como é que a gente consegue se entender... e lembrar tudo quando acorda?

— Não sei. Quando encontrei você aqui nesta ilha, esperava que você pudesse dizer.

— Sem chance. Não sei nada de nada. Eu sou apenas eu. Faço malabarismo e roubo turistas. É tudo um mistério, e o maior mistério de todos é como me embolei com você.

— Então vamos em frente. — Matt se levantou. — Acho que deveríamos sair desta ilha. Você tem um barco. Podemos ir nele.

— Aonde?

— Nós somos cinco, Pedro. É disso que se trata. Temos de encontrar os outros três.

Os dois foram até o barco e o arrastaram da praia de cascalho. Matt subiu e Pedro empurrou. De súbito o continente pareceu muito distante. Matt levantou os olhos. O céu, ainda preto, estava vazio. O cisne gigantesco não havia retornado.

O cisne. Salamanda havia falado dele na sala de jantar.

O cisne deve estar em posição daqui a cinco dias...

Foi o que Salamanda disse, mas o que isso significava? Será que ele tinha poder de entrar nesse mundo de sonho? Será que o cisne era controlado por ele?

Matt estremeceu. Pedro saltou no barco, com água pingando dos tornozelos e dos pés. O barco parecia ter vida própria. Quase imediatamente deu as costas para a ilha e, aumentando a velocidade, levou-os pelo mar.

Matt acordou de novo com um tremor.

O ônibus havia parado numa encruzilhada com algumas construções precárias e barracas que vendiam comida e bebida. A velha que estivera sentada perto dele havia saído e Pedro, com duas garrafas d'água e mais alguns bolinhos, pôde sentar-se ao seu lado. Quando as portas se fecharam sibilando e o ônibus partiu de novo, Matt lembrou-se do pedaço de papel que haviam encontrado no escritório de Salamanda e olhou-o de novo.

Havia sido copiado do diário. Ele tinha certeza. Toda a pátina era coberta por linhas, algumas criando formas. Havia uma espécie de retângulo que se estreitava numa das extremidades. Um desenho do que parecia uma aranha elaborada. E havia escritas em toda parte, indo em todas as direções, algumas tão minúsculas que seriam ilegíveis mesmo se fossem em inglês. Havia quatro linhas bem no centro da página. Pareciam uma estrofe de um poema. E embaixo, no canto esquerdo, um sol chamejante e duas palavras em letras maiúsculas:

INTI RAYMI

Seria espanhol? De algum modo não parecia. O que a página significava e por que Salamanda sentira a necessidade de copiá-la? Matt dobrou o papel. Resolveria o mistério mais tarde, assim que tivesse encontrado Richard.

Continuaram a viagem.

O campo estava mudando. Era muito mais montanhoso, coberto por densa vegetação verde. A estrada, que antes era reta, agora continuava numa série de curvas fechadas à medida que o ônibus ia subindo. Matt se lembrou do que Pedro tinha dito e farejou o ar cautelosamente. Estava mesmo ficando mais rarefeito. Até a cor do céu era diferente, um azul mais duro, mais elétrico. Havia casas de fazenda, presas às encostas superiores como se por acaso, e estranhas fortalezas, pequenas e circulares, construídas em pedra sólida. Seria impossível plantar qualquer coisa ali, pelo menos foi o que Matt pensou. Mas então viraram outra curva e ele viu que alguém — os índios do local ou alguma civilização antes deles — havia cortado terraços fantásticos nas laterais das colinas, sustentando-os com pedras e depois plantando. Devia ter sido um trabalho de centenas de anos.

Passaram por povoados e cidades. Tudo era estranho ali, muito diferente do outro lado do Peru... mais antigo e mais espetacular. As montanhas eram gigantescas, cercando tudo. E então o ônibus chegou ao topo de um vale e Matt viu a cidade de Cuzco espalhada à frente. Era diferente de tudo que tinha visto na vida.

Na verdade não era como uma cidade. Esse foi o seu primeiro pensamento. Não havia arranha-céus, nem prédios de escritórios, nem ruas principais, nem sinais de trânsito, nem mesmo muito trânsito. Cuzco era algo saído de um livro de histórias escrito havia muito tempo. Olhando pela janela do ônibus, Matt viu uma praça central dominada por duas catedrais espanholas e, ao redor, casas bem-feitas, de fachadas brancas e tetos de cerâmica que continuavam se espalhando pelo que pareciam vários quilômetros, até os pés dos morros do outro lado.

Mas só quando saíram do ônibus e começaram a ir a pé para o centro Matt pôde captar a medida do lugar. Cuzco era uma bela cidade de arcos e varandas, postes de ferro fundido, ruas pavimentadas de pedras e calçadas tão polidas que poderiam estar dentro de um museu ou um palácio. Cada construção parecia ser um restaurante, um cibercafé ou uma loja com pilhas de tecidos, jóias e suvenires. Havia pobreza ali também. Matt viu um menino muito pequeno, descalço e sujo, dormindo numa porta. Mulheres velhas sentavam-se na rua, piscando ao sol. Engraxates procuravam trabalho ao redor das igrejas. Mas aqui a pobreza parecia quase pitoresca — era apenas mais uma coisa para os turistas fotografarem.

E havia turistas e mochileiros em toda parte. Quando entraram na praça principal Matt escutou vozes em inglês e seu instinto imediato foi se jogar nos braços da primeira pessoa que encontrou. Precisava de ajuda. Um turista inglês rico seria a resposta perfeita. Pelo menos eles iriam ajudá-lo a chegar a uma embaixada britânica que, por sua vez, arranjaria seu vôo para casa.

Mas ao mesmo tempo que avançava percebeu que não poderia fazer isso. Em primeiro lugar havia Richard. Não podia simplesmente abandonar o amigo, e se Matt saísse do país poderia estar condenando o jornalista à morte. Afinal de contas ele é que era procurado, não Richard.

E havia Pedro. O que quer que tivesse acontecido com Matt, e por mais que odiasse estar ali, tinha conseguido encontrar um dos Cinco. Eles deviam ficar juntos. Fugir não ajudaria ninguém, e Matt soube que precisava ir até o fim.

Conteve-se e ficou olhando enquanto um grupo passava seguindo uma mulher que balançava uma sombrinha. Acompanhou-os. Pelo menos sentia algum conforto ao escutar sua própria língua.

— Cuzco sempre foi conhecida como a cidade sagrada — dizia ela. — Certamente era sagrada para os incas, que fizeram daqui o centro de seu império. Eles governavam aqui em 1533 quando os conquistadores espanhóis, liderados por Francisco Pizarro, invadiram. Os espanhóis destruíram boa parte da cidade e construíram seus palácios e catedrais sobre o que restou, mas hoje mesmo podemos ver muita influência inca. Em particular vocês devem olhar as paredes incríveis, construídas sem uso de cimento. Teremos muita chance de examinar os métodos de construção incas esta tarde, quando visitarmos o templo de Coricancha...

Coricancha. Era para lá que o homem dissera para Matt ir. Sentiu-se tentado a ficar junto daquela mulher — mas não fazia sentido. Havia imaginado alguma coisa pequena e difícil de descobrir, mas parecia que o templo era uma importante atração turística. E, de qualquer modo, ele deveria estar lá ao pôr-do-sol da sexta-feira. Que dia era hoje? Matt não tinha uma idéia verdadeira. Havia passado uma noite inteira num ônibus. Portanto devia ser quarta ou quinta-feira. Mal sabia onde estava e não tinha idéia de quando havia chegado. De certo modo era como Pedro: *desplazado*. Absolutamente deslocado.

A mulher de sombrinha se afastou. Os turistas foram obedientemente atrás. Matt se virou para Pedro, que estava na praça, parecendo perdido. Claro, o garoto praticamente nunca estivera fora de Lima em toda a vida, e em muitos sentidos a cidade de Cuzco devia ser tão estranha para ele quanto para Matt.

— Precisamos de um lugar para ficar — disse ele.

Pedro olhou-o sem entender.

— Um hotel... — acrescentou Matt. Sabia que não poderiam pagar por um hotel, mas era a única palavra que Pedro entenderia.

Pedro balançou a cabeça. Parecia em dúvida.

Matt esfregou o indicador no polegar. O conhecido sinal para dinheiro.

— Algum lugar barato.

Saíram juntos da praça e seguiram por uma rua reta e estreita com um muro de cerca de cinco metros de um dos lados. Devia ter sido construído pelas pessoas de quem a guia estivera falando, os incas. Podia ter sido feita mil anos atrás, quando eles comandavam a cidade. As pedras eram enormes. Cada uma devia pesar uma tonelada. Mas ao mesmo tempo eram todas irregulares na forma, com sete ou oito lados. De algum modo haviam sido travadas sem argamassa. Havia turistas tirando fotos uns dos outros diante da parede. Camelôs vendiam fotos da parede em cartões-postais.

O primeiro hotel ao qual chegaram se recusou a recebê-los. Era um lugar pequeno, de aparência rústica, cheio de estudantes e mochileiros fumando e tomando cerveja no pátio aberto. Matt se agachou na rua ao lado da porta, de novo disfarçando a altura, enquanto Pedro falava com a recepcionista — uma mulher idosa com olhos cheios de suspeita. Ele tinha dinheiro, mas ela não queria aceitar. O que ele não tinha era passaporte. O dinheiro era certamente roubado. Por que dois garotos mendigos peruanos queriam ficar num hotel de turistas, a não ser para roubar os outros hóspedes?

No segundo foi a mesma coisa. No terceiro Matt entrou e tentou conseguir um quarto falando em inglês. O dono o encarou com algo próximo ao choque e Matt entendeu o motivo. A linguagem que ele falava simplesmente não combinava com sua aparência, e recuou depressa. Não precisava se lembrar de que a polícia estava procurando-o. O fato de o capitão Rodriguez ter estado na fazenda mostrava que ele era pago por Diego Salamanda — se fosse necessária mais alguma prova. Matt não tinha documentos nem identidade. Se a polícia o pegasse pela segunda vez ele desapareceria definitivamente.

Agora era o fim da manhã. Matt estava com sede, com fome e exausto. Sentia a falta de oxigênio no ar. A cada vez que se esforçava tinha de parar um momento para recuperar o fôlego. A que altitude estariam? No ônibus era como se tivessem subido durante horas.

Olhou para Pedro e sinalizou.

— Quer comer?

Pedro assentiu.

— *Estoy muerto de hambre.*

Procuraram o restaurante mais pobre e discreto que puderam encontrar, mas mesmo assim o dono se recusou a servi-los até que tivessem pagado. Mas assim que pegou o dinheiro e soube que eles não iriam sair correndo, sentiu pena e serviu uma gigantesca refeição de *chicharrones* — costeletas de porco fritas — e uma jarra de *chicha*, que tinha gosto doce e frutoso e era uma espécie de antiga cerveja inca.

Matt e Pedro comeram em silêncio. Não tinham escolha. Mas mesmo assim Matt estava começando a se sentir mais próximo do outro garoto — como se os dois se conhecessem durante toda a vida e realmente não precisassem falar. Alguns outros viajantes entraram mas não prestaram atenção aos dois, e Matt pôde relaxar e concentrar os pensamentos.

Um dos viajantes na mesa ao lado estava lendo um jornal em espanhol. Ele virou uma página e naquele momento tudo mudou. Pedro cutucou-o e apontou. Matt se virou e viu uma foto sua — tirada por Richard no meio de York. Viu a pele clara, o cabelo bem arrumado, o rosto sorridente, e se empertigou na cadeira. A foto pertencia a outro tempo, outro mundo. Mal podia acreditar que era ele mesmo.

E então veio o medo. Será que a polícia peruana havia publicado a foto para tentar encontrá-lo? Como a haviam conseguido? Não queria atrair atenção para si mesmo, mas precisava saber o que o jornal dizia. E como faria isso? Era o mesmo velho problema. O artigo era em espanhol e Pedro não sabia ler. Mas então o viajante mexeu a mão e Matt viu palavras em inglês. Seu nome em letras maiúsculas. Inclinou-se adiante. E ali estava, uma mensagem que era certamente do Nexo:

MATTHEW FREEMAN

CONTATE-NOS SE PRECISAR DE AJUDA.

LIGUE A QUALQUER HORA

Havia um número de telefone impresso embaixo.

Então alguém finalmente percebera que ele estava sumido e tinha feito alguma coisa para encontrá-lo! Matt sentiu um jorro de esperança. O Nexo estava procurando-o. Ele ficaria bem.

Memorizou rapidamente o número antes que o viajante virasse a página. A mesa tinha uma toalha de papel e ele escreveu-o com molho de tomate, usando um palito de dente, depois rasgou o pedaço. Assim que haviam terminado de comer, correu para a rua.

— Precisamos encontrar um telefone — disse a Pedro.

— *Sí... un teléfono.* — Pedro é que tinha visto a foto. Sabia o que estava acontecendo.

Praticamente todo hotel e café de Cuzco tinha telefone e conexão com a internet. Matt entrou no primeiro que encontrou, entregou algum dinheiro e fez o pedido em inglês. Não estava mais preocupado com a segurança. Foi levado a uma cabine de madeira que rangia, pegou o pedaço de papel rasgado e digitou o número. Houve uma pausa, um tom de chamada, e então...

— Matthew? É você? — Era Fabian que falava. Parecia exausto e empolgado ao mesmo tempo, e ocorreu a Matt que aquele número era destinado a esse único fim, e que ele devia ter ficado junto ao aparelho, esperando o telefonema.

— Sr. Fabian?

— Onde você está? Como está? Está bem?

— É. Estou bem.

— Não acredito que é você. Estávamos muito preocupados. Quase fiquei louco quando você e Richard não apareceram em Lima, e então Alberto contou o que aconteceu. Richard está com você?

— Não. Não está. — Matt sentiu alívio simplesmente por falar com Fabian, por ouvir sua voz de novo. — Estou bem, mas preciso de ajuda.

— Claro. Estávamos esperando que você telefonasse. Não precisa se preocupar com nada agora, Matt. Só precisa dizer onde está e poderei pegá-lo.

— Em Cuzco.

— Cuzco? — Fabian ficou atônito. — O que está fazendo aí?

— É uma longa história.

— Conte. E assim que eu desligar este telefone, estarei indo...

Meia hora mais tarde Susan Ashwood recebeu um telefonema em sua casa em Manchester, Inglaterra. Era Fabian ligando de Lima.

— Falei com Matthew — disse ele. — Você não vai acreditar nas coisas que aconteceram com ele, mas o garoto está vivo e bem. Está em Cuzco. Não pergunte como ele chegou lá. É uma história longa demais. Mas já marquei um vôo e estarei lá à noite. Vou trazê-lo. E há notícias maravilhosas, Srta. Ashwood. Algo em que você não vai acreditar. Ele diz que encontrou um segundo guardião. Outro dos Cinco...

Os dois falaram por algum tempo enquanto Fabian a colocava a par do que Matt havia contado. Então ele desligou e Susan Ashwood ligou para Nathalie Johnson, para dar a notícia.

— Matthew está em Cuzco. Viu o anúncio e telefonou para Fabian...

As duas falaram por cerca de dez minutos.

E pouco depois Diego Salamanda recebeu um telefonema na fazenda em Ica. Mal falou, segurando o aparelho junto ao ouvido. O fone, claro, nem chegava perto da boca. Quando queria falar tinha de deslizar o aparelho pelo rosto.

Por fim sorriu e desligou. A pessoa tinha dito exatamente o que ele queria ouvir.

Agora também sabia onde Matt estava.

NO AR RAREFEITO

O próximo vôo disponível vindo de Lima só chegava às nove horas da noite e Fabian havia combinado encontrar Matt e Pedro uma hora depois disso, na frente da catedral na praça principal. Isso dava aos dois o resto do dia para matar o tempo até a chegada dele.

Ficaram passeando por Cuzco, tentando se manter fora do caminho de todo mundo. Era uma experiência estranha para Matt. Normalmente alguém como ele só viria ali como turista, e se estivesse vestido de outro modo as pessoas achariam que ele era isso. Podia se imaginar parando para fotografar as compridas galerias com seus arcos de pedra e as lojas movimentadas atrás.

Mas seu disfarce o havia colocado no coração da cidade. Matt se tornou parte dela. Num determinado ponto, quando ele e Pedro se sentaram num degrau na frente de um museu, pegou-se sendo fotografado por dois americanos. Por motivos que não podia entender direito, ficou incomodado em ver a cara lente zoom focalizando-o. Antes que a câmera tivesse clicado, saltou de pé.

— Por que não tira a foto de outra pessoa? — disse rispidamente ao casal atônito. Sabia que não estava sendo justo, mas mesmo assim teve uma breve sensação de vitória quando o homem e a mulher recuaram, confusos.

Mais tarde ele e Pedro chegaram ao templo de Coricancha. De fato, não poderiam ter deixado de vê-lo. Era uma grande atração turística, localizada na parte sul da cidade e rodeada de ônibus, com um fluxo constante de visitantes ao redor da entrada principal. De novo havia paredes incas e um terraço no alto, com vista panorâmica da cidade. Também havia uma igreja espanhola no local. Na verdade ela fora construída sobre ele — um prédio em cima do outro — como se tivesse despencado do espaço.

Por que Micos havia mandado que fossem ali? Não parecia haver motivo e Matt não iria desperdiçar dinheiro para entrar.

Mesmo assim demorou-se junto à entrada e ficou escutando enquanto os guias faziam o mesmo discurso para cada grupo de turistas. Coricancha era a palavra antiga para "pátio dourado". Antigamente houvera um grande templo com quatro mil sacerdotes morando. Cada parede era coberta de placas de ouro sólido e os cômodos eram cheios de estátuas e altares... também de ouro. O lugar fora usado como centro religioso e observatório celeste pelos incas. Mas então os conquistadores chegaram. Levaram tudo. Derreteram o ouro, arrancaram os altares e construíram sua igreja nas ruínas que permaneceram.

Será que Fabian iria trazê-los ali na noite de sexta-feira?, pensou Matt. Haveria uma chance de Richard aparecer? Um guarda saiu da entrada e sinalizou para Matt e Pedro se afastarem. Pedro murmurou alguma coisa feia e gutural em espanhol e puxou a manga de Matt. Matt entendeu. O guarda achou que eles iriam pedir esmolas aos turistas. Os dois não eram bem recebidos ali. Os pobres de Cuzco geralmente não eram bem recebidos em lugar algum.

À medida que a noite chegava eles retornaram à praça e ficaram sentados no grande degrau entre a catedral e a fonte. Matt se perguntou o que Pedro estaria pensando. Havia tentado explicar que Fabian viria, mas não tinha idéia do quanto o colega compreendia.

Por fim a escuridão chegou e com ela Cuzco foi transformada numa coisa quase mágica. Matt havia notado como a luz era estranha durante o dia. À noite, o céu ficou de um azul luminoso com as montanhas se estendendo, de um negro profundo, abaixo. Milhares de luzes alaranjadas brilhavam nos subúrbios ao redor e as lâmpadas dos postes luziam ao redor da praça. Depois do calor do dia, a noite era fresca. Os restaurantes estavam se enchendo, as calçadas cheias de gente sem pressa de ir a qualquer lugar, como figurantes num gigantesco palco ao ar livre.

O carro da polícia entrou na praça logo depois das nove horas. Matt notou primeiro: um veículo baixo e branco com uma faixa azul e amarela e uma tira de luzes sobre o teto. Havia dois homens dentro. Ele ficou olhando o carro seguir lentamente pelo outro lado e parar diante de uma casa de câmbio. Os dois homens não saíram.

Não pensou nada a respeito. Havia polícia em toda parte em Cuzco, assim como em Lima. Parecia que o principal serviço deles era manter os turistas satisfeitos. O turismo devia valer milhões para a economia peruana. Os turistas precisavam se sentir seguros.

Mas então um segundo carro da polícia se juntou ao primeiro e Matt começou a ficar inquieto. Não podiam estar procurando por eles! A não ser Fabian, ninguém sabia que estavam ali. Pedro cutucou-o, olhando na direção do segundo carro. A expressão no rosto dele era clara. Polícia neste país era notícia ruim. Os dois haviam sido mandados embora de vários lugares durante o dia e Matt não tinha dúvida de que ele e Pedro poderiam ser presos só por estar sentados ali. Que horas seriam? Sem dúvida deviam ser quase dez horas. Desejou que Pedro não tivesse roubado seu relógio.

Dois carros da polícia. Mais policiais a pé. Estavam entrando na praça por todos os lados, movendo-se devagar, aparentemente sem objetivo específico. O que estava acontecendo? Pedro ia ficando cada vez mais agitado. Havia algo quase animalesco nele. Seus olhos estavam arregalados e alerta. Cada músculo do corpo parecia travado. Ele sentia o perigo, mesmo não o tendo visto ainda.

— Acho que a gente deve andar — disse Matt.

Não queria ir. Fabian chegaria a qualquer instante. Se pudesse esperar só mais alguns minutos todo o sofrimento poderia acabar. E levantar-se e andar poderia atrair atenção. Cada fibra de seu ser gritava para ficar onde estava. Enquanto permanecesse sentado, sem ser percebido, estaria em segurança. Mas, ao mesmo tempo, agora havia mais de 12 policiais na praça, espalhando-se, todos armados. Será que a polícia viera por coincidência ou sabia que Matt estava ali? Seria apenas uma blitz ou estavam procurando-o?

A pergunta foi respondida num instante quando a porta do carona de um dos carros da polícia se abriu e um homem desceu. Era o capitão Rodriguez. Estava parado sob a luz de um poste que iluminou seu rosto com a pele áspera, esburacada, e o bigode grosso. Parecia um boxeador entrando no ringue, e quando o olhar dele girou pela praça Matt soube, sem dúvida, que seu telefonema para Fabian fora interceptado e que havia caído direto numa armadilha.

Levantou-se, obrigando-se a não entrar em pânico. Rodriguez não o tinha visto desde o Hotel Europa e não sabia qual era sua aparência, agora que ele estava disfarçado. Ainda havia muita gente ao redor. Os dois poderiam simplesmente ir embora, misturando-se à multidão.

Pedro enfiou a mão no bolso da calça. Quando a tirou estava segurando o estilingue. Matt balançou a cabeça.

— Agora não, Pedro. Eles são muitos.

Pedro franziu a testa, depois pareceu entender. Guardou o estilingue outra vez.

O som de um apito cortou o ar.

De repente todos os policiais vinham correndo para os dois como se soubessem o tempo todo onde estavam e simplesmente estivessem fazendo um jogo. Outro carro cortou o caminho por trás. Rodriguez estava apontando direto para eles e gritando. Turistas e viajantes pararam boquiabertos, com medo, apanhados no meio de alguma coisa que não queriam ver. A máscara amigável do país que visitavam havia escorregado, revelando a brutalidade por baixo. Havia policiais armados em toda parte.

Matt viu imediatamente que os quatro cantos da praça estavam cobertos pela polícia. A armadilha havia se fechado por todos os lados. Dois carros vinham rapidamente na direção deles... iriam alcançá-los em segundos. Com isso só restava uma direção: para cima. Os carros não poderiam segui-los subindo a escada. Olhou ao redor e viu que Pedro também havia deduzido isso. Já estava na metade da subida, indo para um grupo de europeus parados juntos no topo. Eles iam tirar uma foto na frente da catedral quando o ataque policial começou, mas agora estavam simplesmente parados, boquiabertos. Matt viu Pedro passar no meio deles. Por quê? Olhou para trás e entendeu. Alguns policiais haviam sacado as armas. Pedro vira o perigo, mas ao mesmo tempo havia adivinhado que eles não atirariam perto dos turistas. Seu gesto fora calculado. Estava usando os europeus como escudos humanos.

Matt se juntou a eles, subindo os últimos cinco degraus e atravessando o topo, perto da catedral. Os turistas se espalharam. Alguém gritou. Pedro estava se movendo como o vento e Matt se perguntou se seria capaz de acompanhá-lo. Já tinha descoberto algo que suspeitara havia muito tempo. Era quase impossível correr em Cuzco. O ar era rarefeito demais. Não podia estar correndo há mais de meio minuto e sua cabeça latejava, a garganta estava áspera e ele sentia como se fosse desmaiar. Obrigou-se a prosseguir, não querendo ficar para trás. Pedro era um dos Cinco. Matt não poderia perdê-lo agora.

Mas Pedro estava procurando Matt. Quando um policial virou a esquina ele gritou um alerta. Matt se abaixou. Houve uma explosão e um dos degraus de pedra cuspiu pó. Estavam atirando nele! Matt sentiu um tremor de incredulidade. Rodriguez tinha dado ordens para pegá-lo vivo ou morto.

O tiro fora um erro. Agora todo mundo na praça estava em pânico, correndo em todas as direções, desesperado para fugir. Por um momento a polícia ficou impotente. Os garotos estavam sumidos. Então algo estranho aconteceu. O policial que havia disparado o tiro jogou-se para trás e ficou esparramado. Matt girou e viu que o estilingue estava na mão de Pedro. Ele certamente sabia usá-lo. O policial estivera na frente de uma rua que, afora ele, não tinha guardas. Matt forçou um pouco de ar nos pulmões e partiu.

Ficar fora das vistas. Essa era a chave. Matt sabia que precisavam se esconder. Tinham de encontrar algum local seguro. Ganhar um pouco de tempo para talvez deduzir o que fariam em seguida. Pedro atravessou um portão, sinalizando para Matt ir atrás. Matt fez exatamente isso e se viu num pátio malcuidado, com retalhos de grama crescendo em meio ao entulho e à terra. Havia outra feira ali. Barracas iluminadas por lamparinas a óleo espalhavam-se ao acaso junto às paredes. Estavam abertas mesmo a essa hora da noite e alguns mochileiros caminhavam preguiçosamente entre elas, examinando os chapéus, ponchos, tapetes, contas e bolsas à venda. A grande massa da catedral erguia-se atrás.

Os dois garotos não pararam. Chegaram a uma segunda passagem em arco e entraram em outra rua. Mas desta vez não estavam sozinhos.

Uma índia muito velha estava diante deles, agachada na calçada com uma pequena pilha de bijuterias feitas a mão. Seu cabelo pendia em duas tranças compridas e havia um bebê, enrolado num cobertor listado, aninhando-se em seu peito. Ela olhava diretamente para os dois, e enquanto eles ficavam ali parados, ofegando, imaginando aonde ir, ela sorriu de repente, mostrando dentes amarelos que eram pouco mais do que cotocos. Ao mesmo tempo apontou para um beco que saía atrás dela.

Matt não sabia o que fazer. A velha estava se comportando como se os conhecesse. Era quase como se estivesse sentada ali durante toda a tarde, esperando que eles viessem, para apontar o melhor caminho. Matt lutou para pôr mais ar nos pulmões e afastar a tontura.

— Para onde? — gritou na direção de Pedro.

A velha levou um dedo aos lábios. Não era hora de discutir. De novo apontou o caminho. Atrás deles ouviram gritos. A polícia havia entrado na feira.

— *Gracias, señora* — murmurou Pedro. Tinha decidido acreditar nela.

Os dois correram pelo beco, desaparecendo nas sombras que pressionavam dos dois lados. Cartazes velhos pendiam nas paredes, e varandas de madeira se projetavam sobre suas cabeças. A rua era calçada de pedras e as sandálias de borracha de Matt quase foram arrancadas dos pés quando ele tentou correr.

Mas valia a pena continuar? Matt ouvia sirenes e assobios ecoando por toda a cidade, e de coração pesado soube que os dois nunca sairiam daquilo, não importando o quanto corressem. Eram dois ratos num labirinto. Poderiam correr pelas ruas e passagens de Cuzco até ficar exaustos ou poderiam encontrar uma construção onde se esconder, mas isso não faria diferença. A polícia poderia demorar toda a noite para encontrá-los, mas no fim encontraria. Cuzco era rodeada por montanhas. Não havia saída.

Em algum lugar fora das vistas outro carro parou. Botas bateram no concreto. Um assobio soou. Até Pedro estava começando a diminuir a velocidade. O suor pingava em seu rosto. Tudo acabaria logo.

O beco dava em outra rua estreita com uma junção em T numa das extremidades. Pedro foi para lá, mas quase imediatamente um furgão azul parou derrapando e três policiais saíram. Um deles gritou empolgado num rádio enquanto os outros pegavam as armas e começavam a ir na direção deles. Matt não tinha forças para se mexer. Seu coração ia explodir. Só podia ficar olhando enquanto os homens se aproximavam.

E então aconteceu de novo.

Outro índio apareceu, saindo de uma porta, empurrando um carrinho pesado cheio de comida e bebida. Usava calça branca e um paletó escuro, mas sem camisa. E não tinha sapatos. O cabelo comprido pendia, obscurecendo a maior parte do rosto. Parou na rua, bloqueando-a completamente, e Matt achou que ele agia de propósito. Sabia que os dois vinham e queria lhes dar mais um pouco de tempo. Os policiais começaram a gritar. Um deles tentava abrir caminho. O índio assentiu e sorriu para os dois garotos. Com forças renovadas, eles partiram na outra direção.

Algo acontecia em Cuzco. Alguém estava tentando ajudá-los. Primeiro tinha sido a velha, agora era o vendedor de comida. Mas quem eram eles? Como sabiam que ele e Pedro estavam ali? Matt se perguntou se estava imaginando coisas. E, não importando quantas pessoas tentassem ajudá-los, ainda não conseguia ver como escapariam.

Viraram outra esquina e de repente Matt soube onde estavam. Era uma das ruas mais famosas da cidade. Havia apenas algumas horas estivera cheia de grupos de turistas e guias; agora se encontrava totalmente vazia, iluminada apenas pela claridade do céu. Um lado da rua era limitado por muros incas com dez metros de altura. Matt reconheceu as pedras enormes, encaixadas engenhosamente. Pedro estava encostado numa delas, ofegando sem fôlego.

— Para que lado? — perguntou Matt.

Pedro deu de ombros. Ou estava exausto demais para falar ou havia chegado à mesma conclusão que Matt. Não havia saída, por isso não importava aonde fossem.

Começaram a andar para a frente, devagar, seguindo pela rua deserta. Podiam ouvir gritos ao redor, vozes incorpóreas voando como criaturas noturnas, em toda parte. Só uma coisa era certa: os perseguidores estavam chegando mais perto o tempo todo.

E a rua levava a lugar nenhum. Era bloqueada por um alto portão de metal que fora posto no fim, e estava trancado.

Não havia como voltar. Matt podia ouvir passos correndo atrás deles e sabia que a polícia estava a apenas alguns segundos de distância. Não tinha mais ânimo para correr ou se esconder. Estendeu a mão e chacoalhou o portão. Era alto demais para subir. Pedro também havia desistido. Parecia com raiva e exausto, a amargura da derrota óbvia em seus olhos.

— *Amigos!*

A voz veio logo de trás deles. Matt se virou. Incrivelmente, havia um rapaz parado na rua a apenas uns dois metros de distância. Usava um poncho vermelho e cor de malva, jeans e um chapéu de tricô que tinha abas pendendo sobre as orelhas. Parecia ter surgido do nada.

E Matt tinha certeza de que o conhecia. Por um momento estranho e irritante teve certeza de que era Micos. Mas Micos estava morto. Então quem...?

— *Amigos* — repetiu o homem. — Venham depressa!

Amigos. Era a única palavra em espanhol que Matt sabia.

O homem fez um gesto. Matt olhou para além dele e teve uma visão incrível. Parte da parede havia se aberto, revelando uma porta secreta com pelo menos sete lados. Era impossível imaginar o mecanismo de dobradiça que a fazia funcionar, mas quando a porta se fechasse estaria totalmente invisível. Matt e Pedro haviam acabado de passar diante dela sem perceber que existia. Milhões de turistas deviam ter feito o mesmo. Matt deu um passo adiante. Havia uma passagem dentro do muro. Podia vislumbrar um corredor estreito mas ele terminava quase imediatamente numa escuridão total.

— Não. — Pedro balançou a cabeça. Estava com medo.

O homem falou com ele rapidamente, baixo, em espanhol, então se virou de novo para Matt.

— A polícia vai chegar logo. Se quer viver, deve confiar em mim. Venha agora...

— Quem é você? — perguntou Matt.

O homem não deu resposta e Matt entendeu. Ele não estava preparado para falar sobre isso, pelo menos agora. Um segredo incrível — essa porta escondida — fora revelado aos dois. Ela precisava ser fechada antes que a polícia ou qualquer outra pessoa visse.

Pedro estava olhando para Matt, esperando que ele tomasse uma decisão. Matt assentiu. Os dois entraram na parede. O homem foi atrás. A porta se fechou em seguida.

Escuridão.

Matt não escutava nada, a não ser o som da própria respiração. Estava numa escuridão completa e ocorreu-lhe que poderia ter morrido — que a morte talvez não fosse muito diferente disso. Ele fora isolado da cidade de Cuzco no momento em que a parede se fechou. Havia uma ligeira umidade no ar, que se grudava à pele, mas afora isso não sentia nada. Precisou se obrigar a não entrar em pânico, a evitar o pensamento de que poderia ter se enterrado vivo.

Então o homem de poncho acendeu uma lanterna elétrica e a luz saltou, revelando um corredor estreito com uma escada descendo. Estavam *dentro* da parede. As grandes pedras ficavam dos dois lados. Aonde os degraus levavam? Matt nem podia começar a adivinhar.

A luz também mostrava o rosto do homem que viera resgatá-los. Matt só o tinha visto de relance na rua, e as abas do gorro haviam escondido boa parte do rosto. Olhando mais atentamente, viu que ele era muito parecido com Micos — mas sem a cicatriz. Também era ligeiramente mais magro, com queixo fino e o início de uma barba. Não podia ter mais de 22 ou 23 anos.

— Quem é você? — perguntou Matt de novo. Imaginou se sua voz chegaria à rua. Mas isso era impossível. As paredes tinham pelo menos um metro de grossura.

— Meu nome é Atoc — respondeu o homem. Seu sotaque era estranho. Havia uma sugestão de espanhol, mas também de outra coisa, algum tipo de língua indígena.

Atoc era o nome que Micos havia falado logo antes de morrer. Quisera mandar uma mensagem a este homem. Seria irmão dele? Matt esperava que não, mas isso explicaria por que eram tão parecidos.

— Que lugar é este? — perguntou.

— Uma antiga passagem inca. Muito secreta. Muito pouca gente conhece.

— Aonde vai dar?

— Levo vocês a um lugar seguro onde Salamanda não pode encontrar. Há amigos esperando, mas fica longe e ainda tem muito perigo. Polícia procurando em toda parte. Não podemos falar agora.

Atoc se virou para Pedro e falou rapidamente em espanhol. De novo, aos ouvidos de Matt, o sotaque pareceu estranho. Na certa estava traduzindo o que havia acabado de falar. Pedro assentiu. Uma decisão havia sido tomada.

— Por aqui — disse Atoc. E apontou a luz para os degraus. — Vamos descer. Logo fica mais fácil.

Começaram a descer. Matt tentou contar os degraus, mas depois de 25 desistiu. As paredes eram muito estreitas, apertando-se contra eles dos dois lados, e dava para sentir o peso da terra pressionando em cima. Havia uma pressão em seus ouvidos e o ar estava ficando frio. Só podia ver alguns degraus de cada vez. Mas quando chegaram ao fundo, com um segundo corredor se curvando à frente, percebeu um estranho brilho amarelo vindo de um lugar fora das vistas. Começaram a andar e logo Atoc apagou a lanterna. O caminho adiante era iluminado, mas não por luz elétrica. Matt virou a esquina e ficou boquiaberto.

A passagem continuava até onde a vista alcançava, com chamas ardendo em pequenos copos prateados presos às paredes, separados por cerca de 20 metros. Deviam ser alimentados por algum suprimento de óleo. Mas eram as paredes em si que captavam a luz, ampliando-a e refletindo de volta. As paredes eram cobertas com algo que parecia folhas de latão, mas — de algum modo Matt sabia — eram na verdade ouro maciço.

Quanto ouro havia no mundo? Matt sempre achara que o metal era precioso porque era raro, e se lembrou do que tinha ouvido falar junto ao templo de Coricancha. Os conquistadores espanhóis haviam saqueado a cidade. Estavam loucos de cobiça. Tinham levado todo o ouro em que pudessem pôr as mãos. Ou pelo menos é o que pensavam. Mas agora dava para ver que haviam encontrado apenas uma fração do que existia. Toneladas e toneladas deviam ter sido usadas para criar essa rota incrível muito abaixo da cidade. A passagem se estendia cada vez mais a distância, captando as luzes das lâmpadas, transformando a noite em dia.

Não iriam fazer a jornada a pé. Outro índio, vestido como Atoc, esperava por eles com quatro mulas. Matt se perguntou como os animais suportavam ficar ali, tão fundo sob a terra, mas supôs que deviam estar acostumados. O índio fez uma reverência quando se aproximou. Matt sorriu, sentindo-se cada vez mais incomodado.

— Por favor. Precisamos nos apressar — disse Atoc.

Matt e Pedro montaram nas duas primeiras mulas. Atoc e o índio pegaram as duas de trás. Não havia selas, apenas cobertores coloridos amarrados embaixo. Matt nunca havia montado num animal e se perguntou como faria este andar. Mas a mula sabia o que estava fazendo. No momento em que os quatro haviam montado ela partiu em passo rápido, os cascos batendo com ritmo no piso de terra macia.

Uma depois da outra, as lamparinas a óleo iluminavam o progresso. Ninguém falava. Matt notou que alguns painéis de ouro tinham desenhos em relevo: rostos e figuras de guerreiros cheios de armas. Depois de um tempo a passagem se alargou e eles passaram por incontáveis tesouros encostados nas paredes: jarros e vasos, taças e bandejas, ídolos e máscaras fúnebres — muitos feitos de prata e ouro. Imaginou quanto tempo demorariam para chegar aonde iam. O fato de não ter idéia do destino só fazia a viagem parecer mais longa. E era quase impossível medir a passagem do tempo. Só sabia que estavam subindo. O caminho se inclinava para cima praticamente desde o início, mas ele tinha certeza de que não estavam se aproximando da superfície. Portanto deviam estar saindo de Cuzco, indo para as montanhas. Era a única explicação possível.

Depois de pelo menos uma hora, talvez duas, pararam de repente. Apesar de tudo, Matt estivera caindo no sono e quase foi jogado por cima da cabeça do animal. Suas pernas estavam ardendo de tanto ficar esfregando no pêlo áspero. E havia acrescentado o cheiro de mula aos muitos outros que contraíra desde Lima.

— A partir daqui vamos andar — disse Atoc.

Todos apearam, deixando os animais com o outro índio, que não tinha falado nenhuma vez, nem mesmo para dizer o nome. Matt presumiu que haveria outra saída do túnel, algum outro modo de levar as mulas ao ar livre. À frente havia outra escada estreita e uma alavanca na parede. Atoc levou um dedo aos lábios e puxou a alavanca. Matt ouviu um estalo fraco, o giro de uma roda e achou que o mecanismo usado seria semelhante ao que havia aberto a parede e deixado que entrassem.

Atoc esperou um momento, prestando atenção. Alguém assobiou, duas notas que pareceram o canto de um pássaro. O índio relaxou imediatamente.

— Podemos ir — disse ele.

Começaram a subir. Matt pôde ver um círculo adiante, iluminado por uma luz branca que parecia pendurada a distância. Havia algum tipo de cortina em frangalhos. Só quando passou por ela percebeu que era a boca de uma caverna rodeada por folhagens e que a luz era a lua cheia. E então estava de novo ao ar livre, numa colina acima de Cuzco, com mais dois índios de ponchos fazendo reverência para ele, exatamente como o homem do túnel.

Pedro chegou perto e os índios o saudaram também. Então Atoc apareceu. Matt olhou para trás. Havia um buraco redondo no chão, a entrada de uma caverna. Mas tinha apenas uns dois metros. A parede dos fundos era sólida. A escada havia desaparecido. Matt percebeu que a alavanca devia ter sido puxada pela segunda vez e algum tipo de pedregulho enorme havia rolado para o lugar. A saída do túnel era tão impossível de ser descoberta quanto a entrada.

E agora?

Os dois índios gesticularam e ele os acompanhou saindo da beira do morro, entrando no que parecia a ruína de um antigo estádio de futebol, um teatro, uma fortaleza... ou talvez uma mistura dos três. Havia uma área plana, mais ou menos circular, coberta por grama e rodeada por pedregulhos gigantescos arrumados numa linha em ziguezague. Havia três níveis no estádio. Qualquer que fosse a atividade que acontecia antigamente na arena poderia ser testemunhada por milhares de pessoas de pé ou sentadas acima. O lugar era iluminado por refletores e 20 ou 30 turistas ainda caminhavam pelas ruínas. Ninguém notou sua chegada. Tinham vindo de lugar nenhum e Atoc havia se certificado de que ninguém os visse chegar.

— Isto... é Sacsayhuamán — disse ele a Matt. — Sacsayhuamán significa "Águia Real", e este lugar era uma grande fortaleza até a chegada dos espanhóis. Você vê o trono do Inca! — Ele apontou para algo com a forma aproximada de uma cadeira esculpida na rocha do lado oposto. Havia uma garota com casaco de lã sentada ali, enquanto tiravam sua foto. Atoc franziu a testa, enojado. — Agora vamos.

Havia alguns táxis e um ônibus parados num estacionamento do outro lado da ruína. Matt pôde ver uma estrada serpenteando morro abaixo até Cuzco. Mas não era para lá que iam. Pela segunda vez naquela noite Matt parou num espanto absoluto. Bem à frente deles, escondido atrás do trono do Inca, havia um helicóptero esperando-os com mais dois índios montando guarda, ansiosamente procurando algum sinal da polícia. Agora Matt podia ver quanta organização fora empregada para encontrá-lo. Desde o momento em que havia fugido da praça principal de Cuzco uma rede invisível estivera baixando sobre ele, esperando para pegá-lo.

— Você não está falando sério — murmurou Matt.

— Nós devemos ir muito longe — disse Atoc.

— Onde está o piloto?

— Eu sou o piloto. Eu levo vocês.

Havia quatro lugares no helicóptero, dois na frente e dois atrás. A cabine era pouco mais do que uma bolha de vidro numa estrutura metálica, com os rotores pendendo frouxos acima. Um dos índios abriu a porta. Matt hesitou. Mas, aonde quer que estivessem indo, devia ser melhor do que Cuzco. O capitão Rodriguez estava lá, procurando-o. O helicóptero iria levá-lo para fora da cidade. Talvez até o tirasse do Peru.

Mas antes que pudesse se mexer escutou o som que mais havia temido. Sirenes. A polícia estava a caminho, vindo investigar. Alguém devia ter visto o helicóptero pousando. E de repente estavam ali, dois carros que não pareciam maiores do que brinquedos subindo a estrada, ainda lá embaixo, mas chegando mais perto o tempo todo. Atoc empurrou Matt. Era definitivamente hora de partir.

Mas Pedro não arredava pé. Matt podia ver como ele estava tenso, os punhos apertados, recusando-se a se mover. Pedro se virou para Atoc e soltou uma torrente de palavras em espanhol. Atoc tentou argumentar com ele. Matt se lembrou de como havia se sentido ao decolar do aeroporto de Heathrow. Tinha suado. Pedro provavelmente nunca voara na vida, e para ele esse helicóptero devia parecer algum tipo de inseto gigante, de pesadelo.

Os carros da polícia estavam chegando perto. Os faróis pareciam se adiantar, ansiosos para chegar primeiro. Pedro ficou onde estava. Apontou para o helicóptero e disse algumas palavras feias. Atoc levantou as mãos — um gesto de rendição — mas ao mesmo tempo falou de novo. Sua voz era suave, apesar da urgência. O primeiro carro da polícia devia estar a uns 400 metros de distância.

Finalmente Pedro se virou para Matt.

— *Tú qué piensas?* — perguntou.

Matt esperava ter entendido.

— Tudo bem — disse ele. — Acho que devemos ir.

Pedro soltou um suspiro fundo. Relaxou os pulsos, correu e subiu. Matt pôde ver quanto esforço foi necessário. Foi atrás. Atoc subiu no banco da frente e mexeu nos controles. Os rotores começaram a girar.

Matt se perguntou se teriam demorado demais. Iriam se passar vários minutos até que o helicóptero estivesse pronto para a decolagem. Os rotores giravam tão devagar que ele podia ver cada um. Agora os carros da polícia estavam tão perto que dava para identificar o homem dentro. Pedro nem estava olhando. Enquanto o motor começava a gritar, ele ficou totalmente branco, sentado imóvel, olhando o céu. O primeiro carro da polícia chegou ao estacionamento e jogou cascalho para o alto, indo na direção deles. Mas então o pára-brisa do veículo se despedaçou e Matt viu que o índio que havia aberto a porta para eles estava segurando um estilingue como o de Pedro. Tinha jogado uma pedra contra o carro e acertado. O veículo girou e parou. Rápido demais. O segundo carro se chocou contra ele, fazendo-o rodar. Os dois pararam e ficaram imóveis.

As portas se abriram e homens uniformizados saíram, tirando armas dos coldres. Os dois índios perto do helicóptero se viraram e correram. Matt se perguntou o que aconteceria em seguida. Eram alvos fáceis. Os rotores ainda não giravam com velocidade suficiente. Olhou ao redor e viu turistas mergulhando em busca de abrigo. Um dos policiais mirou.

Mas os rotores finalmente ganharam velocidade. De repente a poeira se levantou numa nuvem. Os policiais desapareceram e Matt achou que eles provavelmente estavam cegos. Pedro gritou. Toda a cabine havia se sacudido enquanto Atoc mexia nos controles. Então ele fez pressão e o helicóptero saltou, pairou um momento, girou e voou para o luar. Atrás deles as grandes pedras de Sacsayhuamán se encolheram rapidamente.

Os policiais xingaram e esfregaram a terra dos olhos. Quando puderam olhar para cima, o helicóptero havia sumido.

NA FLORESTA DAS NUVENS

Não havia o que enxergar. Enquanto o helicóptero zumbia pela noite Matt ficou tão desorientado como quando entrou na parede. As luzes de Cuzco tinham sumido havia muito, atrás deles, e por um tempo a lua fora a única orientação. Mas até ela desapareceu, engolida por nuvens tão densas que era difícil acreditar que pudessem flutuar. Atoc permanecia grudado nos controles, o rosto iluminado por uma claridade verde e suave. As lâminas do helicóptero rugiam no ar, porém algumas vezes Matt tinha a impressão de que elas não se moviam, que estavam presas na imobilidade grudenta da noite.

Pedro não havia falado uma palavra desde a decolagem. Nem havia olhado pela janela. Todo o seu corpo estava rígido, os olhos fixos no piloto como se não acreditasse que ele soubesse pilotar essa máquina — ou como se achasse que ele poderia esquecer a qualquer momento. Por fim caiu no sono e Matt deve tê-lo seguido, porque de repente estava de volta ao mar, fazendo uma viagem totalmente diferente, seguindo com a maré.

— Ainda acha que eu sou um dos Cinco? — perguntou Pedro.

— Claro. — Matt ficou surpreso com a pergunta. — Por que pergunta?

— Sou um covarde idiota. Fiquei com medo demais de entrar no helicóptero. Quase fiz com que a gente fosse apanhado pela polícia. Ainda estou com medo agora, mesmo dormindo.

Matt balançou a cabeça.

— Você não é covarde. Se quer saber, eu também tenho medo de voar.

— Vi aviões saindo de Lima. Quando fazia malabarismo perto do aeroporto. Nunca pude entender como uma coisa tão pesada podia voar. Ainda não consigo. — Pedro fez uma careta. — Acha mesmo que sou um dos Cinco?

— Sei que é. E fico feliz porque está comigo, Pedro. Pensando bem, nunca tive um amigo de verdade. Pelo menos desde que consigo lembrar.

— Eu roubei seu relógio!

— Tudo bem. Eu arranjo outro...

Os dois acordaram no mesmo instante. O helicóptero havia pousado.

Matt olhou pela janela enquanto Pedro se espreguiçava e bocejava. Haviam parado num campo no meio de lugar nenhum. Três lamparinas a óleo haviam sido postas na grama — Atoc certamente tinha visto do alto e usou-as para saber onde pousar. Mas não havia mais luz alguma. Em vez disso, as chamas iluminavam uma fileira de árvores, a borda do que deveria ser uma selva densa. Uma mão bateu na janela do helicóptero e Matt levou um susto, mas Atoc estivera esperando aquilo.

— Tudo bem... são amigos — disse ele.

Havia mais dois índios esperando-os do lado de fora. Um abriu a porta e ajudou os garotos a descer. Ambos usavam ponchos e gorros de lã e mantinham a cabeça baixa como se não quisessem encará-los. Fazia frio fora do helicóptero, muito mais do que em Cuzco, e Matt se perguntou se teriam subido até uma altitude ainda maior. Respirou fundo. Muito pouco oxigênio chegou aos pulmões. Obviamente estavam em um lugar alto. Mas onde? O segundo índio se adiantou rapidamente, estendendo ponchos para Pedro e ele. Eram lindamente tecidos, com fios de ouro formando padrões intrincados contra um fundo verde-escuro. Matt passou a cabeça pelo buraco no meio e deixou o material rico pender ao redor do corpo. Ficou surpreso ao ver como o poncho o protegia do frio.

— Ficamos aqui esta noite — disse Atoc. — Viagem amanhã na luz.

— Onde estamos? — perguntou Matt.

— Este lugar... Vilcabamba. — A resposta não foi esclarecedora. — Estamos na floresta das nuvens. Amanhã devemos andar muitas horas. Não pode ir de helicóptero.

— Então onde vamos dormir?

— Nós preparamos.

Os índios os levaram à borda da clareira, onde três barracas haviam sido armadas. Atoc indicou a que os dois garotos iriam compartilhar.

— Vocês precisam dormir — disse ele. — Amanhã é muito difícil.

Deixou-os juntos. A barraca parecia nova em folha, e dentro havia dois sacos de dormir desenrolados sobre colchonetes de espuma. Uma lâmpada alimentada a bateria pendia do mastro da barraca. Matt não se incomodou em tirar a roupa. Saiu de dentro do poncho e o enrolou, usando-o como travesseiro. Depois enfiou-se num saco de dormir. Pedro fez o mesmo.

Por um breve momento Matt pensou em Richard. Imaginou se estaria sendo levado mais para longe do amigo. E Fabian? Estaria em algum lugar em Cuzco, ainda procurando-os?

Havia muita coisa que ele não entendia, mas estava cansado demais para pensar. Dormiu antes que percebesse. Desta vez não houve sonhos.

Foi acordado pela luz atravessando o tecido da barraca. Espreguiçou-se com dificuldade dentro do saco de dormir. A espuma havia servido pouco para protegê-lo do chão duro, e as costas e os ombros estavam rígidos. Pensou em ficar onde estava e tentar dormir de novo, mas não havia chance. Sentia-se desconfortável demais, e de qualquer modo Pedro estava roncando. Fazendo o mínimo de barulho possível, Matt se arrastou para fora da barraca, levando o poncho. Assim que chegou do lado de fora, levantou-se e vestiu-o.

Ainda fazia frio. O amanhecer havia chegado mas ainda não existia sinal do sol. Matt estremeceu no ar matutino enquanto examinava o ambiente. Na noite anterior tivera a impressão de uma selva — mato denso e montanhas. Mas nada poderia prepará-lo para a visão que o recebeu.

Parecia estar na beira do mundo. O heliporto era esculpido na lateral de uma colina fantasticamente íngreme. Olhando para cima ou para baixo, só podia enxergar verde... um emaranhado de árvores e arbustos com cipós e trepadeiras enroladas, continuando aparentemente para sempre. Atoc tinha dito que eles fariam uma longa caminhada, mas Matt nem conseguia ver por onde começariam. Não existia caminho para cima. A folhagem parecia impenetrável. No entanto, se descessem, certamente cairiam num brilhante vórtice verde. A área onde estavam era plana. Todo o resto era vertical. Era como se todo o mundo tivesse sido inclinado.

Atoc e os dois índios já estavam acordados, arrumando um café-da-manhã com pão e queijo. Tinham acendido uma pequena fogueira com uma chaleira em cima, mas a água ainda não estava fervendo.

Atoc foi até ele.

— Dormiu bem, Matteo? — Como Pedro, estava usando a versão espanhola de seu nome. — Teremos comida logo.

— Obrigado.

À luz do dia Atoc parecia mais novo e menos ameaçador do que nas sombras em Cuzco. Também se parecia ainda mais com o homem que Matt havia conhecido brevemente, Micos. Matt precisava saber.

— Há uma coisa que eu gostaria de perguntar — começou, nervoso.

— Direi o que puder.

— Quando eu estava em Lima, conheci alguém muito parecido com você. E ele esteve também em Ica.

— Micos.

— É. — Matt não sabia direito como continuar. — Seu irmão?

— Sim. Sabe onde ele está?

— Sinto muito, Atoc. Ele está morto.

Atoc assentiu lentamente, como se esperasse ouvir isso. Mas seus olhos escuros, castanhos, se encheram de tristeza e ele ficou parado, imóvel e totalmente silencioso, enquanto Matt contava o que havia acontecido na fazenda.

— Lamento que ele tenha morrido por nossa causa — disse Matt.

— Mas fico feliz em saber que, se ele tinha de morrer, tenha sido por vocês. — Atoc respirou fundo. — Micos era meu irmão mais novo. Dois anos mais novo. Na nossa língua "micos" é "macaco", e ele era o divertido, sempre se metendo em encrenca. Atoc é raposa. Eu é que deveria ser inteligente. Mas quando estávamos brincando uma vez, quando eu tinha oito anos, joguei uma pedra nele e quase lhe arranquei o olho. Ele tinha uma cicatriz... bem aqui. — Atoc levantou o dedo e desenhou uma lua crescente perto do olho. — Meu pai me deu uma surra de cinto por causa disso. Mas Micos me perdoou.

"Ele queria lhe ajudar, Matteo, porque acreditava em você. Você é um dos Cinco. Ele não ficaria triste em morrer sabendo que está seguro, de modo que também é errado eu ficar triste. Vão acontecer mais mortes. Muito mais. Temos de ficar acostumados."

Ele virou a cabeça e olhou para a distância, os olhos fixos em alguma coisa lá longe.

— Agora eu vou caminhar sozinho alguns minutos — disse ele. — Quando voltar, nós esquecemos o que foi dito e não falamos sobre isso de novo.

E se afastou na direção do mato baixo.

— Matteo...! — Pedro havia acordado e estava chamando-o da barraca.

Atrás deles um fio de fumaça branca subiu da fogueira, inseguro, no céu matinal.

Depois do café-da-manhã, os dois índios apagaram a fogueira e desarmaram as barracas. Já haviam amarrado o helicóptero e coberto com uma lona verde, camuflando-o para o caso de alguém por acaso voar por cima. Matt podia ver que aquelas pessoas pensavam em tudo... mas ainda não sabia direito quem eram.

Atoc havia comido com eles. Qualquer sofrimento que tivesse, ele não deixava transparecer.

— Partimos agora — disse ele, e sinalizou para um dos índios que se adiantou trazendo dois pares de tênis novos. — Vocês não podem andar com essas sandálias.

Agradecido, Matt tirou as sandálias de tiras de borracha que vinha usando desde Lima. De algum modo não ficou surpreso ao ver que os tênis novos cabiam perfeitamente. Tudo isso fora planejado. Enquanto os calçava, notou Pedro segurando seu par com expressão de espanto completo. Ocorreu-lhe que o garoto peruano provavelmente nunca tivera uma peça de roupa nova na vida.

Quando os dois estavam prontos, Atoc enfiou a mão no poncho e pegou um punhado de folhas verde-escuras e o que pareciam duas pedras pequenas.

— Ponham isso na boca — explicou, primeiro em inglês e depois, para Pedro, em espanhol. — Enrolou uma das pedras nas folhas, formando uma trouxinha. — As folhas são de coca — continuou. — A pedra nós chamamos de *llibta*. As duas se misturam com a saliva e dão força.

Matt obedeceu. As folhas de coca tinham um gosto horrível e ele não imaginava como poderiam funcionar, mas não parecia haver sentido em discutir.

Partiram. Os dois índios saíram primeiro. Matt foi atrás, com Pedro — que tropeçou várias vezes até se acostumar com o calçado novo — logo atrás. Atoc fechava o grupo. Matt havia esperado que descessem o morro, mas parecia que seu caminho seria para cima o tempo todo. A selva não era tão impenetrável quanto parecia. Alguém, muito tempo atrás, havia esculpido uma escada. Os degraus eram quase invisíveis, irregulares e cobertos de líquens, mas serpenteavam entre as árvores, subindo a face da montanha.

— Se precisarem descansar, digam — orientou Atoc.

Matt trincou os dentes. Haviam andado apenas uma curta distância e ele já precisava descansar. Não por causa da inclinação da montanha: o ar era ainda mais rarefeito aqui do que em Cuzco. Se andasse rápido demais sua cabeça começava a latejar e ele sentia a ardência nos pulmões. O segredo era medir o passo cuidadosamente, um de cada vez, e não olhar para cima, já que isso apenas lembrava o quanto precisavam subir. Revirou a *llibta* na boca. Agora entendeu por que precisava dela. Só esperava que realmente funcionasse.

O sol subiu mais e de repente fez calor. Matt podia sentir o suor escorrendo pelas costas. Tudo era úmido. Uma vez estendeu a mão para se apoiar numa árvore e a mão afundou como se numa esponja. Gotas de umidade pairavam no ar. A água pingava em seu cabelo e escorria pelas bochechas. Pedro parou e tirou o poncho. Matt fez o mesmo. Um dos índios pegou-os, sua expressão deixara claro que não aceitaria recusa. Matt não se importou. Estava usando toda a força simplesmente para continuar andando. Já devia ter subido quinhentos degraus. E a escada não mostrava sinal de acabar.

Alguma coisa picou-o. Matt gritou e deu um tapa no braço. Um segundo depois foi picado de novo, desta vez na lateral do pescoço. Quase quis chorar... ou xingar... ou gritar. Será que essa viagem poderia ficar pior? Atoc o alcançou e entregou um pano cheio de um ungüento fétido.

— Maruins — explicou ele. — Nós chamamos de *puma waqachis*. Significa insetos que fazem o puma gritar.

— Sei como o puma se sente — resmungou Matt. Em seguida pegou um pouco do ungüento e passou na pele, onde ele se misturou instantaneamente com o suor. Sentiu-o escorrer pelo corpo. As roupas estavam grudadas como uma segunda pele. Outro maruim picou seu tornozelo. Matt fechou os olhos por um segundo, depois recomeçou a andar.

Pararam duas vezes para beber água. Os guias índios tinham garrafas plásticas nas mochilas. Matt se obrigou a beber só um pouquinho, sabendo que os cinco teriam de dividir o mesmo suprimento. Agora o sol ia alto e ele começou a se perguntar se haveria algo errado com sua visão. A floresta parecia enevoada e fora de foco. Então percebeu que, no calor, toda a umidade estava se transformando em vapor. Logo estava totalmente envolto numa densa névoa branca, praticamente sem conseguir ver o homem que ia adiante.

— Fiquem perto! — gritou Atoc. Sua voz chegou de lugar nenhum. Era como se ele estivesse em outro planeta. — Agora não falta muito.

Saíram da floresta das nuvens de modo súbito e inesperado. Num instante Matt estava lutando em meio ao mato baixo, no outro havia emergido na lateral de um cânion imenso. O céu estava claro. Uma vasta cordilheira se estendia à frente, com muitos picos cobertos de neve. Alguns pareciam tocar a borda do espaço. Matt se encontrava à beira da exaustão. Estava encharcado e tinha uma dor de cabeça maligna. Mas mesmo assim sentia-se empolgado. Olhando para baixo viu que chovia no cânion, mas a chuva estava abaixo dele. Haviam subido acima do nível das nuvens.

— Está vendo? — Atoc apontou para uma das montanhas. De onde estavam, parecia um pouco com uma cabeça humana. — É Mandango. O Deus Adormecido.

Pedro havia alcançado Matt. Parou ofegando à beira do abismo. Disse algumas palavras roucas em espanhol. Atoc sorriu pela primeira vez desde que ele e Matt haviam conversado antes.

— Ele diz que se sente péssimo — traduziu para Matt. — Mas você está pior.

— Agora vamos aonde? — Matt ofegou. Não podia acreditar que tivessem subido tudo isso só para descer outra vez.

— Não é longe — disse Atoc. — Mas tome cuidado. É muito longe se você cair...

Atoc não estava exagerando. Um caminho bem definido descia pela lateral do cânion. De algum modo Matt soube que devia ter sido cortado a mão na face da rocha. Havia nele algo completamente não-natural. O caminho era plano e a superfície, quase tão polida quanto as ruas de Cuzco. Mas uma coisa não era: largo. Em alguns lugares mal havia um metro entre a parede e a queda hedionda no penhasco. Se Matt desse um passo em falso cairia... e cairia. Viu um rebanho de ovelhas ou lhamas pastando nos *pampas* do fundo do cânion. Para ele pareciam formigas. Aqui não havia árvores para protegê-los do sol e Matt podia senti-lo queimando o rosto e os braços. Ele era nada nessa paisagem imensa. Podia ser encharcado pela chuva ou fritado pelo sol. Em toda a vida jamais havia se sentido tão insignificante.

Caminharam por mais de uma hora, descendo o tempo todo. Matt podia sentir a pressão mudando nos ouvidos. Quanto tempo havia se passado desde o café-da-manhã? Não tinha idéia, mas sabia que não conseguiria continuar por muito tempo. As pernas doíam e os pés — nos tênis novos — estavam ficando com bolhas. Viraram uma curva e Matt viu que o caminho os havia trazido a uma plataforma de rocha sólida com degraus descendo do outro lado. Respirou fundo. Parecia que era o fim da viagem.

Haviam chegado.

E ali, construída — incrivelmente — na borda do cânion, estava uma cidade em miniatura. Não era uma cidade moderna. Partes dela faziam Matt se lembrar de Cuzco, e ele achou que teria sido construída pelo mesmo povo, talvez na mesma época.

Primeiro, terraços haviam sido cortados na rocha. Esses formavam os alicerces e devia haver uns 50 ou 60, projetando-se da montanha como prateleiras enormes. Alguns terraços tinham plantações, em alguns pastavam ovelhas e lhamas. A cidade em si consistia de templos, palácios, casas e depósitos, todos construídos de blocos de pedra que deviam ter sido carregados em algum momento através da floresta das nuvens e sobre as montanhas. Um grande retângulo de grama cortava o centro: um local de encontro, um campo esportivo, o foco da vida cotidiana. Matt soube instantaneamente que não haveria eletricidade ali, nem carros, nada da era moderna. No entanto não estava olhando para uma ruína. A cidade estava viva. Havia gente em toda parte. Pessoas moravam ali. Esse era o lar delas.

— Que lugar é esse? — sussurrou ele.

— Vilcabamba! — foi Pedro quem respondeu.

Atoc assentiu lentamente.

— A cidade perdida dos incas. Muitos grandes homens a procuram. Por centenas de anos, procuram. Mas nenhum encontrou. Vilcabamba não pode ser encontrada. Não pode ser alcançada.

— Por quê? — Para Matt parecia bem fácil. Afinal de contas eles haviam chegado sem muita dificuldade. O caminho que os trouxera pela lateral do cânion devia ser claramente visível. Qualquer pessoa poderia segui-lo. — O caminho... — começou.

Atoc balançou a cabeça.

— Não há caminho — disse ele.

— Não. O que estou dizendo é... — Matt deu alguns passos atrás e olhou ao redor da curva.

Impossível.

O caminho não estava ali. A parede do cânion era uma queda íngreme, vertical, sem subida ou descida. O caminho que tinham acabado de tomar, pelo qual haviam descido por mais de uma hora, havia desaparecido.

— Não faça perguntas — disse Atoc. — Você tem amigos que o esperam.

— Mas...

O índio pôs a mão em seu ombro e juntos os dois viraram a curva. Pedro e os outros homens já haviam se adiantado. Matt os viu passar por um arco de pedra, e ao mesmo tempo um homem surgiu, subindo os degraus na direção dele. Estava com pressa. E era europeu.

Então o homem se aproximou mais e Matt sentiu um enorme jorro de prazer e alívio. Gritou e correu. Os dois se abraçaram.

Era Richard Cole.

OS ÚLTIMOS INCAS

— Nem posso dizer como estou feliz em ver você — disse Richard. — Desde aquela confusão em Lima estive preocupado, imaginando que nunca mais iria vê-lo, e me culpava. Mas todo mundo tem sido muito gentil comigo. Essas pessoas são... bem, você vai descobrir sozinho.

"E esta cidade, Vilcabamba... — Richard balançou a cabeça, pasmo — é uma das maiores lendas do Peru, ou seja: nem deveria existir! É um pouco como El Dorado. Muitos exploradores procuraram mas nunca encontraram. E cá estamos, bem no meio dela! Incrível!"

Richard havia levado Matt até a pequena casa de pedra onde se hospedava, num dos terraços superiores da cidade. Estavam sentados no único cômodo, um espaço comum com duas camas, um sofá e um tapete multicolorido aberto no chão de pedra. Duas paredes tinham janelas com formas estranhas, mais estreitas no topo do que embaixo, como triângulos cortados. Matt tinha visto o mesmo desenho por toda Cuzco. Não tinham vidro. E o cômodo não possuía eletricidade nem água corrente. À noite seria iluminado por velas. Todos os toaletes e banheiros eram localizados do outro lado da cidade, perto de um riacho que corria rápido, afluente do rio Chamba.

Os dois receberam o almoço: uma grande tigela de *locro*, uma mistura de carne e vegetais, algo entre uma sopa e um cozido. Estavam sozinhos. Pedro havia saído com Atoc — presumivelmente para descansar numa outra casa. Matt ficou feliz por ter algum tempo com Richard. Simplesmente estar com ele fazia-o lembrar da vida comum que um dia tivera.

Matt contou sua história primeiro, começando com o encontro com Pedro, o tempo passado na Cidade do Veneno, a fuga da fazenda de Salamanda. Em seguida a viagem a Cuzco, a perseguição pelas ruas à noite e finalmente a chegada ali. Os dois haviam recebido uma jarra de cerveja — a mesma bebida que Matt havia provado em Cuzco. Quando Matt acabou de falar, Richard havia terminado de beber.

— Então esse garoto, Pedro, é um dos Cinco — disse Richard.

— E.

— E você conversa com ele nos sonhos.

— Isso mesmo.

Richard suspirou.

— Sabe o que realmente me preocupa? Acredito em você! Há seis meses, se alguém me contasse tudo isso, eu teria rido na cara da pessoa. — Ele pensou um momento. — Pedro tem... você sabe... algum poder especial? Consegue ver o futuro ou alguma coisa assim?

— Não. Ele é muito comum. E não quer se envolver.

A história de Richard era mais simples.

Depois de ser apanhado no caminho do aeroporto, foi levado a um quarto em Lima onde ficou cara a cara com os seqüestradores. Agora Matt sabia quem eles eram. Um era Atoc. O outro, seu irmão mais novo, Micos.

— Eu estava me sentindo muito satisfeito porque você tinha conseguido fugir — disse Richard. — Achei que não estariam interessados em mim e simplesmente me deixariam ir embora. Mas então explicaram que estavam do nosso lado. Tinham tentado nos interceptar antes de cairmos numa armadilha. A polícia estava no hotel.

Matt estremeceu ao lembrar.

— Atoc e os outros sempre souberam que nós viríamos ao Peru. Estavam esperando desde o início. O problema é que Salamanda e o pessoal dele também. Os incas precisavam tentar o seqüestro porque era o único modo de nos pegarem. Claro, não ficaram muito satisfeitos quando você fugiu. Na verdade, desde então estiveram procurando-o. Tinham pessoas por todo o país. Quanto a mim, me levaram de carro a um aeroporto particular, depois de avião a Cuzco e finalmente de helicóptero até o meio de lugar nenhum. Como você. Fui totalmente picado na floresta das nuvens e quase vomitei descendo o cânion. Já falei que não tenho cabeça para alturas?

— Não.

— Bem, desde então estou aqui. Eles cuidaram de mim e a comida é boa. Mas, como disse, eu estava preocupado com você. Não acreditei quando disseram que tinham encontrado você em Cuzco. Eu adoraria ver aquela passagem secreta. Um dia talvez você possa me mostrar. Talvez na volta...

— Quem são eles, Richard? — Era a única coisa que Matt ainda não entendia. — Dizem que esta é a cidade perdida dos incas. Mas não existem mais incas, existem?

— Não deveriam existir. A maioria morreu. — Richard levantou a jarra de cerveja, viu que estava vazia e pousou-a de novo. — Essas pessoas são os únicos sobreviventes: descendentes das dezenas de milhares que foram mortos há tanto tempo. E esta cidade é como o quartel-general secreto deles. Notou o caminho na borda do cânion? Eles têm um modo de fazê-lo desaparecer depois de a gente ter descido. Nenhum avião pode voar acima porque há estranhas correntes de ar. Ninguém sabe sobre este lugar, a não ser as pessoas que vivem aqui — e você, eu e Pedro, agora que somos hóspedes deles.

— E eles querem nos ajudar.

— Isso mesmo. Você tem os incas de um lado e Diego Salamanda do outro. Pelo menos desta vez sabemos quem é o bandido.

— Por que eles não podem impedi-lo? — Esta era uma coisa que Matt não entendia. — Eles sabem quem ele é. Sabem onde encontrá-lo...

— O que você quer que eles façam, Matt? Que o assassinem?

Matt encolheu os ombros.

— Não parece má idéia.

— Primeiro teriam de chegar até ele, e o sujeito é bem protegido.

— Poderiam procurar a polícia.

— Ele é dono da polícia. Diego Salamanda é um dos homens mais poderosos do Peru. Tem muitos milhões e, se falir, metade do país vai à falência com ele. Jornais, telecomunicações, programas de computadores... só na semana passada ele mandou para o espaço um satélite de 50 milhões de dólares, pago do próprio bolso. Ele joga xadrez com o presidente. Fazem isso por telefone e é Salamanda que instala as linhas telefônicas.

— Se Salamanda é tão rico e bem-sucedido, por que quer abrir o portal? O que vai ganhar com isso?

— Não sei, Matt. Talvez os Antigos possam encolher a cabeça dele de volta. Talvez possam lhe dar vida eterna. Por que aquele outro pessoal queria abrir o Portal do Corvo? Se você me perguntar, acho que são todos loucos.

Richard ficou quieto. Alguém havia começado a tocar flautas de Pã do lado de fora da casa. As notas pairavam fantasmagóricas no ar. Matt olhou pela janela, para o cânion. Havia esquecido a altitude em que estavam. O chão caía para sempre.

— Você disse que os incas estavam esperando por nós. Como sabiam que íamos chegar?

— Perguntei isso a Atoc. Gostaria de dizer que eles leram nos jornais, mas é um pouco mais complicado. Os incas sabem mais ou menos tudo que está acontecendo no Peru. Têm pessoas em toda parte. Mas há outra coisa. Eles usam magia.

— Magia...?

— Eles têm umas pessoas chamadas *amautas*. São como feiticeiros... um pouco como a velha Srta. Ashwood. Eles sabem sobre os Antigos. E sabem sobre você. Mais tarde você poderá encontrar um deles. É um sujeito velho. Passei um bom tempo com ele. Acho que tem uns 112 anos.

Matt demorou um momento para absorver isso.

— Eles sabiam que eu vinha. Mas Salamanda também. Quem você acha que contou a ele?

— Estive pensando nisso. Parece que foi alguém do Nexo.

— Faria sentido. Eu liguei para o Sr. Fabian mas a polícia chegou antes dele.

— Bem, não tenho nenhuma idéia real mas, se foi alguém, suspeito principalmente de Tarrant. Você se lembra dele? O policial que nos deu os passaportes falsos. Foi isso que causou metade do problema. Estar com passaportes falsos transformou a gente em criminosos... e foi idéia dele.

— Então o que acontece agora?

Richard pensou um momento.

— Precisamos confiar nestas pessoas. Não podemos fazer contato com o Nexo de novo, isso é certo.

Matt confirmou com a cabeça e bocejou, subitamente cansado.

— É melhor dormir um pouco — disse Richard. — Você deve estar exausto. Depois pode tomar banho e trocar de roupa. Devo dizer que mal o reconheci quando o vi, agora mesmo. Você está ridículo.

— Obrigado.

— Depois pode me apresentar ao seu amigo Pedro. E todos temos de estar na praça principal ao pôr-do-sol. — Richard sorriu. — Os incas vão dar uma festa e fomos convidados!

Matt dormiu até o meio da tarde. Quando acordou, Richard o levou até a casa de banhos — uma série de cubículos de madeira numa construção de pedra com um jato de água jorrando continuamente por um buraco na parede. A água era gélida, mas totalmente limpa. Matt não conseguiu tirar a tintura da pele e sentiu que estava saindo praticamente com a mesma aparência com que entrou. Mas certamente sentia-se revigorado.

Havia recebido roupas novas para usar. Os índios que viviam em Vilcabamba usavam uma estranha mistura de roupas antigas e modernas, com os chapéus e ponchos multicoloridos sobre jeans e tênis. Quando saiu da casa de banhos recebeu um poncho novo — de um vermelho profundo com um padrão em losangos verdes na borda. O estranho é que não se sentia incomodado usando-o. Talvez tivesse mudado tanto nas últimas semanas que não fazia mais idéia de quem realmente era.

Então ele e Richard foram levados a uma construção grandiosa, com o dobro do tamanho das outras, bem no coração da cidade. Ao redor havia índios preparando a festa — arrumando mesas de madeira, montando fogueiras, carregando bandejas de comida e bebida. O sol havia ficado vermelho e estava descendo depressa atrás das montanhas abaixo. Para Matt era uma nova experiência ver o sol assim. Normalmente olhava para cima para vê-lo. Agora parecia estar acima do sol e podia vê-lo escorregando na borda do mundo.

A construção em que entraram era um palácio. Matt soube mesmo sem que dissessem. De cada lado da porta havia um guarda com as pernas nuas, vestido uma túnica cerimonial e com uma lança de ouro. Mais guardas se enfileiravam na passagem do lado de dentro. E ali, na frente deles, havia um trono montado numa plataforma e nele um homem usando um manto comprido com arranjo de cabeça e discos de ouro presos às orelhas. Provavelmente não era muito mais velho do que Richard, mas havia um sentimento de confiança e seriedade que o fazia parecer fora do tempo. Matt parou e fez uma reverência. Aparentemente os incas tinham um príncipe.

— Você é bem-vindo, Matteo — disse o homem falando em inglês perfeito. Tinha o mesmo sotaque de Atoc: estrangeiro, mas não espanhol. Na verdade sua primeira língua era o quíchua, a língua que seu povo havia falado antes da chegada dos espanhóis. — Meu nome é Huascar e estou muito feliz em conhecê-lo finalmente. Estive esperando-o por longo tempo. Meu povo esteve esperando-o por mais tempo ainda. Por favor, sentem-se.

Havia quatro bancos baixos diante do trono. Richard e Matt sentaram-se. Um instante depois, Pedro e Atoc entraram por uma porta lateral. Pedro também havia recebido roupas novas. Seu poncho era azul-claro. Ele fez uma reverência ao príncipe inca e ocupou o lugar ao lado de Matt. Atoc sentou-se no quarto banco.

— Você é bem-vindo, Pedro — continuou Huascar. Ainda estava falando inglês, por causa de Richard e Matt, porém Atoc sussurrava baixinho no ouvido de Pedro, traduzindo. — Resta-nos muito pouco tempo, e há muita coisa a discutir.

Ele ergueu a mão e serviçais entraram carregando quatro taças douradas com vinho tinto, que pousaram no chão diante dos convidados. O inca não bebeu nada.

— Há 500 anos — começou ele — um dos impérios mais poderosos que já houve caiu e morreu. Com a chegada de Francisco Pizarro e os conquistadores espanhóis, tudo que meu povo criou foi destruído. Nossas cidades foram queimadas, nosso ouro saqueado, nossos templos violados, meus ancestrais foram mortos impiedosamente. Assim começou para nós o tempo da grande escuridão.

"Hoje a glória do mundo inca está quase esquecida. Nossas cidades são ruínas, com os pedaços quebrados desnudos para os turistas. Nossa arte está trancada em museus. Apenas este lugar, Vilcabamba, permanece sem ser descoberto. Só aqui podemos viver como antigamente. Somos os últimos incas."

Ele ficou quieto. Atoc sussurrou mais alguns segundos e parou. Pedro confirmou com a cabeça.

— Mas não perdemos nossa força. — O príncipe inca encarou Matt. — Vocês viram apenas uma pequena parte do nosso mundo secreto, uma fração do ouro que escondemos dos espanhóis. Não vivemos aqui o tempo todo. Não podemos nos esconder da vida moderna. Mas viemos para cá, de todo o Peru e da América do Sul, para nos mostrarmos a vocês. Porque, quando a luta final começar, vocês devem saber que podem contar conosco.

"Entramos em mais do que um novo milênio. Estamos no limiar de um mundo novo e acreditamos que um dia poderemos recuperar nosso lugar de direito. Nós, incas, viveremos de novo com nossas próprias leis, nossa própria justiça, nossa própria paz. Mas teremos de lutar por isso, e nossos inimigos são mais mortais do que os conquistadores. Os Antigos. Sabemos sobre eles. Sempre soubemos sobre eles. Eles pretendem destruir o mundo novo antes mesmo de nascer. E estão aqui no Peru."

De novo o inca levantou a mão. Imediatamente outro homem entrou na sala do trono, caminhando com a ajuda de uma bengala. Usava um poncho cinza como ele próprio. Todo o corpo era encurvado. Os braços e pernas eram totalmente ossos. Richard cutucou Matt. Esse era o *amauta* de quem havia falado.

— Diga a eles — ordenou Huascar.

— Antes que o sol tenha nascido e se posto três vezes os Antigos vão atravessar o portal que foi criado no Peru antes do início do mundo — disse o *amauta*. Falava em inglês. Sua voz era surpreendentemente forte. — Li os sinais no céu e na terra. Os pássaros voam para onde não deveriam. Há estrelas demais no céu à noite. Um desastre terrível vai acontecer em pouco tempo e talvez todas as nossas esperanças resultem em nada. Um garoto irá se erguer contra os Antigos e sozinho cairá. Talvez morra. Isso não sei.

"Mas nem tudo estará perdido. Cinco os derrotaram na alvorada do tempo e cinco irão derrotá-los de novo. Esta é a profecia. Este garoto é um dos Cinco. Este garoto também é. — Ele apontou primeiro para Matt, depois para Pedro. — Os outros virão em seguida, e quando os Cinco se juntarem terão a força para derrotar os Antigos. Então a grande guerra acontecerá e o novo mundo terá início."

Ele ficou quieto.

— O senhor diz que o portal se abrirá daqui a três dias — murmurou Richard. — Sabe onde ele fica?

O príncipe inca balançou a cabeça.

— Nós procuramos. Nunca encontramos.

— Então aonde sugere que a gente vá? — Richard não tinha pretendido ser grosseiro, mas enquanto falava as palavras percebia que havia sido, e se encolheu, imaginando se descobriria como era ter dois metros de lança de ouro nas costas.

Mas o inca não pareceu ofendido. Seu rosto não havia mudado. Sinalizou para Atoc, que pegou um pedaço de papel e pôs na frente deles. Matt o reconheceu imediatamente. Era a página que Pedro havia tirado da copiadora. Estivera no bolso de trás de seus jeans. Imaginou quando Atoc o teria pegado.

— Esta é a única pista — disse Atoc.

— O que está escrito? — perguntou Matt. Estivera pensando nos versos estranhos desde que Pedro havia encontrado o papel.

> **Na noite em que o pássaro branco voar**
> **Diante do lugar do Qolqa**
> **Será avistada a luz**
> **A luz que é o fim de todas as luzes.**

E embaixo disso as duas palavras — INTI RAYMI — e o sol ardente.

Enquanto Atoc traduzia, Matt sentiu o coração se encolher. Obviamente o papel era suficientemente importante para Salamanda querer copiá-lo. Mas por que a mensagem precisava ser tão complicada? Havia pensado que os versos diriam o que ele precisava saber sobre o portal. Não diziam absolutamente nada.

O velho *amauta* balançou a cabeça.

— Inti Raymi... — disse ele.

— Inti Raymi é o dia mais importante do calendário inca — explicou o príncipe. — É o solstício de verão, quando o sol está no ponto mais distante ao sul do equador. 24 de junho. Hoje é 21.

Faltavam três dias. Exatamente como o *amauta* dissera.

— E o lugar do Qolqa? — perguntou Richard. — Sabe onde fica?

O *amauta* olhou para o governante inca mas ele já sabia a resposta.

— Qolqa é uma palavra do povo de Nazca — respondeu ele.

— Eles estavam falando sobre Nazca... — disse Matt empolgado. — Salamanda e os outros. Disseram que estavam procurando uma plataforma no deserto de Nazca.

— As imagens neste papel devem indicar o deserto — concordou o inca. — Mas isso fica do outro lado do Peru, de onde vocês vieram. Devemos pensar muito bem no que faremos em seguida. Se esta página disse a Salamanda o que ele precisava saber, também pode nos dizer. Há uma professora que vive em Nazca e fez estudos na área. Se há alguém no país que possa entender tudo isso, é ela. Falarei com ela esta noite.

— Vocês têm telefone aqui? — perguntou Richard.

Huascar sorriu pela primeira vez.

— Esta é uma cidade antiga. Estamos muito afastados. Mas continuamos no século XXI. Temos celulares e até mesmo conexão por satélite com a internet. Por favor, não pense que somos primitivos.

Ele se levantou.

— Meu povo quer vê-los — disse Huascar. — O fato de dois dos Cinco estarem aqui conosco é motivo de comemoração, não importando o que o futuro possa trazer. — Ele ergueu as mãos. — Que a festa comece.

A noite havia caído e as estrelas saíram aos milhões. Toda a cidade de Vilcabamba estava cheia de luzes e música, o uivo fino das flautas de Pã ecoando acima da batida profunda dos tambores. Várias fogueiras tinham sido acesas e havia porcos girando em espetos, frangos e cordeiros assando em potes de barro, grandes pedaços de carne de porco em frigideiras e caldeirões de cozido borbulhante. O ar trazia o cheiro de gordura assando e as fagulhas saltavam e estalavam.

Havia pelo menos 500 pessoas — homens, mulheres e crianças — na praça sagrada. Era o retângulo de grama ao redor do qual todo o resto fora construído. Mais pessoas olhavam das plataformas e terraços acima. Muitos incas haviam posto suas roupas cerimoniais. Havia adereços de cabeça feitos de penas e ouro, mantos multicoloridos, colares e braceletes de ouro, escudos e espadas dourados e jóias de ouro, fabulosamente moldadas na forma de pumas, guerreiros agachados e deuses. Pessoas dançavam. Muitas comiam e bebiam. Todas queriam ver Matt, cumprimentá-lo e apertar sua mão.

Matt estava sentado com Richard e Pedro. Havia apresentado os dois antes do início da festa.

— Estou realmente feliz em conhecê-lo, Pedro — disse Richard. — Obrigado por cuidar do Matt.

Pedro assentiu, mas Matt ficou imaginando se ele teria realmente compreendido.

A noite avançou. A música ficou mais alta e o vinho e a cerveja fluíam mais depressa. Matt notou Richard esvaziando mais uma taça — mas ele próprio havia provavelmente bebido mais cerveja do que seria adequado. E por que não?, pensou. Por uma noite, apenas, estava seguro, entre amigos. Lembrou-se do que o *amauta* tinha dito. O portal iria se abrir em três dias. Um garoto se ergueria contra os Antigos e um garoto cairia. Seria ele ou Pedro? Ou será que o *amauta* estivera falando de outra pessoa? Qualquer que fosse a resposta, Matt sabia que talvez esta fosse sua única chance de relaxar e curtir antes de ser mergulhado outra vez nos perigos lá fora. Richard já tinha dito: eles partiriam no dia seguinte.

E então a música parou, a multidão ficou em silêncio e o príncipe dos incas saiu num terraço diante do palácio. De novo falou em inglês e, mesmo não erguendo a voz, as palavras ressoaram para todos ouvirem.

— Foi assim que o mundo inca teve início — exclamou. — Esta é a história que foi passada de geração a geração.

Parou. Em algum lugar um bebê chorou até que sua mãe o acalmou.

— Segundo nossos ancestrais, muito tempo atrás havia apenas escuridão. A terra era nua e o povo vivia como animais. Então o pai de todas as coisas — nós o chamamos de Viracocha, o Sol — decidiu mandar seu filho para ensinar as pessoas como viver, como cultivar os campos e construir casas.

"E foi assim que Manco Capac veio ao mundo. Ele saiu das águas do lago Titicaca, filho do Sol, o primeiro inca. Manco viajou pela América do Sul até finalmente chegar a um vale perto de Cuzco. Ali mergulhou uma haste de ouro na terra, porque esse era o lugar onde havia decidido fundar o Império Inca.

"Por muitos anos governou com sabedoria e força, antes de voltar ao céu. Nesse tempo, uma imagem dele — e apenas uma — foi feita. Foi gravada num grande círculo de ouro. Esse tesouro, mais precioso para nós do que qualquer outro, chamava-se o Sol de Viracocha. Quando os conquistadores vieram, ele foi escondido e ninguém o viu desde então, mas muitos tentaram encontrá-lo."

Ele ergueu uma das mãos. Do outro lado da praça duas fileiras de soldados se adiantaram, segurando tochas acesas. Então mais oito incas apareceram curvados sob o peso de uma grande liteira. Nela havia uma coisa chata e circular coberta por um tecido. Por toda a cidade, cabeças se viraram em silêncio para acompanhá-la. Os carregadores a puseram na grama, bem na frente da mesa onde Matt e Pedro estavam sentados.

— Por que comemoramos hoje? — gritou o inca. — Olhem o rosto de Manco Capac e entenderão.

O tecido foi retirado.

Por um momento o disco dourado ofuscou Matt e ele não conseguiu ver nada. Parecia brilhar com luz própria. O disco era quase da altura dele. Tinha a forma de um sol, com chamas douradas se retorcendo na borda. Matt piscou. Gradualmente pôde identificar um rosto gravado na superfície. Era um rosto que ele reconhecia, mas claro que era impossível. A imagem fora feita havia mais de mil anos. Ouviu Richard ofegar e, perto dele, Pedro se levantou, recuando, o rosto cheio de terror e incredulidade.

Dois rostos, idênticos.

O disco mostrava uma representação de Manco Capac, fundador do Império Inca. Mas Pedro estava olhando para seu próprio retrato.

A PROFESSORA CHAMBERS

Encontraram o príncipe inca na manhã seguinte — os quatro sentados de pernas cruzadas de novo diante do trono. Richard, Matt e Pedro deveriam partir antes do meio-dia.

— Falei com a professora Chambers — disse Huascar. — E ela concordou em receber vocês. Infelizmente isso significa mais uma longa viagem de volta à costa oeste. A professora mora em Nazca. Atoc pediu para ir com vocês.

— Eu traduzo para Pedro — disse Atoc. — Mas além disso meu destino está agora com vocês. Devo terminar o que meu irmão começou.

O príncipe inca olhou-os por um momento e Matt se perguntou se não haveria um tom de tristeza na expressão dele.

— Vamos nos encontrar um dia de novo em Vilcabamba — continuou ele. — O importante agora é que vocês estejam seguros. Salamanda pode ter a polícia e boa parte do governo do lado dele, mas meu povo está em toda parte; e agora que os encontramos, vamos vigiá-los. Há alguma pergunta que queiram fazer?

Richard e Matt trocaram um olhar. Tinham perguntas demais na cabeça. Como uma imagem de mil anos poderia se parecer tanto com Pedro? Um deles iria se machucar, talvez morrer, junto ao portal. Mas qual? E — para Matt, a pergunta mais premente de todas — se os Antigos iriam passar pelo portal como o inca havia profetizado, haveria algum sentido em tentar impedi-los?

Mas nenhum dos dois falou. De algum modo Matt sabia que não existiam respostas fáceis. Sentia-se como se tivesse caído num rio com correnteza forte. Se lutasse ou tentasse sair, gastaria as forças e iria se afogar. Só podia nadar com a corrente e ver aonde ela o levava.

Huascar ficou de pé e levantou as mãos com as palmas para a frente.

— Desejo sucesso e uma jornada segura. Que o espírito de Viracocha vá com vocês.

A audiência havia terminado. Richard, Atoc, Matt e Pedro se levantaram, fizeram uma reverência e começaram a sair.

Mas ainda não havia terminado totalmente.

— *Señor* Cole — chamou o príncipe. — Gostaria de trocar uma última palavra. Mas em particular...

Richard parou.

— Não se preocupe — sussurrou a Matt. — Se ele quiser que eu fique em Vilcabamba, a resposta é não.

Esperou enquanto Matt, Pedro e Atoc saíam. O inca desceu do trono. O *amauta* também estava ali. Richard não o tinha visto antes na sala do trono.

— O que você está pensando? — perguntou Huascar.

— Um dia vou escrever sobre tudo isso — disse Richard. — Talvez vocês tentem me impedir, mas escreverei mesmo assim. Que diferença fará? Ninguém vai acreditar em mim. Quando olhar para trás, talvez eu mesmo não acredite.

— Deixe-me fazer uma pergunta. Por que acha que o garoto foi escolhido?

— Matt? — Richard deu de ombros. — Ele é um dos Cinco...

— E Pedro também. Mas por que você?

— Eu fui escolhido? — Richard não pôde evitar um sorriso. — Pelo modo como vejo, Matt entrou por acaso no meu escritório em Grande Malling. Se eu não estivesse lá naquele dia, nem o teria conhecido e outra pessoa estaria aqui agora. Kate ou Julia. Os dois trabalhavam no jornal. Talvez fosse um deles.

— Não, *Señor* Cole. Está errado. O senhor também tem um papel a representar nesta aventura, e esse papel foi escrito muito antes de o senhor nascer.

— Está dizendo que não tenho escolha?

— Todos temos escolhas. Mas nossas decisões já são conhecidas.

O inca estendeu a mão e o velho índio, o *amauta*, pegou uma pequena bolsa de couro com duas tiras, de modo que pudesse ser pendurada no ombro ou no pescoço.

— Tenho um presente, *Señor* Cole — disse o inca. — Não agradeça porque um dia, garanto, o senhor irá me amaldiçoar por tê-lo dado. Mas mesmo assim é seu. Foi feito para o senhor.

O *amauta* abriu a bolsa e entregou a Richard um objeto dourado com cerca de 15 centímetros de altura. Richard viu-se segurando uma estátua de um deus. Pelo menos foi isso que pareceu a princípio. Era uma figura inca com olhos fixos e rosto sério, braços cruzados no peito. Estava de pé no topo de um triângulo com uma ponta afiada virada para baixo. A coisa toda era feita de ouro com pedras semipreciosas: jade e lápis-lazúli. Richard não fazia idéia da idade que o objeto teria, mas achou que valeria milhares de libras.

Então percebeu como estava segurando-o. Instintivamente havia-o deixado pousar na palma da mão com a ponta se projetando à frente. Não era apenas uma estátua. Era uma espécie de faca.

— Chamamos isso de *tumi* — explicou o inca. — É uma faca de sacrifícios. As bordas da lâmina não são afiadas, mas a ponta é. O senhor deve cuidar dela e mantê-la em segurança.

— É linda — disse Richard. Lembrou-se do alerta do inca. — Por que eu não iria querer algo assim? E o que quis dizer com... foi feita para mim?

— Esse *tumi* tem outro nome — disse Huascar. Não estava respondendo às perguntas de Richard. Mas afinal de contas, pensou o jornalista, ele nunca respondia. — Sempre foi conhecido como a faca invisível. A gente pode vê-la, mas ela não pode ser encontrada. Quando andamos com ela, ninguém nota que ela está aí.

— E nos aeroportos? — Richard estava pensando nos detectores de metal. Eles ficariam loucos se ele tentasse passar com algo assim.

— Pode levá-la aonde quiser. Nenhum policial ou segurança irá encontrá-la no senhor. Agora ela faz parte do senhor. E um dia o senhor descobrirá que ela tem utilidade.

— Bem... obrigado. — Richard estendeu a mão e pegou a bolsa de couro. Jogou a faca dentro e fechou-a. Ficou surpreso ao notar como tudo aquilo era leve. — Obrigado por nos ajudar. E obrigado por terem encontrado Matt.

— Boa sorte, *Señor* Cole. Cuide de Pedro e Matteo. Eles precisam do senhor.

Richard se virou e saiu da sala do trono. O príncipe dos incas e seu *amauta* ficaram olhando-o até ir embora.

O helicóptero levou-os a Cuzco, onde um avião Cessna de cinco lugares estava esperando para transportá-los na parte mais longa da viagem até Nazca. Não eram necessários passaportes nem documentos de viagem. Eles simplesmente pousaram no aeroporto de Cuzco, atravessaram a pista e decolaram outra vez. Nenhuma autoridade sequer olhou em sua direção. Parecia que os incas ainda tinham bastante influência no Peru — e que enquanto estivesse com eles, Matt ficaria seguro.

O vôo demorou três horas. Pedro parecia mais confortável no avião do que no helicóptero. Mal havia falado desde que vira o disco dourado em Vilcabamba, e Matt se perguntou o que estaria passando pela cabeça dele. No assento ao lado, Richard também estava num silêncio incomum. Não havia contado a Matt o que o príncipe inca lhe disse e Matt decidiu não perguntar. Mas obviamente não fora boa notícia.

Atoc havia pilotado o helicóptero, mas no avião ele era apenas um passageiro, sentado sozinho nos fundos, imerso em pensamentos. O piloto do Cessna estava atrás dos controles, quase totalmente invisível numa jaqueta de couro, com capacete de vôo e óculos. Não tinha dito nada quando eles chegaram a bordo e não falou nada durante a viagem, mas de repente gritou para ser ouvido acima do ruído do avião. Atoc se inclinou pelo corredor.

— Olhem pelas janelas — disse ele. — Estamos passando sobre as Linhas de Nazca.

O avião mergulhou, baixando cada vez mais como se fosse pousar. Matt sentiu o estômago dar uma cambalhota. Estavam bem abaixo do nível das nuvens, voando sobre um deserto plano e vazio, e se perguntou o que deveria ver. As Linhas de Nazca? Não parecia haver nada ali.

E então prendeu o fôlego.

Havia uma linha desenhada no chão, seguindo absolutamente reta até onde a vista podia alcançar. Devia ter sido escavada na terra e não poderia ser feita por acaso. Ao lado viu uma forma, um retângulo gigantesco, mais estreito numa das extremidades, com pelo menos um quilômetro e meio de comprimento. Uma pista de pouso? Não. Como a linha, simplesmente fora desenhado no chão.

— Ali... — disse Richard, inclinando-se sobre ele.

Havia mais linhas, correndo em todas as direções, cruzando-se umas sobre as outras, todas retas como flechas. Matt nunca vira uma coisa assim. Todo o deserto não passava de um fantástico bloco de rabiscos em escala gigantesca. Não podia imaginar como aquilo teria sido feito, nem quando. Também não entendia como as linhas teriam sobrevivido, já que certamente o vento deveria tê-las apagado.

O piloto gritou de novo. O avião se inclinou e girou. Agora Matt viu desenhos ainda mais incríveis do que as linhas. O primeiro mostrava um beija-flor. Não era desenhado de modo naturalista, mas mesmo assim era inconfundível, com bico longo e pontudo, asas e cauda. Matt tentou deduzir qual seria o tamanho. Era difícil dizer, mas se podia ver com tanta clareza aqui de cima, devia ter pelo menos 100 metros de comprimento.

Uma a uma, um fantástico zoológico de criaturas apareceu na superfície do deserto enquanto o avião passava diretamente acima. Havia um macaco com a cauda em espiral, uma baleia, um condor e uma aranha gigantesca com corpo inchado e oito pernas estendidas. Matt reconheceu a aranha. Era idêntica à que ele tinha visto na página copiada por Salamanda do diário do Monge.

Os desenhos eram simples, quase infantis. Mas nenhuma criança poderia tê-los produzido naquela escala. Cada criatura certamente seria resultado do trabalho de dezenas de homens. E havia algo muito preciso no modo como cada uma fora executada. As pernas da aranha, por exemplo, eram imagens espelhadas umas das outras, bem como as asas do pássaro. Todas as linhas eram retas. Cada círculo era formado com perfeição. Era óbvio, mesmo à primeira vista, que toda a gravura fora produzida com precisão matemática.

Uma única estrada passava pelo centro do deserto, na verdade cortando algumas linhas. A rodovia Panamericana. Ela também era completamente reta, mas perto dos desenhos parecia fria e sem vida — uma peça de vandalismo moderno atravessando uma obra de arte antiga.

O piloto se virou no banco, tirando o capacete e os óculos. E foi então que Matt viu que não era um homem, e sim uma mulher com cerca de 50 anos, rosto quadrado, bastante simples, e cabelo comprido quase sem cor. Não usava maquiagem e, se usasse, de pouco adiantaria. A longa exposição ao sol e aos ventos do deserto haviam enrugado a pele além de qualquer esperança. Mas tinha olhos vivos, azuis luminosos. Estava sorrindo.

— Então, o que acham? — gritou.

Ninguém falou. Todos estavam surpresos demais.

— Sou Joanna Chambers — disse a mulher. — Ouvi dizer que vocês queriam me ver, por isso pensei em pegá-los pessoalmente. — O avião estremeceu, apanhado num bolsão de ar, e ela retornou brevemente aos controles. Em seguida se virou de novo. — Disseram que vocês vieram ao Peru procurando um portal. Bem, se realmente existe isso... se o portal existe e está para ser aberto, é melhor dar uma boa olhada aqui. Quinhentos quilômetros quadrados de um dos desertos mais vazios e secos do mundo, e é aí que seu portal deve ser encontrado.

A professora Joanna Chambers morava a cerca de um quilômetro do aeroporto pequeno e bonito que servia principalmente a turistas que desejavam visitar as Linhas de Nazca. Ela possuía uma das casas mais lindas que Matt já vira: uma construção baixa e branca com teto de telhas verdes e ampla varanda sombreada por uma colunata. Fora construída num jardim do tamanho de um parque, onde lhamas caminhavam livres no gramado e dezenas de pássaros enchiam o ar de cor e música. Um muro baixo e branco o rodeava, mas não havia portões nem guardas. Tudo no lugar sugeria que os visitantes eram sempre bem-vindos.

*

Richard, Matt e Pedro, com Atoc ao lado, estavam sentados na sala de jantar, comendo um almoço tardio composto de carne fria e rodelas de iúca fritas — que pareciam batata, só que mais doces. O cômodo tinha um piso de ladrilhos e um ventilador, e dava diretamente na varanda. A professora estava à cabeceira da mesa. Agora que Matt podia examiná-la mais atentamente, viu que era uma mulher grande, um tanto masculina, mas não feia como ele havia pensado a princípio. Parecia o tipo de mulher que ensinaria ginástica numa escola cara para meninas. Havia trocado as roupas e estava usando calça branca e uma camisa branca e larga enfiada na cintura. Tinha uma garrafa de cerveja gelada numa das mãos, uma cigarrilha na outra. O cheiro da fumaça pairava ao redor deles.

— É um enorme prazer conhecê-los — disse a professora Chambers. — Vocês são bem-vindos à minha casa.

— Belo lugar — murmurou Richard.

— Tive a felicidade de poder comprá-la. Ganhei um bom dinheiro escrevendo livros. Sobre o Peru, e em particular sobre as Linhas de Nazca.

— O que são as Linhas de Nazca? — perguntou Matt.

Chambers deu uma baforada na cigarrilha e a ponta brilhou num vermelho irado.

— Acho espantoso vocês não terem ouvido falar nelas. Por acaso são uma das grandes maravilhas do mundo antigo. Acho que isso faz parte do emburrecimento atual. Os estudantes ingleses! Hoje em dia parece que não ensinam nada a vocês.

— Também não ouvi falar delas — disse Richard.

— Bizarro! — A professora engoliu a fumaça pelo lugar errado e teve um ataque de tosse. Tomou outro gole de cerveja e se recostou na cadeira. — Bem, não vou dar uma aula de história. Pelo menos por enquanto. Primeiro quero saber sobre vocês. Recebi um telefonema de um amigo muito especial. Parece que vocês estiveram em Vilcabamba, não é?

Ninguém disse nada. Não tinham idéia do quanto ela sabia.

— Estou verde de inveja! — exclamou a professora Chambers. — Sei que os incas sobreviveram. Eles me consideram amiga e falo com eles freqüentemente. Mas nunca estive em sua cidade perdida. Pelo que sei, ninguém esteve — a não ser que a pessoa tivesse sangue inca puro — afora vocês três. — Então ela assentiu para Matt e Pedro. — Eles devem ter enorme consideração por vocês. Posso garantir que é uma grande honra.

— Eles são Guardiões — murmurou Atoc. Parecia ofendido pelo modo como a professora Chambers havia falado.

— Guardiões! Sim, claro! Dois dos Cinco! Os Antigos...

— A senhora sabe sobre isso também? — perguntou Richard.

— Sei bastante sobre muitas coisas, Sr. Cole. — Ela estendeu a mão e pegou uma uva num prato, depois jogou-a pela janela. Um grande pássaro tropical veio voando e pegou-a. — Sim, ouvi histórias sobre o Monge Louco de Córdoba e a tal história alternativa dele. Nunca soube se deveria acreditar ou não, mas agora que essas crianças apareceram, acho que seria melhor ter acreditado! E essa página que vocês têm? A do diário.

Matt estava com ela no bolso. Pegou-a e entregou à professora. Ela leu brevemente uma vez, depois de novo.

— Bem, parte disso é bem simples. O lugar do Qolqa. Inti Raymi, vai ser daqui a dois dias. Não nos resta muito tempo. Mas não sei sobre esse pássaro branco. Poderia ser um condor, acho...

— Que tal um cisne? — perguntou Matt.

— Um cisne? O que o faz pensar nisso?

— Ouvi Salamanda falar de um cisne — explicou. Matt poderia ter mencionado seu sonho, mas decidiu não fazê-lo. — Ele disse que o cisne precisava estar em posição. À meia-noite.

— Tem certeza?

— Tenho.

A professora Chambers havia irritado Matt, e percebeu isso.

— Desculpe — disse ela. — Só que parece muito improvável. Há um condor e um beija-flor no deserto de Nazca. Você os viu de manhã. Mas não existe cisne. Pelo que sei, não existem cisnes no Peru.

— Foi o que ele disse — insistiu Matt.

— E o resto do poema? — perguntou Richard.

— Bem, a página inteira se refere às Linhas de Nazca. Disso não há dúvida. O lugar do Qolqa, por exemplo... — Ela parou. — Não há sentido em falar sobre as Linhas de Nazca se vocês não sabem o que elas são, por isso vou lhes dar uma aula de história, afinal de contas. Eu demoraria uma semana para descrevê-las, e mesmo então seria apenas superficialmente. Mas não temos uma semana. E, de qualquer modo, os jovens de hoje não têm concentração. Então deixem-me tentar dizer do modo mais simples que puder.

A professora Chambers se levantou e serviu-se de outra cerveja, tirando a tampa com um canivete. Matt ficou quase surpreso por ela não ter usado os dentes.

— Há muitos mistérios no mundo — começou ela. — Mesmo agora, no século XXI. Stonehenge. As pirâmides. Uluru, na Austrália. Há todo tipo de lugares e coisas, algumas feitas pelo homem, outras naturais, que a ciência não pode explicar. Mas, se você me perguntar, as Linhas de Nazca são o maior mistério de todos.

"Comecemos com o deserto de Nazca. É enorme. É quente. E vazio. Há cerca de dois mil anos os antigos índios de Nazca decidiram vir aqui e desenhar uma série de imagens extraordinárias no chão. Fizeram isso retirando as pedras mais escuras da superfície do deserto e expondo o solo mais claro que há por baixo. Quase não chove em Nazca e há muito pouco vento. Por isso as linhas sobreviveram.

"Estão me acompanhando até agora? — Olhou para Atoc, que estava traduzindo rapidamente para Pedro. Ele assentiu.

"Bem, algumas dessas imagens são muito lindas. Vocês as viram do avião. Há animais: uma baleia, um condor, um macaco, um beija-flor e uma aranha enorme. E há triângulos, espirais e outras formas, além de centenas de linhas perfeitamente retas, algumas se estendendo por até 40 quilômetros."

Ela tomou um rápido gole de cerveja.

— Bom, é aí que começa o mistério. As Linhas de Nazca só podem ser vistas do ar! De fato, só foram descobertas em 1927 quando um dos primeiros aeroplanos no Peru voou acima delas. Eu gostaria de estar a bordo, é só isso que posso dizer! De qualquer modo, o povo de Nazca não tinha aviões. Portanto a questão é: por que se dar ao trabalho de fazer as linhas e as imagens se nunca poderiam vê-las?

"Há todo tipo de teorias — continuou a professora Chambers. — Um escritor acreditava que as linhas eram algum tipo de aeroporto para espaçonaves de outro planeta. É verdade que uma das imagens mostra um homem com cabeça redonda e algumas pessoas acreditam que é um astronauta. Muita gente acha que elas foram desenhadas para os deuses antigos. Eles estariam no céu, por isso poderiam vê-las. Minha sensação sempre foi de que elas têm alguma conexão com as estrelas... talvez fossem usadas para prever o aparecimento de estrelas. Ou talvez... — Ela fez uma pausa. — Já me perguntei se elas não foram postas ali para nos alertar de alguma coisa."

Sua cigarrilha luziu vermelha. A fumaça subiu pela lateral do rosto. Ela parecia imersa em pensamentos. Mas então, abruptamente, sentou-se de novo.

— Muitas teorias. Mas o ponto é que ninguém tem certeza.

— O lugar do Qolqa fica no deserto? — perguntou Matt.

— Sim. — A professora Chambers assentiu. — Vocês devem ter visto do avião. Qolqa é uma palavra em quíchua, a língua antiga do Peru. Significa "celeiro". E é o nome dado a ao grande retângulo sobre o qual voamos de manhã.

— Diante do lugar do Qolqa... — Matt leu o segundo verso do poema. — Isso significa que o portal deve estar na frente do retângulo!

— Pode não significar nada disso! — reagiu a professora rapidamente. — Não há portal no deserto. Isto é, não há pedras de pé, nem marcos, nem construções. É só a terra e as linhas.

— Mas há uma plataforma — devolveu Matt. — Salamanda disse que precisava encontrar a plataforma.

— Bem, boa sorte para ele. Eu estive mil vezes no deserto e nunca vi plataforma alguma. — A professora Chambers bateu a cinza num prato sobre a mesa. — Veja bem, ela poderia estar enterrada — murmurou. — Acho que é uma possibilidade.

— Tem certeza de que não existe cisne algum? — perguntou Richard.

A professora apertou a cigarrilha, apagando-a.

— Sr. Cole! — exclamou ela. — No dia em que comecei a estudar as Linhas de Nazca você ainda usava fraldas. Como ousa sugerir...?

Matt pensou que a mulher iria jogar alguma coisa contra o jornalista, mas ela se obrigou a ficar calma.

— Desculpe — disse ela. — Mas vocês precisam entender. As Linhas de Nazca são minha vida, o que quer dizer que a dediquei toda a elas. Visitei-as pela primeira vez quando tinha 23 anos e desde então elas nunca me deixaram ir embora. Podem entender isso? Restam tão poucas coisas que não sabemos no mundo! A ciência explicou tudo. No entanto temos um dos últimos grandes mistérios. Todo um deserto cheio de desenhos que ninguém entende. Minha única ambição é resolver o mistério antes de morrer.

"E o fato de vocês entrarem na minha vida, neste momento, apenas três dias antes do Inti Raymi. Vocês chegaram com sua história extraordinária e talvez o que disseram vá finalmente desvendar tudo. Estive esperando isso por mais de 30 anos. Portanto não devo discutir. Vocês precisam deixar que eu pense no que disseram.

— Inti Raymi — murmurou Richard.

Estava se lembrando do que o inca dissera.

Antes que o sol tivesse nascido e se posto três vezes...

— Isso mesmo, Sr. Cole. Esta é uma coisa que sabemos. Temos menos de 48 horas. À meia-noite, daqui a dois dias. É quando o portal vai se abrir.

A NOITE NO DESERTO

Partiram de carro assim que o sol começou a se pôr. A professora Chambers estava ao volante. Richard ao lado dela, e Matt, Pedro e Atoc no banco de trás do jipe com capota de lona. Planejavam sair da estrada, mas já estava bastante desconfortável. O veículo tinha suspensão duríssima, o que significava que sentiam cada calombo e buraco da rodovia. Mesmo com as janelas fechadas, a poeira entrava por baixo das abas do teto e respirar freqüentemente ficava difícil. Era como viajar numa enorme máquina de lavar.

— Eu preferiria fazer isso de dia — gritou a professora. — Mas pensando bem, parece que talvez tenhamos pouco tempo. E de qualquer modo talvez seja mais fácil fuçar por aí sem aviões cheios de turistas zumbindo sobre nossa cabeça a cada dez minutos.

— Não haverá guardas? — perguntou Richard.

— Deveria haver. Mas o número deles nunca é suficiente, e os que estão por aí provavelmente estarão dormindo. De qualquer modo, eu tenho permissão especial para ir ao deserto... e não posso dizer o mesmo com relação ao Sr. Salamanda!

Se eu o encontrasse ou ao pessoal dele pisoteando as linhas, mandaria arrancar suas tripas. E não me importa o quanto ele se ache importante.

Matt olhou para Pedro, que estava espiando pela janela, mesmo havendo muito pouco para ver.

— Tudo bem? — perguntou.

Pedro assentiu.

— Vocês deveriam dormir um pouco — disse a professora. — Esta noite pode ser longa.

Duas horas depois ela parou e verificou um mapa. O sol tinha praticamente desaparecido sob o horizonte, mas ainda havia um brilho vermelho no céu, como se ele não quisesse abrir mão do calor do dia. A professora ligou a tração nas quatro rodas do jipe e girou o volante. Quase imediatamente o jipe começou a pular quando trocou a superfície de betume da rodovia pelas pedras ásperas do piso do deserto.

Seguiram por mais uma hora. A professora olhou mais duas vezes o mapa, porém tinha uma boa idéia do local aonde iam. Afinal de contas, visitava esse lugar havia mais 30 anos e conhecia praticamente cada centímetro. Por fim parou.

— Podemos caminhar esta última parte — disse ela. — Temos pás na traseira. E garrafas d'água, sanduíches e, mais importante, chocolate. O chocolate peruano é absolutamente de primeira, por sinal. Nem um pouco parecido com aquelas barras pegajosas que vocês têm na Inglaterra.

Matt saiu do jipe.

Achava que o grande retângulo — o lugar do Qolqa — devia estar em algum local à frente, mas não podia ver nada dele. A luz, que sumia depressa, não ajudava. Agora entendia por que as linhas de Nazca haviam permanecido sem ser descobertas por tanto tempo. Não havia nada para ver no nível do chão, a não ser um platô liso e vazio. Ele era como uma formiga andando num tampo de mesa. A paisagem era simplesmente grande demais para ser decifrada. Só do alto as imagens ficavam visíveis. Ele tinha visto claramente do avião. Agora que estava no meio, elas haviam desaparecido.

— Olhem aqui! — gritou a professora Chambers.

Ela acendeu a lanterna e apontou para baixo. O facho de luz captou marcas de pneu. Recentes, supôs Matt. Parecia que o deserto era como a superfície da lua, no sentido de que qualquer marca ficava permanente. A professora seguiu as marcas de pneus por uma curta distância, depois girou a lanterna. Dois carros tinham vindo. Era ali que haviam parado. Havia dezenas de pegadas. Várias pessoas deviam ter saído.

— Vai ser mais fácil do que pensei — murmurou a professora Chambers.

— Como assim? — perguntou Richard.

— O poema diz para ficarmos diante do lugar do Qolqa. É onde estamos agora. E em algum lugar aqui deve haver... alguma coisa. Como já deixei perfeitamente claro, deve ser abaixo da superfície porque, se não fosse, eu já teria visto. E nesse caso acho que teríamos de passar metade da noite cavando. Mas não é necessário. Só precisamos seguir as pegadas. O Sr. Salamanda pode se achar inteligente, mas deixou um caminho para nós.

Seguiram os passos se afastando do jipe e entrando cada vez mais no deserto. Depois de uns 200 metros chegaram a uma área onde obviamente acontecera algum tipo de escavação. A terra estava solta. E a cor era bem diferente à luz da lanterna.

— É isso! — disse Richard.

— Sim. — A professora Chambers lhe entregou a lanterna. — Vocês quatro podem começar a cavar. Vou retornar ao jipe.

— Para quê?

— Não é óbvio? Vou fazer o chá!

Havia uma pá para cada um, e juntos começaram a cavar. Mal havia luz suficiente para que enxergassem. Para Matt, os outros três eram pouco mais do que sombras. Ainda fazia calor. Depois de apenas alguns minutos cavando, a poeira havia se grudado à sua garganta. Ardia nos olhos e pousava no cabelo. Podia sentir o suor criando trilhas de lama pelo rosto. Pedro havia parado de cavar. Agora segurava a lanterna para os outros.

Mas a terra, já remexida, saía com facilidade. Em apenas alguns minutos haviam cavado uma trincheira com meio metro de profundidade. Enquanto isso a professora havia retornado com o cesto de comida e um fogareiro. Matt ouviu o sibilo do gás e em seguida o estalo da chama quando ela o acendeu e começou a ferver água para o chá. Claramente não sentia medo de ser vista — mas o fogão soltava apenas um pouquinho de luz no grande vazio do deserto, e era tremendamente improvável que houvesse um guarda por perto.

A pá de Atoc bateu no chão com um som alto.

— Há alguma coisa... — disse ele.

Richard e Matt pararam e foram até onde ele estava trabalhando. Havia acertado em algo feito de tijolos.

— Tenham cuidado! — gritou a professora. Será que teria medo do que eles poderiam encontrar? Ou não quereria que danificassem alguma coisa de interesse arqueológico?

Rapidamente os quatro começaram a tirar a terra usando as laterais das pás. A professora Chambers voltou com a lanterna. Alguma coisa plana e quadrada fora revelada. Ela passou a lanterna por cima e viu uma plataforma de tijolos enfeitada com um desenho no centro. Enquanto raspavam o resto da terra, uma parte maior do desenho foi revelada. Por fim puderam ver.

A professora olhou e franziu a testa.

— Imagino que este seja o sinal que vocês me descreveram. O sinal dos Antigos.

— É — murmurou Matt. E estremeceu. O calor parecia ter evaporado. — Este é o sinal.

— Mas que negócio é esse em que ele está? — perguntou Richard.

— Uma plataforma. — A professora olhou mais de perto. — Com uns cinco metros de lado, eu diria. Os tijolos são feitos de andesita. Nada incomum nisso. Mas o desenho... Flechas e linhas retorcidas. Isso está errado!

Pedro fez uma pergunta. Atoc traduziu.

— O que isso está fazendo aqui?

— A senhora sabe? — perguntou Matt.

— Na verdade, tenho uma boa idéia. — A professora passou a lanterna sobre a superfície uma última vez. — Vamos tomar um pouco de chá antes de cobrirmos isso de novo — sugeriu. — E enquanto estivermos sentados poderemos conversar.

Voltaram ao fogareiro e a professora Chambers encheu cinco canecas com chá quente e doce, feito de folhas de hortelã que ela havia catado na horta. Afora o sibilo do gás, tudo estava silencioso no grande vazio do deserto.

— Tentarei dar uma explicação simples — começou ela —, mesmo que isso não seja. Na verdade é tremendamente complicado. Mas eu lhes falei sobre o mistério das Linhas de Nazca. Agora vou explicar minha solução para o mistério. Na verdade escrevi um livro a respeito há um tempo, mas não foram muitas as pessoas que acreditaram. — Ela ficou quieta um momento. — Talvez Salamanda tenha lido. Talvez eu seja um tanto responsável por tudo que aconteceu. Tentarei explicar.

"Como disse, estudei as linhas pela maior parte da minha vida. Fiquei fascinada por elas no instante em que as vi, e na época pensei que era porque elas eram lindas... perfeitas demais. Mas à medida que os anos passavam percebi que estava errada. Não posso explicar como isso aconteceu, mas comecei a acreditar que elas... que havia algo maligno nelas. As imagens dos animais são maravilhosas. Não nego. Mas pensei que para o antigo povo de Nazca, há dois mil anos, elas também poderiam ser aterrorizantes. Aranhas enormes. Baleias gigantescas. Até o macaco é grotesco estendendo os braços finos. Ele tem apenas quatro dedos numa das mãos. Por que acham que as pessoas que desenharam as linhas lhe deram um dedo a menos?"

— Talvez não soubessem contar — disse Richard.

— Não, não. Eles sabiam contar perfeitamente bem. Mas, veja só, em sociedades primitivas a deformidade é algo a ser temido, um mau presságio. Talvez esse seja o ponto. Todos os animais podem ter sido desenhados simplesmente para amedrontar as pessoas.

Ela pegou outra cigarrilha e acendeu. A fumaça brilhou prateada contra o céu negro da noite.

— Atualmente a maioria das pessoas acredita que as Linhas de Nazca têm algo a ver com as estrelas — continuou ela. — Eu estudei astronomia na universidade há muito tempo, e desde o início minha opinião era que as linhas eram nada mais, nada menos, do que um mapa estelar.

"Eis como ele funcionaria: uma linha apontaria para uma estrela em determinadas ocasiões do ano. Isto é, você ficaria de pé na linha e, olhando para ela, veria uma estrela subindo no horizonte bem à frente, e saberia que era cinco de abril, época de começar a plantar os grãos ou qualquer coisa. Fácil! Porém mais tarde comecei a pensar mais nisso. O que aconteceria se houvesse um momento, talvez não mais do que alguns minutos em mil anos, em que *todas* as linhas apontariam para *todas* as estrelas visíveis — exatamente ao mesmo tempo? Bom, isso seria... — Ela parou. — Estou entediando você, Matthew?"

A cabeça de Matt estava inclinada para cima, os olhos examinando o céu noturno. Estivera ouvindo no início, mas alguma coisa o havia distraído. O que seria? Não havia sons no grande deserto. Poderia ter imaginado? Não. Lá estava de novo, um estalo suave no ar como uma bandeira apanhada no vento. Esperou com as orelhas empinadas. Mas o som havia sumido.

— Está ouvindo? — perguntou a professora Chambers.

Matt se virou para ela.

— Sim. Claro.

— Bom. Porque é aqui que as coisas ficam um pouco mais complicadas. Como estava dizendo, eu me perguntei se todas as estrelas poderiam se alinhar com todas as Linhas de Nazca. Mas como isso aconteceria? Bem, imagine que você pudesse se deitar de costas no deserto e tirar uma foto do céu noturno. Ficaria com um grande pedaço de papel com um monte de pontos nele. Então poderia subir no ar e tirar uma foto das linhas, fazendo uma segunda imagem. O que eu estava procurando era um momento em que as estrelas da primeira imagem iriam combinar exatamente com as linhas na segunda.

— Uma espécie de jogo de juntar os pontos em escala cósmica — disse Richard.

— Exato. Claro que isso não aconteceria com freqüência. Talvez nunca acontecesse. Veja bem, as estrelas sempre parecem estar se movendo quando você as olha da Terra. O motivo é que a Terra é que está se movendo. Girando em seu eixo. Por isso as estrelas nunca parecem ficar na mesma posição.

"E a Terra não está somente girando. Também está orbitando ao redor do sol. E enquanto orbita ela oscila. Os astrônomos chamam essa oscilação de "precessão". E isso significa que a Terra só está exatamente na mesma posição uma vez em cada 26 mil anos.

"Então voltemos a quando comecei, o que pensei e escrevi no livro foi: suponha que as Linhas de Nazca tenham sido desenhadas como uma espécie de alerta terrível. E se estivessem registrando um momento em 26 mil anos em que finalmente elas iriam se alinhar com as estrelas e o mundo chegaria ao fim. Isso explicaria por que as imagens eram tão amedrontadoras. Explicaria por que tinham de ser desenhadas, para começar."

— E a senhora acha que as linhas vão se alinhar com as estrelas daqui a duas noites? — perguntou Richard.

— Nunca pude testar minha teoria antes porque nunca tive uma plataforma de observação. Não se esqueça de que este deserto cobre 500 quilômetros quadrados! Eu precisava saber exatamente onde deveria ficar para ver as estrelas na posição exata.

— E agora sabe.

— Sim...

De repente Pedro saltou de pé.

— Pedro? — A professora olhou para ele. — *Qué te pasa?*

Matt se levantou também.

— Eu ouvi alguma coisa há pouco tempo — disse ele.

O fogareiro continuava aceso, o pequeno jato de gás lançando um brilho azul no chão. O jipe estava onde havia parado. A noite era fria e agora havia um leve toque de brisa no ar. Matt olhou para o céu, para os dez milhões de estrelas brilhantes. Por um momento pensou ter visto duas minúsculas luzes verdes. Balançou a cabeça. Não havia estrelas verdes.

— Você está imaginando coisas — disse Richard. — Não há nada aqui.

Contra a vontade, Pedro e Matt sentaram-se de novo. Não poderiam ir embora enquanto não tivessem escondido os rastros, e ainda não estavam prontos para começar a trabalhar de novo.

— A plataforma marca a posição exata em que é preciso ficar para ver o alinhamento das estrelas — continuou a professora. — É o que dizia o poema que você mostrou. Diante do lugar do Qolqa será avistada a luz...

— A luz que é o fim de todas as luzes — disse Matt, terminando o poema.

A professora Chambers assentiu, séria.

— Aí está de novo. Este é o lugar. E também sabemos quando. Daqui a dois dias. Inti Raymi.

— Quando o portal se abre.

— Só que não sabemos onde está o portal — interveio Richard. — Não há círculos de pedra no deserto.

— O que o faz pensar que tem de ser um círculo de pedras?

De repente Atoc gritou e apontou. E lá estavam de novo — duas luzes verdes, ardendo no ar acima deles, mas já se movendo para baixo. Matt ficou olhando para a escuridão. Havia algo grande e volumoso atrás das luzes. Pôde vislumbrar asas.

Houve um guincho medonho. Matt mergulhou de barriga para baixo enquanto um pássaro enorme vinha para ele, com garras parecendo de aço se estendendo na direção de seu rosto. Sentiu uma dor lancinante no ombro, ouviu o pano da camisa se rasgar enquanto as garras passavam. Então aquilo girou para longe e o deserto ficou quieto de novo, a não ser pelas batidas das asas no ar noturno.

Matt rolou e se levantou, tonto.

— *Qué era?* — perguntou Pedro.

— Um condor — disse a professora Chambers. — Mas é impossível. Não há condores nesta parte do Peru.

De novo Matt se lembrou do que o *amauta* tinha dito na cidade perdida.

"Os pássaros voam onde não deveriam voar."

Condores. No deserto de Nazca. À noite.

— Está voltando! — gritou Richard.

Houve um segundo grito e um som oco no ar. Todos caíram de costas enquanto o pássaro monstruoso atacava de novo, com os olhos verdes chamejando. O pássaro era preto e cinza, com um grosso colar de penas brancas no pescoço, o resto da plumagem pendendo do corpo como uma capa rasgada. O bico se curvava como uma adaga, e as garras eram estendidas com pontas afiadas como facas. Por um momento estava baixo, no meio deles, e todos sentiram o ar bater no rosto. Houve um cheiro de carne podre. Então o bicho subiu, desaparecendo na escuridão.

Richard pegou o fogareiro como se fosse uma arma, mas sabia que a chama minúscula não adiantaria nada.

— Entrem no jipe! — gritou. — Temos de ir...

— Cuidado! — alertou Matt.

Um segundo pássaro havia mergulhado, apontando para Richard. O jornalista se abaixou sobre um dos joelhos e a garra do bicho passou a centímetros de sua cabeça. As asas enormes bateram, fazendo a chama dançar. Como o outro pássaro, este fedia a morte e podridão.

— O jipe! — gritou Richard.

Um terceiro condor veio do céu. Depois um quarto e um quinto. De repente todo o céu parecia cheio de criaturas selvagens guinchando. Atoc gritou. Um dos condores havia pousado em seu ombro. Matt ficou olhando horrorizado enquanto o bicho girava e começava a atacar o pescoço de Atoc, rasgando pele e carne com o bico. Atoc tentou espantá-lo mas ele se recusava a se soltar. Sangue jorrava do pescoço e pela camisa. Matt correu para a frente. Havia apanhado uma pá e, com toda a força, girou-a, batendo o metal contra o pássaro, a centímetros da cabeça de Atoc. Sentiu o choque quando a pá entrou em contato com carne e osso. O pássaro foi jogado no chão com o pescoço partido, mas não morreu. Ficou sacudindo-se, as asas batendo inúteis. O bico estava pegajoso com o sangue de Atoc.

— Matteo!

Foi Pedro quem gritou. Outro pássaro havia pousado nas costas dele, as garras parecendo arpéus. Estava bicando a cabeça dele, repetidamente, o bico desaparecendo no cabelo. Para Matt era como se o garoto e o pássaro tivessem virado um só. Dava para ver apenas os braços de Pedro balançando, com duas asas gigantescas se abrindo às costas.

Richard salvou-o. Com uma das mãos arrancou o pássaro dos ombros de Pedro. Depois, usando a outra, golpeou-o com o fogareiro. A chama azul tocou as penas e o pássaro pareceu explodir quando o fogo pegou instantaneamente. O bicho gritou e gritou. Então caiu no chão, sacudiu as pernas debilmente e ficou imóvel.

O fogão havia se apagado.

— Você está bem? — gritou Richard.

Pedro tocou a nuca. Quando a mão voltou, havia sangue nos dedos.

— Temos de entrar no jipe...

A professora Chambers já estava lá. Até agora não fora tocada. Tirou as chaves do bolso e se jogou no banco do motorista. Ao mesmo tempo que estendia a mão para fechar a porta, outro condor mergulhou, apontando para a mão dela. A professora bateu a porta na cara do bicho, enfiou a chave na ignição e ligou o motor.

Richard, Pedro e Matt estavam com pás. Juntos foram para o jipe, girando-as no ar, mantendo-se em grupo. Matt estava ajudando Atoc, que parecia atordoado, a mão apertada no pescoço. Sangue escorria entre os dedos. Houve um rugido do motor e o jipe saltou na direção deles e parou. Matt ajudou Atoc a entrar no banco da frente. Viu Richard golpear com a pá. Houve um guincho e um corpo caiu no chão.

De algum modo os três conseguiram entrar no banco de trás.

— Isso é impossível! — gritou a professora.

— Só tire a gente daqui! — gritou Richard de volta. — Podemos falar disso mais tarde.

A professora pisou fundo o acelerador e as rodas do jipe giraram. Por um momento horrível Matt pensou que estavam atolados. Mas então os pneus encontraram apoio e eles foram lançados adiante, indo para a estrada.

Mas ainda não estava acabado.

Enquanto Matt se deixava afundar, agradecido, algo acertou o teto do jipe, e a próxima coisa que ele percebeu foi o som de algo se rasgando e a cabeça de um condor atravessou a lona. Ao mesmo tempo mais dois condores chegaram às laterais, prendendo-se com as garras e rasgando a lona com o bico. O jipe ziguezagueou. Matt e Pedro eram jogados para a esquerda e a direita. Parecia que a professora Chambers havia perdido o controle. Mas tinha visto o que acontecera e estava deliberadamente girando o volante, tentando jogar os pássaros para longe.

Richard deu um soco para cima. Seu punho acertou um dos condores na barriga e ele sumiu imediatamente, varrido pela noite. Matt sentiu uma dor aguda e gritou. Outro condor conseguiu passar metade do corpo. Estava bicando seu rosto e havia tirado sangue da bochecha. Mais dois centímetros acima e à esquerda e ele arrancaria seu olho.

— Dá para ir mais depressa? — perguntou Richard.

— Não nesta superfície! Estou indo o mais rápido possível — gritou a professora.

— Não vamos conseguir! — Richard olhou para cima. O teto fora rasgado em vários lugares. Ainda havia condores grudados ao jipe. Dava para vê-los pelas aberturas. Ouviu outro guincho medonho, fantasmagórico, e mais um condor passou por um buraco. Estava dentro do jipe — uma bola fedorenta de ossos, penas e garras. O bicho saltou para Matt.

De repente houve uma explosão, alta a ponto de ensurdecer. Pedro se sacudiu para trás, em choque. Matt sentiu os ouvidos ardendo.

Era Atoc. Estava com uma das mãos apertando o ferimento no pescoço, mas na outra segurava uma arma. Nunca havia mencionado que estava com ela. Agora, quando era quase tarde demais, tinha-a usado, disparando à queima-roupa contra o corpo do pássaro. A bala rasgou-o. O bico do condor se abriu de um modo impossível. A luz dos olhos se apagou. Atoc disparou mais cinco vezes, apontando para diferentes pontos do teto. Os outros condores caíram.

E então chegaram à estrada. Matt sentiu os pneus batendo no asfalto e um instante depois haviam aumentado a velocidade. Olhou para trás. Alguns condores ainda circulavam no alto, mas já estavam muito longe.

— Eu... desculpe — disse Atoc. — Deixei a arma no jipe.

— Você está bem? — perguntou Richard.

Atoc assentiu.

— Não estou muito machucado.

— Tenho curativos em casa — disse a professora Chambers.

O jipe rasgou a rodovia Panamericana, deixando para trás uma nuvem de poeira. Os últimos condores viram-no desaparecer, depois giraram de volta para a escuridão de onde tinham vindo.

A ESTRELA DO MAL

— Estou errada — disse a professora Chambers. — Não entendo. Mas revisei os cálculos várias vezes.

— Como assim? — perguntou Richard.

— As estrelas! É isso que eu quero dizer. Tinha certeza de que estava certa. Mas olhei, e elas simplesmente não combinam.

Eram 11 horas da manhã seguinte e eles estavam sentados no jardim, onde Matt, Pedro e Richard haviam acabado de tomar o café-da-manhã. Todos os três se sentiam um pouco culpados, sabendo que a professora havia trabalhado a noite toda — mas ela nem parecia cansada. Atoc estava em seu quarto, ainda descansando. Um médico do local havia costurado o ferimento no pescoço e dado uma injeção antitetânica e penicilina. Ele ainda sentia dores, mas iria ficar bem. Pedro tivera mais sorte. O crânio é a parte mais dura do corpo humano e o havia protegido do ataque do condor. Faltavam alguns tufos de cabelo e ele também recebera uma anti-tetânica, mas afora isso estava bem.

Matt havia falado com ele durante a noite, enquanto dormiam.

— De onde eles vieram? — perguntou Pedro. — Os condores...

— Dos Antigos — respondeu Matt. — Deviam estar de guarda. Protegendo o lugar do Qolqa. Eu soube que havia algo errado no momento em que chegamos.

— Estava frio.

— É. Quando alguma coisa ruim está para acontecer eu sempre sinto frio.

— Eu também.

O continente estava ficando mais próximo. Logo iriam chegar.

— O velho em Vilcabamba... disse que um de nós iria morrer — murmurou Pedro.

— Ele disse que um de nós *poderia* morrer.

— Qual?

— Não sei.

— Também disse que, independentemente de qual fosse, estaria sozinho. Mas não vou deixar que isso aconteça. Vou ficar grudado em você.

Matt suspirou.

— Eu gostaria que fosse fácil assim. Mas parece que tudo já foi decidido.

— Não, Matteo. Ninguém toma decisões por mim. Você e eu... estamos no comando.

Matt foi arrastado de volta à realidade quando a professora Chambers pegou um maço de impressos de computador e colocou na mesa do café-da-manhã.

Era um dia quente de verão. Os pássaros estavam cantando. Um jardineiro cortava a grama. E eles conversavam sobre o fim do mundo.

— Fiz meus cálculos baseada na posição da plataforma e na posição das estrelas daqui a dois dias, no Inti Raymi — continuou a professora Chambers. — E vocês se lembram do que eu disse? Minha idéia...?

— A senhora disse que elas iriam se alinhar — respondeu Richard.

— Eu disse que isso aconteceria uma vez em cada 26 mil anos. E o extraordinário é que praticamente acontecerá de verdade, amanhã à noite. É incrível. É o que venho dizendo há 30 anos. Mas falta uma estrela. Repassei isso uma dúzia de vezes mas não estou enganada. Uma estrela não estará lá.

— Que estrela? — perguntou Matt.

— Cygnus. Na verdade ela é composta de sete estrelas e também é conhecida como Cruz do Norte. É sete mil vezes mais luminosa do que o sol e fica tão distante que, quando a gente olha, na verdade está vendo-a como era na época de Cristo.

"Se você estivesse na plataforma no lugar do Qolqa daqui a dois dias iria vê-la entre as duas cordilheiras. Todas as outras estrelas estariam no lugar certo. Mas Cygnus não estaria à vista. Estaria uns 30 graus fora do curso, escondida atrás da lua."

— Então isso é o fim da história! — exclamou Richard. — Salamanda roubou o diário e tentou matar Matt por nada. Não importa o quanto seja rico ou poderoso. Não pode fazer nada. Ele não pode mover uma estrela.

— Há estrelas demais — disse Matt.

— O quê?

— É o que o velho disse. Os pássaros voam no lugar errado e há estrelas demais no céu noturno. Foi assim que ele soube que o portal iria se abrir.

— Bem, ele não estava errado na primeira parte — concordou Richard.

— Mas por que ele disse que havia estrelas demais? A professora Chambers disse que há uma estrela de menos!

Ninguém falou. O jardineiro, um homem alegre, com chapéu de palha, terminara de cortar a grama. Agora havia desaparecido entre os arbustos, mas era possível escutar o barulho de sua tesoura podando as folhas.

— São José de Córdoba previu que o segundo portal iria se abrir no Inti Raymi — disse Richard. A professora Chambers se inclinou e começou a traduzir baixinho para Pedro. — Talvez ele tenha estado aqui com os conquistadores. De algum modo descobriu o segredo das linhas e isso o deixou louco. Salamanda roubou o diário porque queria conhecer o segredo. E não desistiu! Caçou Matt por todo o Peru porque tem medo dele. Deve haver algo que ele sabe e nós não sabemos.

— *Que hacia el pájaro en su sueño?* — perguntou Pedro.

— Ele está perguntando: o que fazia o pássaro no seu sonho? — perguntou ela.

— Eu ia contar — disse Matt — mas não fiz isso porque não sabia se fazia parte da coisa. Andei tendo pesadelos com um cisne.

— Meu Deus! Sou uma idiota... — A professora Chambers fechou os olhos por um momento. — Cygnus. Significa...

Todo mundo olhou-a.

— ...cisne em latim — completou Richard.

A professora levantou a mão pedindo silêncio. Matt podia ver os processos de pensamento na cabeça dela. Seus olhos azuis nunca haviam estado tão vivos. Por fim ela ergueu os olhos.

— Escutem — começou. — Eu achava que as linhas eram um alerta, mas acho que só estava certa pela metade. Vamos imaginar que fossem algo mais do que isso. Vocês vieram ao Peru procurando um portal. Ainda não sabemos onde ele está. Mas se estiver fechado, deve haver algo que o mantém assim.

— Quer dizer... uma espécie de fechadura? — perguntou Matt.

— Isso mesmo. E, nesse caso, por que não poderia ser uma fechadura de combinação?

— Não entendo.

— É simples. Pense nas Linhas de Nazca como uma fantástica fechadura temporal. Elas ficam ali, mantendo o portal fechado. Por isso foram construídas. Só quando as estrelas formarem os padrões certos o portal se abrirá e os Antigos ficarão livres. É assim que funciona.

— Mas o propósito do portal é que *nunca* deveria ser aberto — disse Richard.

— Isso mesmo — concordou a professora Chambers. — Motivo pelo qual os guardiões se certificaram de que as estrelas jamais se alinhassem. Mas daqui a duas noites elas chegarão perto. Na verdade é o mais perto que jamais chegarão. Só faltará uma estrela.

— E Salamanda vai substituí-la! — interrompeu Matt. — Quando eu estava na casa ouvi Salamanda falando. — Tudo estava retornando agora. — Ele disse algo sobre um cisne de prata. Havia coordenadas. Ele precisava ficar na posição exata.

Matt parou. De repente a resposta era óbvia.

— Um satélite — disse ele.

— Exato — concordou a professora Chambers. — Salamanda lançou um novo satélite há apenas uma semana. Saiu nos jornais. Todo mundo sabe. E o que vai fazer é posicioná-lo exatamente onde Cygnus deveria estar. Uma estrela artificial, em vez de uma verdadeira. O satélite completará o padrão de luz. A fechadura temporal será ativada. E...

— E o portal se abrirá — completou Matt.

— Podemos impedi-lo! — disse Richard.

A professora balançou a cabeça.

— Não sei como. O satélite já está no espaço. Salamanda vai controlá-lo por rádio. Se soubéssemos a freqüência, talvez pudéssemos interferir no sinal, mas teríamos de pôr as mãos no equipamento certo e eu nem saberia por onde começar. De qualquer modo, o transmissor deve estar na sede da SNI em Paracas e nunca poderíamos entrar.

— Onde fica Paracas? — perguntou Matt.

— Não é muito distante daqui. O que torna a coisa perfeita para Salamanda. Fica no litoral, uns 50 quilômetros ao norte.

— Podemos ir lá dar uma olhada?

— Podemos ir de carro. Mas eu passei por lá algumas vezes, Matt... e vou dizer. Precisaríamos de um pequeno exército para invadir.

O centro de pesquisas e telecomunicações de Salamanda em Paracas ficava a alguns quilômetros do mar, um núcleo de alta tecnologia rodeado pelo deserto. Não uma, mas duas cercas o rodeavam. A primeira tinha dez metros de altura, com arame-navalha esticado no topo. A segunda tinha cartazes amarelos alertando em três línguas contra supostas invasões. A cerca exterior era eletrificada. O espaço intermediário era patrulhado, dia e noite, por guardas com cachorros. Duas torres de vigia observavam o deserto, uma em cada canto. A única entrada era por um portão que se abria eletronicamente para permitir a passagem de veículos, e havia uma sala de controle e uma barreira que só era levantada depois de cada motorista ser verificado.

O centro, em si, consistia num agrupamento de construções baixas e feias, de tijolos vermelhos, com painéis de vidro espelhado. Os cientistas e funcionários poderiam olhar para fora, mas ninguém poderia olhar para dentro. Um mastro de rádio erguia-se sobre patas de metal com antenas parabólicas viradas para o céu. O prédio mais próximo dele também era o mais moderno, com uma cúpula de vidro no centro do teto, mas sem janelas. Aquele parecia ser o centro nervoso.

Três fileiras de casas idênticas, pintadas de branco, ficavam no perímetro. Também eram construídas de tijolos mas pareciam mais primitivas, e Matt suspeitou de que era ali que os funcionários moravam. Tinham sido construídas ao redor de um quadrado de concreto áspero que parecia ser usado como refeitório e campo de futebol. Havia até mesmo uma televisão num suporte de metal, rodeada por bancos de madeira. Presumivelmente os trabalhadores assistiam à tevê ao ar livre à noite.

Matt tinha visto alguns deles, vestindo macacões cinza com as letras SNI impressas em vermelho nas mangas. Também tinha visto o que presumiu que fossem cientistas, usando jalecos brancos, além de outros de ternos. Salamanda possuía uma frota de carros elétricos, pouco mais do que carrinhos de golfe, para transportá-los entre os prédios. Também havia um heliporto com um pequeno helicóptero preto no meio. Guardas armados e com uniformes militares patrulhavam toda a área a pé, e câmeras de vigilância giravam para captar qualquer um que passasse.

Matt, Pedro, Richard e Atoc estavam deitados numa duna de areia a alguma distância dali, examinando o centro com binóculos dados pela professora Chambers. Ela estava esperando em Paracas. Atoc tinha uma bandagem em volta do pescoço e se movia devagar — mas havia insistido em fazer a viagem com eles.

— O que vocês acham? — perguntou Richard.

— A professora Chambers estava certa — disse Matt. — Precisamos de um pequeno exército para entrar aí.

— É — concordou Atoc. — E temos um.

Eles chegaram ao pôr-do-sol. Tinham ouvido o chamado de Matt. Haviam demorado 24 horas para atravessar o Peru, vindo de carro e trem, e agora estavam ali, reunidos na praia em Paracas.

O exército dos incas tinha cerca de 50 homens vestindo jeans escuros e camisas pretas, prontos para o ataque que aconteceria naquela noite. Mas ainda que as roupas fossem modernas, as armas não eram. Haviam trazido as armas e armaduras usadas por seus ancestrais. Por mais mortais que parecessem, Matt não pôde deixar de pensar que formavam um grupo estranho.

Alguns incas usavam casacos de algodão almofadado. Alguns tinham capacetes feitos de madeira preta e dura como ferro. Alguns carregavam escudos de madeira cobertos de pele de cervo e muitos tinham porretes com uma estranha cabeça em forma de estrela, feita de pedra. Era a *macana*, a arma predileta dos antigos incas. Um golpe podia rachar um crânio ou fraturar um membro.

Havia outras armas também. Matt viu lanças, estilingues e alabardas: uma combinação de lança, gancho e machado no fim de uma haste comprida. Alguns incas levavam boleadeiras, três bolas de cobre presas em tiras de couro. Jogadas contra o pescoço de alguém, elas giravam e estrangulavam a pessoa, talvez nocauteando-a ao mesmo tempo.

A professora Chambers tinha visto a chegada numa perplexidade silenciosa. Fisicamente todos os soldados eram parecidos — mais índios do que peruanos. E suas armas eram instantaneamente reconhecíveis. Ela sentou-se pesadamente numa pedra e começou a se abanar. Um caranguejo passou na frente e ela o cutucou, afastando-o.

Os 50 homens estavam parados em silêncio na areia, com as ondas prateadas quebrando atrás. Alguns pelicanos os olhavam cautelosos, pousados num cais quebrado. Um flamingo se assustou e saiu correndo. Não havia mais ninguém à vista. Talvez soubessem o que estava acontecendo ali. Talvez tivessem sido alertados para ficar fora do caminho.

Atoc tinha dito aos homens o que deveriam fazer, falando em sua própria língua. Agora se virou para Matt.

— Estamos prontos — disse ele. — Você fica aqui com Pedro, a professora e seu amigo. Voltamos quando o serviço acabar.

— Não. — Matt não sabia o que estava falando. Ou melhor, não sabia por que estava falando. Duas semanas atrás, na Inglaterra, nem quisera vir ao Peru, mas desde então tudo havia mudado. Cada fibra do seu ser lhe dizia que não poderia deixar os incas travarem essa luta sozinhos. — Vou com vocês, Atoc. Eu comecei isso e quero estar lá no final.

— *Yo también* — disse Pedro.

Atoc hesitou um momento. Mas pôde ver nos olhos de Matt algo que não estivera ali antes, e lentamente confirmou com a cabeça.

— Vamos obedecer a vocês — disse ele. — Porque é verdade, como o *amauta* disse. Vocês foram mandados para liderar...

— Então parece que eu vou também — disse Richard.

Matt se virou para ele.

— Não precisa, Richard. Você pode ficar com a professora.

— Você não vai se livrar de mim tão facilmente. — Richard suspirou. — Eu lhe disse lá em York: meu trabalho é cuidar de você, e é isso que vou fazer. Até o amargo fim.

— Então vamos — disse Matt.

Ele ergueu a mão. E a partir desse momento estava no comando, chefe de um exército reunido para fazer o que ele mandasse.

O centro de pesquisas de Salamanda estava à frente.

Como se fossem um só, eles partiram para a batalha.

A noite do Inti Raymi havia chegado.

O CENTRO DE CONTROLE

A escuridão já havia baixado quando os incas assumiram suas posições, estendendo-se numa linha comprida pela areia diante do centro de comunicações. Matt mal podia acreditar que estava com eles. Mil anos antes o exército inca havia varrido a América do Sul: rápido, implacável e impossível de ser parado. Agora seus descendentes guerreavam de novo e estavam ali porque ele e Pedro os haviam chamado. Pedro estava bem no meio dos homens, perto de Atoc. Não parecia ter medo. Qualquer um que olhasse poderia pensar que ele era o comandante. Matt mal o reconhecia como o garoto mendigo que conhecera nas ruas de Lima. A cada minuto que passava, Pedro ia se tornando mais parecido com a figura do disco dourado — Manco Capac —, o primeiro senhor dos incas.

A cerca do perímetro, com arame-navalha em cima, erguia-se à frente. Atoc fez um sinal, baixando a palma da mão para a areia, e imediatamente todo mundo se abaixou. Eram dez da noite mas o centro ainda estava ativo, com luzes acesas em muitos prédios e algum veículo ocasional indo de um lado para o outro com o motor zumbindo como um mosquito gigante.

Atoc apontou para o mastro do rádio e falou baixinho em sua língua. Matt entendeu o que ele estava dizendo. Aquele era o alvo principal. Assim que o transmissor caísse, Salamanda não poderia controlar seu satélite — seu cisne de prata. Matt olhou para cima. As estrelas já estavam aparecendo no céu noturno. Podia vê-las piscando sobre as montanhas, assumindo posições que haviam sido ditadas 26 mil anos antes. Mas uma delas era uma fraude, uma tonelada de alumínio e aço, esgueirando-se para completar uma combinação mortal. Qual seria? Matt pensou que podia ver um ponto de luz movendo-se mais depressa do que os outros — mas não tinha certeza. Só sabia que o cisne estava lá em cima, assim como estivera em seu sonho, e que, a não ser que o impedissem, ele logo chegaria ao lugar.

Dois incas se arrastaram para a frente e assumiram posições mais perto da cerca. Cada um segurava uma lança, três metros de madeira cuja ponta fora endurecida no fogo. Em silêncio, esperaram. Atoc deu uma última olhada ao redor e assentiu. Os dois incas correram alguns passos e atiraram as lanças, apontando para cima. Matt ficou pasmo com a força e a precisão. As lanças voaram na noite, subindo acima das construções. Houve dois sons fracos e, lá em cima nas torres de vigia, dois guardas se viraram e desmoronaram. Um desapareceu da vista. O outro tombou para a frente e ficou imóvel, a cabeça e os braços pendurados na lateral. Atravessado pela lança.

O ataque havia começado — mas eles ainda precisavam entrar no centro e isso significava passar pelo portão eletrônico. Atoc sinalizou pela segunda vez e uma caminhonete baixa, com a carroceria coberta de lona, veio até a barreira de segurança. O motorista — entediado e barbado — inclinou-se para fora da janela e gritou como se estivesse com pressa para ir embora. Três guardas, todos armados, vieram recebê-lo. Estavam se movendo com cautela. Matt achou que teriam recebido ordens para não deixar ninguém entrar. Principalmente esta noite. Todo o centro devia estar em alerta.

— *Quién es usted? Qué desea?*

As palavras soaram fracas e distantes. O motorista murmurou alguma coisa, mas tão baixo que o primeiro guarda precisou se inclinar na direção da cabine, para ouvir o que ele disse. Foi um erro. Matt viu uma mão saltar, agarrando o guarda pelo pescoço. Ao mesmo tempo a lona foi jogada para trás e duas figuras saltaram, cada qual balançando um porrete com cabeça em forma de estrela. Um segundo depois todos os três guardas estavam inconscientes ou mortos. O motorista levantou a mão na direção de Atoc.

— Lá vamos nós — sussurrou Richard.

Matt assentiu. Era incrível pensar naquelas armas antiqüíssimas sendo usadas para invadir um centro de pesquisas do século XXI, mas até agora os incas haviam se mostrado eficazes — e mortais.

Toda a fileira de homens se levantou do chão do deserto e começou a avançar. Ao mesmo tempo, os homens da caminhonete haviam entrado na cabine da guarda: a barreira foi erguida e os portões eletrônicos se abriram para deixá-los entrar. A boca de Matt estava seca. Havia parecido fácil demais. Será que ninguém no centro estava mantendo vigilância? Mas os guardas nas torres de vigia já estavam mortos e — ele se lembrou — todos os incas usavam roupas escuras. Mesmo que por acaso alguém estivesse olhando, o exército iria se fundir no vazio cinzento do deserto. Eram silenciosos e praticamente invisíveis.

Pedro foi o primeiro a entrar. Em seguida foram Atoc e os outros, espalhando-se pelas ruas e passagens de pedestres, encontrando abrigo junto às paredes mais próximas. Os prédios ficavam adiante, e por enquanto não existia ninguém à vista. Apenas as luzes por trás das janelas e o zumbido distante de máquinas diziam que eles não estavam sós. Richard e Matt foram dos últimos a entrar. Por isso tiveram a visão mais nítida do que aconteceu em seguida.

Um grupo de quatro incas correu até o mastro do rádio e começou a subir nele. Atoc e os outros estavam lhes dando cobertura, atentos a alguém que pudesse se aproximar. Por enquanto ninguém sabia que eles estavam ali. Mas no último instante um morto os entregou. Era o guarda que fora acertado na torre de vigia. De súbito ele caiu para a frente, mergulhou no ar e acertou um teto corrugado com um estrondo feroz. Ninguém se mexeu. Ninguém sequer respirou. Seria possível que um barulho tão alto não fosse ouvido?

Uma sirene soou despedaçando o silêncio da noite. Ao mesmo tempo luzes de busca saltaram para a vida, e o que alguns instantes antes não havia passado de um conjunto de sombras escuras e formas entrevistas num instante se tornou de um branco incandescente. Todos os incas foram expostos. Matt e Richard, agachados juntos numa área plana e aberta, de asfalto e cascalho, estavam na pior localização. Portas se abriram com estrondo. Guardas apareceram. Uma metralhadora começou a matraquear. Pedaços de tijolos foram arrancados das paredes. Todo um grupo de incas foi jogado no chão, rolando numa chuva de balas. Richard agarrou Matt e puxou-o até uma pilha de tambores de combustível. Parte dele sabia que era insanidade se esconder atrás de milhares de litros de gasolina durante um tiroteio. Outra parte dizia que certamente os homens de Salamanda não seriam suficientemente loucos para disparar naquela direção.

Os incas estavam se espalhando, tentando encontrar cobertura. Mais tiros eram disparados. Havia guardas nos telhados. A porta do maior prédio se abriu e um homem saiu segurando uma pistola. Aparentemente despreocupado com o caos ao redor, mirou com cuidado e disparou. Um dos homens que haviam subido até a metade do mastro do rádio gritou e caiu no chão. Matt sentiu o sangue esfriar. Sabia quem era o homem que tinha dado o tiro. Era Rodriguez, o capitão da polícia de Lima. Enquanto Matt olhava, ele se abrigou na porta, ao mesmo tempo que rosnava uma ordem para alguém atrás. O que o chefe de polícia estava fazendo no centro de pesquisas? Não era surpresa que ele trabalhasse para Salamanda. Mas parecia que agora havia abandonado totalmente os serviços normais para assumir a segurança ali.

Algo brilhou à luz dura e uma lança passou por Rodriguez, cravando-se na porta. Rodriguez riu, mostrando os dentes, e deu um segundo tiro. Matt viu alguma coisa girar no espaço vazio diante de um prédio: três bolas de cobre amarradas com cordas. Desapareceram na escuridão, e um instante depois um guarda pisou fora do telhado com as cordas enroladas no pescoço. Despencou na frente do chefe de polícia e ficou se retorcendo no chão.

Mais tiros de metralhadora. Parecia haver guardas em toda parte, jorrando de portas e assumindo posições em toda a área. O coração de Matt se encolheu. Obviamente os incas estavam em menor número. E onde estava Pedro? Começou a lamentar ter vindo com os incas. Não podia ajudá-los. Não havia nada que pudesse fazer. Ou havia? Ele e Richard estavam diante de uma pequena construção de tijolos com um crânio e ossos cruzados pintados na lateral, e a mesma palavra que tinha visto no aeroporto. *Peligro*. Perigo. Havia algum tipo de máquina zumbindo ali dentro.

— Richard! — gritou ele.

Richard entendeu. Recuou o pé e, usando toda a força, arrombou a porta com um chute. Matt entrou correndo. A construção era cheia de máquinas e pesadas caixas de fusíveis, cada uma com alavancas prateadas postas na posição LIGADO. Juntos, Richard e Matt começaram a desligá-las. Se pudessem interromper o fornecimento de energia do centro talvez conseguissem interromper os sinais mandados ao espaço.

Houve um zumbido e estalos de eletricidade. A sirene ficou silenciosa e a escuridão retornou à área. Richard e Matt haviam conseguido desconectar o sistema de segurança e isso deu aos incas a vantagem de que precisavam. Tendo passado a vida no alto das montanhas, estavam acostumados à escuridão e agora a usaram, entrando e saindo dos esconderijos, derrubando os homens de Salamanda um a um.

— Vamos entrar — disse Matt, e sem esperar a resposta de Richard saiu da sala do gerador, passou embaixo do mastro do rádio e entrou no prédio do outro lado.

Era o centro de controle principal. Ficava ao lado do mastro do rádio, com as várias parabólicas ligadas por cabos grossos que espiralavam no ar. Matt não sabia o que encontraria dentro. Não estava armado e tinha consciência de que corria um risco terrível. Mas não podia simplesmente ficar olhando os incas lutarem por ele. Em algum ponto da mente ocorreu que, se ele e Richard pudessem encontrar os controles, poderiam redirecionar o satélite, mandá-lo para uma órbita diferente. Ou poderia encontrar Salamanda. Não houvera sinal do sujeito até agora, mas sem dúvida ele quereria estar ali naquela hora. Esta deveria ser a noite de seu triunfo. Ele não ficaria simplesmente em casa.

Tentando fazer o mínimo de barulho possível, Matt entrou num cômodo grande, totalmente fechado. Olhou para cima e viu a cúpula de vidro que havia percebido de fora. Do outro lado podia ver o céu noturno e o mastro do rádio com suas parabólicas no alto.

Todas as paredes eram cobertas por telas de plasma, algumas com textos digitais, outras mostrando o que certamente seriam imagens ao vivo do céu noturno. Grandes computadores ficavam abaixo delas e havia vinte ou mais estações de trabalho a intervalos, numa bancada que se curvava acompanhando toda a parede circular. No centro havia cerca de 12 mesas e cadeiras arrumadas como uma sala de aula. Estavam cobertas com gráficos e outros papéis, alguns dos quais haviam se espalhado no chão. Os funcionários deviam ter saído quando a luta começou. Todo o lugar fora abandonado. Mas um homem tinha ficado para trás. Estava sentado sozinho a uma das mesas, rabiscando numa pilha de papéis. Enquanto Matt se aproximava, ele se virou lentamente.

Era Fabian.

Por um momento nenhum dos dois falou.

Então Fabian rompeu o silêncio.

— Matthew! — exclamou ele. — Sr. Cole! O que estão fazendo aqui?

— Acho que nós é que deveríamos perguntar isso — disse Richard.

Mas na verdade, quando Matt pensou, achou óbvio. Um motorista — Alberto — fora mandado ao aeroporto pegá-lo e entregá-lo à polícia no Hotel Europa. Ele sempre havia presumido que o motorista trabalhasse para o capitão Rodriguez. Na verdade ele trabalhava para Fabian — e Fabian havia admitido isso na última vez em que os dois se falaram pelo telefone, de Cuzco. E aquele telefonema quase tinha acabado com Matt. No momento em que disse a Fabian onde estava, a informação fora passada a Salamanda e à polícia.

Ele era o traidor. Sempre fora.

Fabian parecia ter encolhido desde que eles o tinham visto. Como sempre, estava usando um terno caro — mas desta vez sem gravata. Suas roupas pendiam frouxas e ele não tinha se barbeado. Estivera bebendo. Havia uma garrafa pela metade na mesa, e seus olhos estavam vítreos. Olhando Richard e Matt, ele piscou, nervoso — mais sem graça do que com medo ou surpreso.

— Seu... — Richard xingou com raiva.

Fabian olhou ao redor.

— Onde está todo mundo? — perguntou. — Havia um monte de gente aqui alguns minutos atrás.

— Quando começou a trabalhar para Salamanda? — perguntou Matt.

— Ah, há muito tempo. Antes do Portal do Corvo. Na verdade ele é meu editor. Publicou dois livros meus e me convidou para conversar. Disse que estava muito interessado nas coisas que eu escrevia. História antiga. Nazca. O Nexo também se interessava por mim. Eles me convidaram a entrar para o grupo. Mas eu já havia feito a escolha.

— Por quê?

— Porque quero estar do lado vitorioso. O mundo vai mudar, veja bem. Tudo vai mudar. E a pergunta que a gente precisa se fazer é: quer passar o resto da vida com sofrimento e dor ou quer estar com os vencedores? Foi isso que o Sr. Salamanda me perguntou. Ele me convenceu de que o Nexo não tinha chance. Quero dizer, sempre foi previsto que os Antigos retornariam e tomariam o mundo, então qual era o sentido de lutar contra isso?

— Você entregou o diário a ele.

— Falei sobre o encontro na igreja de Santa Meredith. E contei onde você estava, quando você ligou de Cuzco. Lamento isso. Não queria que você se machucasse, mas era tudo ou nada.

Fabian se levantou, tomou um gole da garrafa e foi até uma das maiores telas. Ao entrar, Matt a havia notado. Parecia estar mostrando algum tipo de sinal de radar. Havia uns 100 pontos, pretos sobre branco, todos estáticos. Mas no alto do canto esquerdo um único ponto se movia lentamente, viajando cerca de um centímetro a cada intervalo de alguns minutos.

— Ali está — disse Fabian. — Cygnus. O cisne. É preciso admirar o gênio de Salamanda. Quero dizer, aquele é um cara que tem a cabeça sobre os ombros! — Ele riu brevemente. — Está usando uma estrela artificial para destrancar o portal. — Havia um código de tempo na base da tela. Indicava 22:19:58 e os números mudavam rapidamente à medida que os segundos passavam. — Estará no lugar em menos de duas horas e não há absolutamente nada que vocês possam fazer. — Então tudo terá acabado...

— Ainda podemos impedir — disse Matt.

— Não. Veja bem...

Mas antes que ele pudesse falar mais, houve um estrondo quando uma porta se abriu e um homem entrou correndo no salão. Era Rodriguez. Obviamente estivera envolvido na luta. Seu rosto estava cinza, cheio de sujeira e suor. Tinha uma arma numa das mãos. A outra apertava o braço. Fora ferido. Havia sangue escorrendo pela jaqueta do uniforme. Matt jamais saberia se o capitão tinha vindo se esconder ou procurá-lo. De qualquer modo, ele o tinha encontrado.

— Você! — A palavra única saiu cuspida numa mistura de ódio e diversão. Rodriguez se empertigou e levantou a arma, apontando para Matt.

Matt não disse nada. Estava parado a alguns metros de distância. O surgimento do capitão Rodriguez havia mudado tudo. Ele e Richard estavam indefesos. Fabian não iria ajudá-los. Não havia mais ninguém no salão. O que poderia fazer? Um pensamento disparou em sua mente. Na Forrest Hill. O valentão, Gavin Taylor, segurando um copo. Matt havia usado seu poder. Tinha sido por acaso, mas mesmo assim foi inesquecível. Ele fizera o copo e o lustre explodirem simplesmente pensando nisso.

Será que poderia fazer a mesma coisa agora?

— Você escapou de mim em Lima — disse Rodriguez. — E de novo em Cuzco. Mas não haverá uma terceira vez. É aqui que tudo termina.

— Deixe-o em paz! — Foi Richard quem falou, e por um momento a arma virou na direção dele. Se tentasse correr para a frente, Rodriguez atiraria e o veria morrer antes de virar a arma para Matt.

— Você é... o jornalista? — De algum modo o policial o havia reconhecido. — Quer morrer primeiro ou quer ser o segundo? Diga! Posso providenciar isso...

Desesperado, Matt tentou se concentrar na arma. Por que não conseguia? De que adiantava ter algum poder oculto se não sabia como usá-lo? Deveria ser fácil. Um simples jorro de energia e a arma deveria voar até o outro lado do salão. Junto com o homem que a segurava.

Mas isso não estava acontecendo.

Rodriguez apontou a arma para o seu coração. Matt quase podia sentir o dedo do policial apertando o gatilho.

Então Fabian entrou na linha de tiro.

— Você não precisa matá-los — disse ele.

— Saia da frente! — ordenou Rodriguez.

Fabian estava andando para ele.

— Não, não, não. Não precisa disso. Você não precisa matar ninguém. Nós vencemos! É como Salamanda sempre disse. Dentro de uma hora os Antigos estarão aqui e o mundo inteiro será nosso. Lamento, capitão Rodriguez. Não me importa o que você diz. Não vou ficar aqui e vê-lo matar uma criança.

— Saia da frente!

— Não! — Fabian o havia alcançado. Cambaleou — devido à bebida ou à exaustão. Mas estava entre Rodriguez e Matt, a mão apertando o braço do policial. — Salamanda me prometeu que o garoto não seria machucado.

— Salamanda mentiu! — Rodriguez riu e puxou o gatilho. Matt se encolheu. Fabian foi jogado para trás, mas, de algum modo, continuou de pé. Olhou para baixo. Sangue jorrava dele. Sua camisa e a calça já estavam encharcadas. Então desmoronou de repente, como se cada nervo de seu corpo tivesse sido arrancado.

Rodriguez apontou de novo para Matt.

E então houve uma explosão, muito mais alta do que o tiro, mas do lado de fora do salão. Matt olhou para cima.

Os incas haviam explodido o mastro do rádio. Ele não fazia idéia de como, mas estava claro que tinham vindo para o centro com algo mais do que boleadeiras, lanças e todo o resto. Um deles devia ter trazido uma quantidade de explosivo plástico. Matt viu tudo claramente pela cúpula de vidro. Houve um grande clarão quando o mastro de aço foi cortado ao meio. Chamas saltaram para o alto. Então a parte de cima se soltou, separando-se da base. Levando três parabólicas junto, tombou de lado. E de repente o topo do mastro, que terminava em ponta, viajava para baixo como uma lança jogada do céu. Enquanto Richard e Matt mergulhavam de lado, ela atravessou o vidro e continuou descendo. Toda a concentração de Rodriguez estivera em Matt. Talvez ele estivesse a um segundo de dar o tiro. Não viu o que acontecia até ser tarde demais.

Meia tonelada de hastes de aço, cabos e parabólicas se chocou com o piso da sala de controle. Rodriguez estava diretamente abaixo da cúpula. Nem teve tempo de gritar enquanto uma enorme pilha de metal e vidro o acertava, esmagando-o completamente. Matt caiu no chão e continuou deslizando. Parecia que todo o salão havia explodido. O barulho era ensurdecedor. Milhares de cacos bateram em seus ombros e nas costas. Sentiu cheiro de queimado. Tudo havia escurecido.

Silêncio.

Debilmente, tentou ficar de pé, mas descobriu que a perna não obedecia. Por um instante encheu-se de terror. Será que fora esmagado sob o peso do mastro do rádio?

— Richard...! — gritou ele.

— Aqui! — Richard parecia estar muito longe.

Matt se levantou devagar. Afora alguns cortes e arranhões superficiais, não fora machucado. Richard também ia se levantando. Estava coberto de vidro. Havia vidro no cabelo e nos ombros, e um corte na testa. Mas também estava inteiro.

Então a porta se abriu e Pedro entrou correndo. Trazia o estilingue numa das mãos. Havia em seu rosto uma ferocidade que Matt nunca tinha visto. Atoc estava com ele. Matt ficou aliviado ao ver que nenhum dos dois estava ferido.

— Acabou — disse Atoc. — O pessoal de Salamanda fugiu. O mastro despencou. Daqui eles não podem fazer mais nada.

— Então conseguimos! — disse Matt.

— Nós vencemos! — Atoc sorriu cansado.

— Vocês estão errados...

A voz saía do meio dos destroços. Matt olhou para além do cadáver do capitão da polícia e viu Fabian tentando sentar-se dolorosamente. Estava muito pálido. Era impossível dizer quanto sangue havia perdido, mas a maior parte do terno estava vermelho.

— Eu estava tentando contar — disse Fabian. Era como se falasse com uma criança pequena. As palavras saíam muito lentamente. — Vocês estavam errados desde o início. O cisne... — Ele tentou respirar. — O controle inicial era daqui. Mas quando chegou à área de alcance Salamanda assumiu o comando.

— Onde ele está? — perguntou Matt.

— No lugar do Qolqa. Salamanda tem um laboratório móvel. Ele está no controle. Olhem...

Milagrosamente a tela de plasma com as estrelas não havia se danificado. Os pontos pretos continuavam ali. E aquele único ponto continuava se movendo. Tinha viajado quase metade da tela. Logo estaria embaixo. O relógio digital mostrava 22:24:00. Faltavam 96 minutos para a meia-noite.

— Sinto muito — disse Fabian. — Mas eu disse. Sempre foi verdade. Vocês não podiam vencer.

A cabeça dele tombou de lado e Matt soube que o sujeito havia morrido.

— O que ele quer dizer? — perguntou Atoc.

— Ainda não acabou — disse Matt. — Salamanda está no deserto. Está controlando o satélite. — E apontou. Falta apenas meio metro para o ponto viajar. Quantos quilômetros? Matt podia imaginá-lo chegando cada vez mais perto do destino entre as montanhas.

— Devíamos ser capazes de fazê-lo parar — disse Richard. — Não podemos ter feito tudo isso por nada...

— A que distância ele está daqui? — perguntou Atoc.

— Não sei. Algumas centenas de quilômetros. Não mais do que isso.

— Há um helicóptero...

O helicóptero era de dois lugares.

Richard, Matt, Pedro e Atoc saíram do centro de controle e descobriram que um novo tipo de silêncio tinha baixado sobre a área. O silêncio da morte. Havia corpos em toda parte; alguns eram incas, mas a maioria era dos homens de Salamanda. O cheiro de queimado pairava no ar. Acima deles o mastro do rádio fora partido ao meio, com o aço torcido e quebrado, envolto em fumaça. Havia tijolos soltos e pedaços de metal em toda parte. As paredes estavam cheias de buracos de balas. Todas as luzes haviam sido apagadas mas os incas tinham trazido lamparinas de óleo e estavam usando-as para examinar os feridos e mortos.

Obrigando-se a ignorar a devastação, o grupo havia corrido até o heliporto e descoberto a má notícia. Mesmo estando com as chaves na ignição e Atoc sabendo pilotar, o helicóptero só levaria um passageiro. Atoc e mais um enfrentariam

Salamanda no lugar do Qolqa. Qual deles iria? Não havia tempo para negociação.

— Eu vou — disse Matt.

— Matt... — começou Richard.

— Esta é a minha luta, Richard. Eu comecei isso. É tudo por minha causa. Vou com Atoc.

Pedro se adiantou também. Ainda estava segurando seu estilingue. Fazia Richard pensar num Davi peruano, prestes a derrubar Golias.

Matt assentiu.

— Nós dois podemos caber num banco — disse ele. — Pedro está certo. Ele também deve ir.

— Mas vocês não passam de garotos! — gritou Richard. Sua voz estava rouca. A fumaça parecia ter entrado na garganta. — Não podem fazer isso sozinhos.

— Nós sempre estivemos sozinhos — respondeu Matt. E deu um sorriso triste. — Tem de ser assim, Richard. O *amauta* disse que aconteceria assim. Parece que estava certo.

— Não temos tempo — disse Atoc.

Eram dez para as onze. Em breve o satélite estaria na posição. Matt assentiu. Ele e Pedro se adiantaram.

O helicóptero demorou quase cinco minutos para alcançar a potência máxima. Por fim os rotores levantavam a areia e o veículo inteiro desapareceu numa nuvem de pó. Richard tentou enxergar, mas seus olhos arderam. O braço estava cruzado na frente do rosto. Mal conseguia respirar.

O som do motor aumentou. O helicóptero se ergueu desajeitadamente. Franzindo a vista, Richard pôde vislumbrar

Matt, com Pedro espremido ao lado. Ele parecia mais sério, mais decidido do que Richard já vira. O helicóptero girou uma vez, depois de novo.

E subitamente subiu e passou por cima da cerca de arame.

Restava apenas uma hora.

O PORTAL SE ABRE

Foi Pedro quem viu primeiro. Do ar parecia uma caixa de fósforos prateada, brilhando ao luar, parado sozinho no grande vazio da planície de Nazca. Poderia ser um trailer ou algum tipo de casa sobre rodas. Mas fora levado ao meio do deserto, os pneus abrindo uma trilha na terra macia. Agora estava estacionado diante do lugar do Qolqa. Não poderia haver dúvida de quem estaria dentro. Aquele era o laboratório sobre o qual Fabian havia alertado. Salamanda estava controlando o satélite dali.

A viagem havia demorado meia hora. Faltavam apenas 30 minutos para a meia-noite.

— Algo errado... — disse Atoc.

Nem bem as palavras saíram de sua boca e Matt sentiu. O helicóptero estremeceu e pareceu ficar imóvel no ar. Estavam a 3.600 metros acima do solo e de repente Matt teve uma consciência terrível de cada um desses metros. Seu estômago borbulhou enquanto caíam. Pedro, espremido ao seu lado, gritou de susto. Atoc mexeu desesperadamente nos controles e o helicóptero se recuperou, sacudindo-se no ar como um bêbado.

— O que foi? — perguntou Matt.

— Não sei!

Uma única bala, ainda no centro de pesquisas, havia causado o dano. Havia batido na lateral do helicóptero cortando um dos principais cabos hidráulicos, e mesmo ele tendo agüentado por um tempo, a verdade era que jamais deveriam ter decolado. A força dos rotores fora cortada e agora o helicóptero estava em queda livre. Era como ser sugado por um buraco negro. Todo o universo parecia girar ao redor deles e — num borrão de prata, amarelo e preto — Matt viu o piso do deserto correndo na sua direção. Atoc estava gritando em sua língua, talvez uma oração final. Todos os instrumentos do painel haviam enlouquecido, agulhas girando, contadores correndo, luzes de alerta piscando inúteis. Pedro agarrou Matt. Toda a cabine vibrava loucamente. Matt estava vendo tudo multiplicado por três. Parecia que seus olhos seriam arrancados da cabeça.

Atoc fez o máximo que pôde. Mesmo sem potência, restava energia suficiente nas lâminas giratórias para descer o helicóptero numa espécie de pouso controlado. No último instante ele gritou alguma coisa, mas foi em sua língua e Matt jamais descobriria o que era. O helicóptero, viajando rápido demais, bateu no chão em ângulo e começou a tombar. Matt foi jogado em cima de Pedro. Então os rotores entraram em contato com a terra. Houve um som medonho, parecendo um grito, enquanto as escoras de metal eram arrebentadas e uma das lâminas se despedaçou. Matt não soube exatamente o que aconteceu em seguida. O ar estava cheio de pedaços de metal girando e um deles devia ter acertado a cabine, porque o vidro se desintegrou. Ele sentiu cheiro de queimado. Fagulhas saltavam do painel de controle e houve uma luz brilhante, logo acima de sua cabeça, acendendo e apagando. Pensou que estava caindo para a frente. Era como se o helicóptero estivesse dando um salto mortal. Mas então ele se sacudiu para trás de novo. Houve um estrondo quando a cauda bateu no chão. Por fim tudo ficou imóvel.

Matt olhou ao redor e não viu nada. Estavam rodeados por poeira; ela pairava como uma mortalha. Parte da cabine havia se enterrado no chão do deserto. O helicóptero estava caído de lado. Matt não podia se mexer! Por alguns segundos horríveis pensou que estava paralisado. Então percebeu que era o cinto de segurança prendendo-o. Lentamente forçou a mão para baixo e soltou-o. Sentia cheiro de gasolina, e em algum lugar no fundo da mente teve de lutar contra um murmúrio de puro terror. Agora o helicóptero iria explodir. Ele e Pedro seriam queimados vivos.

— Pedro...? — gritou, subitamente imaginando se o outro ainda estaria vivo.

— Matteo...

Pedro se arrastou de baixo de Matt e se espremeu para fora da cabine, saindo no chão do deserto. Matt foi atrás. Havia algo molhado e pegajoso em sua bochecha e na lateral do pescoço. Passou o dedo naquilo, depois levantou-o e examinou. Era sangue. Ainda não sabia se era seu.

Todo o corpo sentia dor. Sabia que deveria ter sofrido danos pelos movimentos bruscos da coluna e do pescoço. Era um milagre ainda ser capaz de se mexer. Fez força com os pés e sentiu a terra fria embaixo. Os rotores, amassados e partidos, pendiam acima dele. A cauda do helicóptero havia se quebrado ao meio.

Arrastou-se até Pedro.

— Precisamos sair daqui — disse. Em seguida cheirou o ar. — O helicóptero ainda pode explodir. O combustível...

— Atoc...? — perguntou Pedro.

Atoc estava caído frouxo no banco da frente e Matt viu que ele estava morto. Também sabia que era o sangue de Atoc que havia espirrado nele. O inca havia lutado para salvar os dois garotos mas não pôde se salvar. Olhando-o, Matt sentiu uma grande onda de tristeza. Primeiro Micos, morto na fazenda em Ica. E agora Atoc. Dois irmãos, ambos tão jovens e ambos mortos. Por quê? Será que realmente acreditavam que Matt e Pedro eram tão importantes a ponto de dar a vida para ajudá-los? Matt sentiu os olhos se enchendo de água mas ao mesmo tempo, com a tristeza, veio um sentimento de raiva e ódio contra Salamanda, Fabian, Rodriguez e todos os outros adultos com sua cobiça e ambição... seu desejo de mudar o mundo. Eram eles que o haviam arrastado para isso. Por que não podiam simplesmente viver a vida e deixá-lo em paz?

Pedro olhou-o interrogativamente. Pela expressão de seus olhos era óbvio que queria dizer: *e agora?*

— Vamos achar Salamanda — disse Matt. — Vamos impedi-lo.

Mas Pedro não iria a lugar algum. Matt olhou para baixo e viu a verdade horrenda. Pedro não havia reclamado nem mostrado qualquer sinal de dor, mas sua perna estava estendida na frente do corpo e o tornozelo estava obviamente quebrado. O pé havia se virado num ângulo medonho e já havia um inchaço enorme que ia até metade da perna.

Por um longo minuto nenhum dos dois disse nada.

Um garoto vai enfrentar os Antigos e sozinho cairá.

As palavras do *amauta* pareciam sussurrar de volta para Matt na brisa noturna. Então era isso que deveria acontecer. Tudo fora muito bem arranjado. Uma queda de helicóptero. Atoc morto. Pedro ferido demais para se mexer. Matt sozinho. Exatamente como fora previsto.

Matt deu um sorriso sério.

— *Adiós* — disse ele.

— Não. Matteo...

— Preciso ir. — Matt se levantou. Os destroços de helicóptero haviam começado a esfriar. Não existiria incêndio nem explosão. Poderia deixar Pedro ali. — Richard e os outros estão vindo. Você não terá de esperar muito.

Não sabia o quanto Pedro havia entendido. Isso não importava mais.

Virou-se e foi andando.

Ainda sentia dores. A cabeça latejava e cada osso das costas e do pescoço parecia ter sido deformado. Olhou para as mãos e viu que havia cortes cobrindo-as. A camisa estava rasgada. Ocorreu-lhe que, se alguém estivesse olhando, ele pareceria um cadáver ambulante.

No entanto, enquanto mancava, a dor pareceu se esvair. Era um sentimento estranho: estava deixando a dor para trás, como roupas descartadas. Soprava uma brisa quando tinha começado a andar. Mas agora ela havia parado e ele podia ouvir o contato suave dos pés com a terra. O silêncio do deserto era extraordinário. O mundo inteiro parecia estar prendendo o fôlego. Olhou para o céu, preto e cheio de estrelas. Podia identificar a linha das montanhas a distância, nada além de uma única pincelada na grande tela da noite. Brevemente pensou nos condores que o haviam atacado da última vez em que estivera ali. E se voltassem?

Estava sozinho. Nunca estivera tão sozinho. Podia se ver como um ponto minúsculo nesse deserto vasto e vazio. Por que estava fazendo isso? Não tinha armas. Atoc certamente teria um revólver, mas Matt nem o havia procurado nos destroços do helicóptero. Por quê? A resposta lhe veio imediatamente. Tinha seu poder, claro. Por um breve segundo estava de volta à Forrest Hill e viu o lustre se destruir, as lâmpadas explodindo uma depois da outra. Havia usado seu poder naquele momento. Não, não era verdade. Seu poder é que o havia usado.

O laboratório móvel estava à frente. O helicóptero tinha caído a menos de meio quilômetro dali. Agora que chegava mais perto podia ver que o laboratório era em parte caminhão, parte container e parte trailer. Fora trazido até aqui sobre oito grossos pneus de borracha, mas assim que havia chegado fora posto sobre pernas de aço, de modo que as rodas ficavam a uns trinta centímetros do chão. Na frente havia uma cabine de dirigir — vazia — e uma porta com degraus na lateral. Os olhos de Matt foram atraídos para o teto. Outra parabólica, com uns três metros de diâmetro, apontava para cima, ligada ao corpo principal do veículo por uma série de cabos grossos. Havia outras máquinas ao redor. Uma escada subia pela traseira.

Talvez ele pudesse subir. Mas, mesmo que fizesse isso, mesmo que não fosse descoberto, o que faria em seguida? Não podia cortar os cabos. Não havia trazido nada. E alguém atiraria nele no momento em que começasse.

Nada se mexia. Que horas seriam? Matt ainda não tinha relógio e se perguntou se não seria tarde demais, se a meia-noite já teria passado. Nesse caso, em algum lugar do deserto de Nazca, ou talvez em outra parte do Peru, o portal estaria aberto. Os Antigos já estariam caminhando, de novo, na face da Terra.

Recusou-se a aceitar isso. Salamanda estava na frente dele, dentro do laboratório. Matt ainda tinha tempo de fazer o que devia ser feito. Tudo que havia acontecido desde a chegada ao Peru — e até mesmo muito antes — estivera preparando este momento. Ele estava aqui por um motivo.

Fechou os olhos.

O poder. Encontre-o. Direcione-o. Está dentro de você. Você só precisa usar o gatilho.

Era o cheiro de queimado. Matt sabia que, de algum modo, tudo isso havia começado com a morte dos pais num acidente de carro quando ele tinha oito anos. Naquela manhã sua mãe havia queimado a torrada. E sempre que o poder retornava, também retornava a lembrança daquele momento definidor de sua vida. Quando Gavin Taylor o fez tropeçar na Forrest Hill, ele sentiu cheiro de queimado. E no dia seguinte, na sala de aula, enquanto Gwenda se preparava para lançar um caminhão-tanque de gasolina contra a escola... a mesma coisa.

O segredo era sentir o cheiro de algo que não estava ali. Imaginá-lo. Não tinha idéia de como isso funcionava, mas se pudesse se transportar de volta àquele instante em que seu poder havia se revelado pela primeira vez — mesmo que na época não soubesse —, isso acionaria um interruptor em algum lugar dentro dele e a coisa começaria.

Ficou parado, os braços cruzados frouxos na frente do corpo. Estava respirando devagar, olhos ainda fechados. Podia sentir o frescor da noite na nuca. Não lutou, sabendo que não adiantaria. Em vez disso esperou que a coisa acontecesse. Sentiu uma calma. Ele estava destinado a vir aqui. Tudo estava destinado a acontecer.

E longe, dentro de si mesmo, sentiu. Era como um trem no fim de um túnel infinito, só que ele *era* o túnel e o trem era algo se agitando por dentro. Viu um clarão de amarelo, não ali no deserto, mas a milhares de quilômetros de distância, seis anos antes. A cozinha. Estava lá, com os pais. Podia ver suas próprias pernas, em calças curtas, pendendo da cadeira. Um fio de fumaça, invisível agora, se enrolou sob suas narinas. Ali estava. O cheiro de queimado. Tinha vindo outra vez.

Matt abriu os olhos.

Sabia o que iria fazer. Sabia que podia fazer. Nem precisava mais pensar a respeito. Baixou as mãos, com as palmas para cima, e à frente viu o trailer prateado começar a tremeluzir e se dobrar como se fosse apanhado por uma onda de calor. Concentrou-se. Era como se estivesse se empurrando, empurrando uma parte sua, para a frente. Algo invisível fluía dele. Ouviu um tiro mas ninguém tinha disparado uma arma. Matt havia arrancado um dos parafusos do teto. Sorriu sozinho e imediatamente outro parafuso saltou, em seguida mais dois. A parabólica gemeu, metal lutando contra metal.

Se houvesse quatro homens sobre o caminhão, eles não poderiam movê-la. Mas Matt estava arrancando-a como se fosse de papel.

Toda a parabólica chacoalhou enquanto tentava se soltar do teto de metal. Matt ajudou-a. Meramente piscou os olhos e ela se soltou, com os cabos e suportes se arrebentando, a coisa inteira girando para longe na noite. E foi isso. Havia acabado. Quem quer que estivesse dentro do trailer não teria mais o controle do satélite. Matt ficou pasmo ao ver que, depois de tudo que tinha passado, aquilo havia terminado tão depressa.

A porta do laboratório móvel se abriu e uma figura apareceu.

Era Salamanda. Matt só o vira uma vez, mas, claro, a cabeça alongada, a pele manchada, os olhos e a boca minúsculos eram inesquecíveis. Estava usando calça preta e camisa branca, com as mangas abertas e soltas. Cuidadosamente desceu do trailer. Até mesmo os três degraus eram um desafio. Toda a sua atenção se concentrava em manter a cabeça erguida. Era a mesma tarefa que o havia ocupado a vida inteira. Atrás dele, pela porta aberta, Matt viu outros homens e uma mulher usando jaleco branco. A Srta. Klein. Lembrou-se dela, da fazenda. Salamanda não poderia rastrear o satélite sozinho. Havia trazido seus técnicos para ajudar.

Quase preguiçosamente Matt se perguntou o que aconteceria em seguida. Salamanda chegou ao chão e parou, olhando-o. Tinha algo na mão. Uma arma, claro. Será que realmente achava que poderia usá-la contra Matt?

— Por que está aqui? — gritou Salamanda em fúria. Seu rosto devia estar contorcido de raiva, mas já era contorcido e sempre fora. Os olhos chamejavam. — Como chegou aqui?

— Que horas são? — perguntou Matt.

Salamanda parou. Foi como se tivesse levado um tapa.

— O que...?

— Que horas são?

O homem entendeu a pergunta e por que Matt a havia feito.

— Cinco minutos para a meia-noite! — gemeu ele. — Cinco minutos... era só isso que eu precisava! Mais cinco minutos!

Ele ergueu a pistola e disparou.

A bala saltou do cano e começou a viajar para Matt, em direção à sua cabeça. Nem chegou perto. Matt não tinha idéia de como fez aquilo. Simplesmente se concentrou e a bala parou no ar. Um único movimento de sua cabeça a fez girar para longe na noite. Pressionou um pouco mais. Salamanda sentiu as ondas de energia pura passando por ele. Não foi tocado, mas atrás foi como se o caminhão com seu laboratório móvel fosse acertado por uma explosão nuclear. A coisa toda foi levantada e atirada longe como um brinquedo nas mãos de uma criança raivosa, dando cambalhotas e ricocheteando no chão. Viajou por cerca de 100 metros e parou finalmente, amarrotou-se e ficou imóvel.

Salamanda permaneceu onde estava, ao ar livre, exposto. Não tinha nada para sustentá-lo. A arma pendia frouxa em sua mão.

— Você acha que venceu — disse ele. — Mas não. O mundo pertencia aos Antigos e vai pertencer a eles de novo. Era o que o diário dizia...

— Talvez o diário estivesse errado.

— Não pode estar.

Matt olhou o homem que lhe havia causado tanto tormento, que tinha tentado matá-lo e que fora responsável pela morte de seus amigos.

— Por que fez isso? — perguntou. — Você é rico. Tem um monte de casas. Tem uma empresa gigantesca. Não é o suficiente?

Salamanda riu.

— Você é uma criança! — gemeu. — Ou não entende. Não existe suficiente. — Ele ficou quieto. Nada se mexia. As pessoas dentro do laboratório estavam inconscientes ou mortas. Ainda não havia qualquer sugestão de brisa. — Você tem idéia do quanto eu te odeio? — perguntou Salamanda.

— O ódio é tudo que você tem.

Salamanda levantou a arma e deu os cinco tiros que restavam.

De novo Matt fez as balas se espalharem ao redor. Mas desta vez eram muitas. Não podia controlar para onde todas iam. Três giraram para longe, na noite, mas as outras duas se chocaram contra o peito e o ombro de Salamanda. Sozinhas não poderiam matá-lo — mas bastaram para jogá-lo de costas. Matt ouviu o pescoço dele se partir instantaneamente. A cabeça enorme girou de lado. Os olhos ficaram olhando vazios para a noite.

Havia acabado.

Matt soltou um suspiro fundo. Voltaria ao helicóptero e ficaria com Pedro até de manhã, se fosse preciso. Até então Richard e os outros teriam chegado. Provavelmente estariam vindo agora mesmo. Estremeceu. Parecia fazer muito frio. E havia outra coisa. Não tinha notado antes, mas pairava um cheiro de podridão no ar. Carne podre. Olhou para cima, lembrando-se dos condores. Não havia sinal deles. Mas o céu tinha mudado de cor. Havia algo pulsando dentro da escuridão. Uma espécie de luz arroxeada e escura. As estrelas pareciam mais intensas do que nunca, e isso não era natural. Pareciam lâmpadas em vias de se queimar. A cabeça de Matt estava doendo. Olhou para as montanhas. E ali estava.

Uma única luz brilhante viajava horizontalmente indo para um ponto entre dois picos. Estava muito baixa no céu. De onde Matt se encontrava, parecia apenas alguns metros acima do chão. Soube imediatamente que não era uma estrela. Nem um avião. Era o satélite. Tinha de ser. Com um terrível sentimento de vazio Matt pensou no que acabara de acontecer. Salamanda havia alinhado a antena do satélite. Estava guiando-o para a posição. Então Matt chegou e destruiu o laboratório.

Mas havia sido tarde demais. Era como se tivesse destruído um revólver depois de a bala ser disparada. Não tivera tempo de mudar a trajetória do satélite, e mesmo sem orientação ele continuou se movendo, indo para o ponto de descanso final. Claro, ele não pararia. Talvez acabasse se chocando com a Terra. Mas isso não importava. No instante em que chegasse à posição correta o alinhamento das estrelas estaria completo, a fechadura de combinação seria forçada e o portal se abriria.

E era isso que estava acontecendo.

O portal estava se abrindo, afinal de contas...

Matt sentiu algo tremer sob os pés. Olhou para baixo e viu uma rachadura aparecendo no chão. Começou bem perto de onde ele estava e foi ziguezagueando até a distância. Outra rachadura se cruzou com ela. Várias outras começaram a se espalhar em todas as direções. Era como se todo o deserto estivesse se partindo. Ao mesmo tempo, uma espécie de líquido começou a brotar de baixo, espalhando-se na terra. Era escuro, algo entre marrom e vermelho, com consistência de cola ou melaço; só que era obviamente sangue, porque Matt podia sentir o cheiro em toda parte no ar, doce e enjoativo. As rachaduras se alargaram. Matt sentiu que estava se movendo. Era como se fosse apanhado num terremoto, mas aquilo era mais lento e mais deliberado. A luz arroxeada no céu estava pulsando mais dura do que nunca. Algo, em algum lugar, começou a gritar. O som estava a toda volta, fino e agudo. Matt quis pôr as mãos sobre os ouvidos, mas soube que isso não adiantaria.

Agora entendia algo que não soubera antes. Tinha vindo ao Peru procurando um segundo portal e pensou que ele seria encontrado em algum lugar do deserto de Nazca. Mas estava errado. Todos estavam errados. Porque o deserto de Nazca *era* o portal. Inteiro. De onde estava podia ver as famosas linhas, mesmo que isso devesse ser impossível. Elas estavam luzindo. Havia círculos e triângulos, retângulos e quadrados, desenhos numa vasta escala, ativados e prontos depois de uma espera de mais de 20 mil anos.

O chão trovejava. Matt podia sentir as vibrações viajando pelo corpo. Tentou mudar o foco, concentrar-se em seu poder, mas não adiantava. Estava completamente sozinho, como haviam lhe dito, e não havia mais nada que pudesse fazer. O rugido ficou mais alto e ao mesmo tempo um vento gelado saltou ao redor, jogando poeira em seus olhos e fazendo os cabelos baterem na testa. Matt perdeu o equilíbrio e cambaleou. Ouviu risos ecoando na planície. Sua visão estremeceu e então houve um som que poderia ter sido um chicote enorme estalando, tão alto que quase o derrubou. Luz explodiu do solo do deserto, cortando o ar, lançando-se no céu. Ofuscado e golpeado, Matt caiu de joelhos.

Silêncio. Tudo havia parado.

Então as criaturas começaram a aparecer.

Houve uma erupção, como de um vulcão, e um pássaro enorme explodiu do solo diante de Matt e pairou estático no ar, as asas batendo tão depressa que eram praticamente invisíveis. A terra fervia ao redor. Matt sentiu o ar se chocando contra ele e cobriu o rosto com os braços, com medo de ficar cego. Era um beija-flor. O bico estava meio aberto e Matt soube que, se ele quisesse, poderia engoli-lo inteiro.

Quatro pernas enormes e peludas apareceram de repente, depois mais quatro, erguendo-se sobre a borda do deserto, e uma aranha gigantesca saiu do chão. Matt viu o saco de veneno pendurado sob a barriga. Duas presas brilhantes se projetavam do pescoço. Ela parou um instante, estremecendo, depois se afastou rapidamente.

Houve um guincho e um macaco saltou vindo de lugar nenhum, a cauda se enrolando e desenrolando, os dentes à mostra num sorriso grotesco. Um a um, os desenhos que ele vira do ar saltaram para a vida. Matt ficou onde estava, de joelhos, esperando pela morte.

Durante uns 20 segundos mais nada aconteceu. Matt ouviu um zumbido. Começou baixo e distante, então aumentou, ficando cada vez mais alto até que parecia uma motosserra tentando cortar o mundo ao meio. Matt apertou os ouvidos e no instante seguinte uma vasta nuvem de insetos jorrou das rachaduras no chão e se retorceu no ar. Eram moscas com corpos gordos e pretos, asas batendo. Saíam das rachaduras num enxame infinito — milhares, milhões, dezenas de milhões, uma praga de moscas mais densa do que o ar, enchendo todo o céu. Então, enquanto Matt olhava horrorizado, elas começaram a se organizar. Voavam juntas, criando formas de homens, soldados armados. Cada homem era composto de umas dez mil moscas, e num instante havia todo um exército deles, em posição de sentido em longas filas que se estendiam até as montanhas.

Eram a guarda avançada. Mas ainda havia mais criaturas subindo das entranhas da terra, finalmente libertadas do mundo onde foram mantidas cativas por tantos séculos.

As que chegavam agora não tinham estruturas de vida reconhecíveis. Eram apenas formas estranhas, loucas, com inícios de braços e pernas se estendendo. Algumas tinham chifres, algumas tinham dentes, algumas tinham olhos jubilosos, arregalados. Algumas eram parte animal e parte humanas — um jacaré com pernas de homem, um porco do tamanho de um cavalo, um sapo enorme com cabeça de pássaro. Cada qual era mais deformada, mais horrível do que a anterior, e continuavam a jorrar do chão até que todo o deserto ficou coberto por elas. Algumas eram pretas. Algumas eram cinza. Ocasionalmente havia explosões de cor: penas verdes, dentes brancos brilhantes, o amarelo sujo de pus pingando de um ferimento aberto. Ficaram ali paradas, respirando o ar do mundo que tinham vindo destruir, com os soldados moscas estendendo-se atrás, esperando a primeira ordem.

Mas o verdadeiro comandante ainda não havia chegado.

Um raio se bifurcou no céu noturno e o rugido ficou mais profundo. Uma depois de outra, mais 13 figuras com forma de homens apareceram montadas a cavalo, vestidas com armaduras enferrujadas e trapos. Cada uma era um gigante de mais de três metros. Houve um relâmpago — todo o céu se iluminou — e naquele instante as formas mudaram. Agora eram esqueletos sobre esqueletos de animais. Outro relâmpago e eram fantasmas, criaturas feitas de fumaça e ar. Não faziam som e se moviam como sombras, cortando a superfície do deserto. De novo começaram a tremeluzir e ficar sólidas, e pararam em semicírculo, esperando. Fazia mais frio do que nunca. O hálito delas ia ficando branco, enrolando-se ao redor dos lábios.

E por fim o rei dos Antigos se ergueu do solo do deserto.

Matt estremeceu. O rei era maior do que qualquer uma das criaturas que havia aparecido até agora. Se quisesse, certamente poderia se esticar e tocar as nuvens. Cada uma de suas unhas seria maior do que Matt. Era difícil enxergar muito dele. A escuridão se grudava à criatura terrível como uma capa, escondendo-a. O rei dos Antigos era gigantesco demais para ser visto, horrível demais para ser entendido.

Muito lentamente ele percebeu Matt, farejando-o do mesmo modo como uma cobra venenosa pode farejar a presa. Matt sentiu a criatura voltar os olhos para ele. Começou a procurar algum poder que ainda pudesse estar por dentro, mesmo sabendo que jamais teria o suficiente. Seriam necessários cinco. Mas ele estava sozinho.

Levantou-se.

— Volte! — gritou. Sua voz era minúscula. Ele não passava de um inseto. — Você não tem lugar aqui!

O rei dos Antigos riu. Foi um som horrendo, profundo e mortal, como trovão, ecoando a toda volta.

A meio quilômetro dali, deitado sob o helicóptero, Pedro ouviu o som e se virou para onde sabia que Matt devia estar.

— Matteo... — sussurrou.

Matt ouviu-o. A profecia estava errada. Ele não estava totalmente sozinho, afinal de contas. Pedro estava perto, e se eram dois, isso dobrava o poder. Com força renovada, levantou-se e golpeou, lançando toda a energia que lhe restava em direção à criatura gigantesca parada diante dele. Todo o deserto ondulou. O rei dos Antigos gritou e recuou um passo; sentindo sua dor, todas as outras criaturas gritaram também. Mais tarde diriam que o som foi ouvido em todo o Peru, mas ninguém pôde dizer o que era nem de onde vinha. Matt achou que estava vencendo. Os Antigos iam murchando diante dele, encolhendo-se como pedaços de papel numa fogueira. Pedro estava com ele, e se os dois pudessem continuar por mais alguns segundos...

Porém Matt havia levado seu poder ao limite e estava esgotando-o. Viu dois sóis queimando seus olhos. Algo gigantesco e preto, maior do que a própria noite, partiu para cima dele e o golpeou. Ele foi jogado para trás, batendo no chão. Sangue escorreu do nariz e pelos cantos dos olhos.

O rei dos Antigos, muito ferido e fraco, olhou uma última vez para o corpo frouxo, depois, chamando suas hordas ao redor, dobrou-se para dentro da noite.

O CURANDEIRO

O médico era um homem pequeno e arrumadinho, com cabelos castanho-claros e óculos. Estava segurando uma maleta de couro arranhada e velha, cheia demais para se fechar direito. Seu nome era Christian Nourry e não era peruano, e sim francês; trabalhava para a Cruz Vermelha numa das cidades mais pobres do país.

— Lamento, professora Chambers — disse ele. — Não há mais nada que eu possa fazer.

— O garoto está morrendo?

O médico encolheu os ombros.

— Eu já disse. Isto está fora da minha experiência. Matthew está em coma profundo. Seus batimentos cardíacos são lentos demais e parece haver muito pouca atividade no cérebro. Acho improvável que ele se recupere. Ajudaria se a senhora pudesse explicar como ele ficou nesse estado.

A professora deu de ombros.

— Bem, nesse caso não posso dizer com certeza o que vai acontecer. Mas há uma coisa da qual tenho certeza. Ele ficaria muito melhor num hospital.

— Não concordo. Não há nada que um hospital possa fazer por ele que não possamos fazer aqui. E preferimos ficar de olho em Matt.

— A senhora mencionou outro garoto. E ele?

— Pedro? Está num hospital. Quebrou o tornozelo e puseram gesso. Nós o esperamos para esta tarde.

— O que esses dois jovens estiveram fazendo? Travando uma guerra?

— Obrigada por ter vindo, Dr. Nourry.

— Bem, pode me ligar de dia ou de noite, eu virei imediatamente. — O médico suspirou. — Acho que a senhora deveria se preparar. Parece que ele está preso à vida por um fio, e esse fio pode se partir a qualquer momento.

A professora Chambers esperou até o médico sair, depois voltou para dentro de casa. Ali tudo estava fresco, com ventiladores circulando o ar em todos os cômodos. Lentamente subiu uma escada de madeira e chegou a um grande quarto quadrado com esteiras de palha no chão e paredes de reboco claro. Duas janelas se abriam para o jardim. Havia um esguicho do lado de fora, bombeando água ritmicamente no gramado.

Matt estava deitado na cama de olhos fechados, coberto por um lençol. Havia uma máscara de oxigênio presa ao rosto e um saco plástico pendurado acima, com soro pingando por um tubo ligado ao seu braço. Estava muito pálido. O movimento do peito enquanto ele respirava era quase imperceptível. A professora Chambers pensou no que o médico tinha dito. Matt não parecia simplesmente perto da morte — já parecia morto.

— O que ele disse? — perguntou Richard.

O jornalista estivera sentado ao lado da cama nas últimas 36 horas, a não ser por algumas horas no início da manhã, quando a professora o obrigara a descansar um pouco. Tinha envelhecido dez anos desde que os dois haviam chegado ao deserto e encontrado Pedro deitado nos destroços do helicóptero com o tornozelo quebrado e o início de uma febre, e em seguida Matt com o rosto para baixo na terra. Rugas fundas sulcavam o rosto de Richard e seus olhos estavam injetados. Ninguém sabia o que havia acontecido no deserto, mas para a professora Chambers era óbvio que ele se culpava por ter deixado os dois garotos partirem sozinhos.

— A notícia não é boa — disse ela. — Ele não acha que Matt vá sobreviver.

Richard soltou um suspiro. Podia ver por si mesmo o estado de Matt, mas esperava, contra todas as expectativas, ouvir uma boa notícia.

— Eu não devia ter deixado que ele viesse ao Peru. Ele não queria vir. Não queria nada disso.

— Você deveria almoçar um pouco. Ficar doente não vai ajudar Matt.

— Não consigo comer. Não tenho fome. — Richard olhou o garoto silencioso. — O que aconteceu com ele, professora? O que fizeram com ele?

— Talvez Pedro possa contar. — A professora olhou o relógio. — Vou ao hospital pegá-lo à tarde.

— Eu fico com o Matt. — Richard passou a mão no rosto. Não se barbeava havia dois dias e a barba estava crescendo.

— Quando eu o conheci, veja bem, nem acreditei nele. Achei que era só um garoto com imaginação demais. Tanta coisa aconteceu desde então! E agora isso...

Houve uma agitação no jardim. Enquanto os dois conversavam, um carro havia se aproximado e o motorista parecia insatisfeito com alguma coisa. Estava gritando e um dos jardineiros tentava entender. A professora foi até a janela e olhou. Era um táxi. O motorista exigia pagamento. Ela franziu a testa.

— É o Pedro.

Os dois saíram rapidamente do quarto, chegando ao pé da escada no momento em que Pedro passava pela porta da frente, apoiando-se em duas muletas. Ainda usava o pijama do hospital. A perna esquerda estava coberta de gesso.

— *Qué estás haciendo aquí?* — exclamou a professora Chambers, falando em espanhol fluente. — Eu ia pegá-lo à tarde.

— *Dónde está Matteo?* — perguntou Pedro.

Richard achou que ele também tinha mudado desde o que havia acontecido no deserto. Pedro sempre fora quieto. Não tinha escolha, já que boa parte da conversa era em inglês. Mas também parecia distanciado, de algum modo mantendo-se na borda dos acontecimentos. Agora, pela primeira vez, assumia o comando. Sabia exatamente o que estava fazendo. Havia saído do hospital e entrado num táxi. Tinha convencido o motorista a trazê-lo. Sabia o que queria e não deixaria ninguém ficar no caminho.

A professora Chambers também devia ter sentido isso.

— Matt está lá em cima — disse ela apontando a escada, então percebeu que Pedro não chegaria lá sozinho. Estendeu o braço. Pedro segurou as muletas e os dois começaram a subir desajeitadamente. Enquanto subia, Pedro se virou e olhou rapidamente para Richard, e nesse momento Richard sentiu um alívio que nem podia começar a entender. Mas de repente teve certeza de que Matt ficaria bem.

Pedro se apoiou brevemente na porta do quarto de Matt. Observou tudo ao redor. A professora quis entrar com ele, mas Pedro balançou a cabeça, depois murmurou uma única palavra, em inglês.

— Sozinho.

A professora hesitou. Mas não havia sentido em discutir. Olhou Pedro se arrastar para dentro do quarto. A porta se fechou atrás dele.

Pedro não se mexeu.

Ainda não sabia direito o que o havia trazido, e agora que tinha chegado não sabia o que pretendia fazer. O garoto inglês parecia morto. Não. Não era verdade. O peito dele se mexia e Pedro podia ouvir o som áspero da respiração por trás da máscara de oxigênio. Afora esse dia e meio, Pedro nunca estivera num hospital, e a visão do equipamento o irritou: o cilindro de metal bombeando sua quantidade de ar cuidadosamente medida, o líquido pingando no tubo plástico que ia até o braço de Matt.

Sabia que precisava estar ali. Os dois haviam conversado, claro. Pedro dormindo no hospital. Matt inconsciente aqui.

Tinham se encontrado uma última vez e Matt insistira em que ele viesse.

— Preciso de você, Pedro. Sem você vou morrer...

Mas por quê? O que ele poderia fazer?

Pedro foi mancando até a cama e sentou-se na beira, deixando as muletas escorregarem lentamente até o chão. Agora estava inclinado sobre Matt, deitado sob o lençol branco. O oxigênio sibilava. A máscara plástica ficou turva brevemente. Afora isso, tudo estava em silêncio e imóvel.

Pedro estendeu a mão.

Sabia. Era como se alguém tivesse lhe dado um livro de toda a sua vida e ele estivesse lendo-o e entendendo pela primeira vez. Um dia tinha dito a Matt que não tinha poderes especiais, mas sabia que não era verdade. Depois da enchente, quando toda a sua família foi morta, havia percebido uma coisa por dentro. Uma força nova. E com o passar dos anos ela havia crescido.

Ele era capaz de curar.

Na Cidade do Veneno havia doenças demais. Pessoas adoeciam e morriam o tempo todo. Mas não os que viviam perto dele. Nunca ficavam doentes, e Sebastian costumava comentar a respeito. Tinha dito isso quando Matt estava lá.

Não há doença nesta casa nem nesta rua. E ninguém entende por quê...

Ele havia percebido isso de novo quando Matt foi espancado brutalmente pelos policiais no hotel em Lima. Depois de apenas um dia juntos, os ferimentos haviam sumido. As costelas quebradas haviam se curado. Pedro não tinha feito nada. Bastava estar ali.

Gentilmente pôs a mão no peito de Matt. Por fim tinha toda a consciência de seu poder e agora ia usá-lo.

Mas daria certo? Não seria tarde demais?

Fechou os olhos e a energia fluiu.

Uma semana se passou.

O sol estava começando a se pôr sobre a cidade de Nazca e o ar era quente e pesado. A professora Chambers saiu da casa com uma jarra de suco de lima gelado e quatro copos. Tinha acendido uma churrasqueira e as chamas estavam saltando, enchendo o jardim com fumaça e cheiro de carvão.

Richard, Matt e Pedro estavam esperando-a, sentados em cadeiras de vime ao redor de uma mesa. As muletas de Pedro estavam caídas na grama. Ele iria precisar delas por mais umas duas semanas, mas o tornozelo já ia ficando bom. Mas a recuperação de Matt é que era mais notável. Havia acordado apenas algumas horas depois da volta de Pedro. Um dia depois estava comendo e bebendo. E agora aqui estava, sentado como se nada tivesse acontecido.

Richard achava impossível acreditar, mesmo que a professora tentasse explicar.

— Radiestesia — disse ela, como se fosse algo que estivesse esperando o tempo todo.

— Radioquê?

— É um dos muitos nomes que temos para a cura pela fé. Também já foi chamada de mesmerismo, autoscopia... postura das mãos. Claro, hoje em dia pouca gente ainda acredita. Mas as civilizações antigas contavam com isso. Os incas, por exemplo, usavam. Estou falando da capacidade de tratar a doença usando algum tipo de poder interior, psíquico.

— E Pedro...?

— Bem, os incas pareciam achar que Pedro era um deles. Por isso não me surpreendo que ele possa fazer isso. — Ela balançou a cabeça. — Não importa como aconteceu. Ele salvou a vida de Matt. Só precisamos saber disso.

Richard ficou olhando a professora Chambers pousar a bandeja e ir até a churrasqueira. Os carvões tinham começado a luzir. Ela espalhou quatro pedaços de carne na grelha e voltou à mesa.

Ninguém falou enquanto a carne cozinhava. Nos dias passados desde a recuperação de Matt, haviam se acostumado aos seus longos silêncios. Matt ainda não tinha contado o que acontecera no lugar do Qolqa e eles sabiam que não deveriam perguntar. Tudo seria dito em seu tempo. Mas algumas vezes Richard ainda se preocupava com ele. Matt não parecia o mesmo. A dor o havia mudado e de vez em quando Richard podia ver isso; a prova estava em seus olhos.

Matt estava lendo um jornal. Era de vários dias antes, mas Susan Ashwood o havia mandado da Inglaterra com um artigo destacado na página cinco.

IGREJA QUESTIONA DESAPARECIMENTO DE GAROTO

Seria um milagre, como sugerem algumas pessoas, ou há uma explicação racional para o desaparecimento do garoto de San Galgano, como passou a ser conhecido na antiga cidade toscana de Lucca?

Os fatos são os seguintes: San Galgano é uma antiga abadia perto de Lucca, datando do século XII. É ocupada por uma devota ordem de monges cistercienses que não estão acostumados à luz ofuscante da publicidade moderna. Mas no início desta semana, no claustro, um dos monges encontrou um garoto que lhe falou em inglês. O garoto colheu uma flor, passou por uma porta e desapareceu.

A história pode parecer comum, até examinarmos os fatos. Primeiro, a abadia não é aberta ao público e seria impossível entrar sem ser notado. Porém o mais estranho é a porta que o garoto usou para entrar no claustro. Essa porta não é somente mantida fechada. Ela foi lacrada por tijolos há cem anos, por ordem do abade.

Parece que a porta está ligada a uma maldição. Segundo as lendas locais, o surgimento do garoto sinaliza nada menos do que o início do Juízo Final! No entanto um porta-voz da igreja, falando hoje no Vaticano, insistiu que o mais provável é ter sido o caso simples de um turista que se perdeu...

Enquanto a professora se sentava, Matt dobrou o jornal. Sabia que ele era o garoto que o monge tinha visto. Passara por uma porta em Londres e aparentemente saíra em Lucca, em algum lugar da Itália. William Morton, o antigo comerciante que possuíra o diário brevemente, devia ter ficado sabendo da passagem. Isso era claro. Ele havia testado Matt fazendo-o passar pela porta na igreja de Santa Meredith. Ao voltar com uma flor colhida em outro país, Matt teria provado que era, de fato, um dos Cinco.

Mas como a passagem funcionava? Teria sido construída pelas mesmas pessoas que fizeram os portais? E, nesse caso, por quê? Essas eram coisas que Matt ainda não entendia.

A carne ficou pronta e a professora Chambers a serviu com salada da horta. Só quando haviam comido, Matt começou a falar.

— Temos de conversar sobre o que aconteceu — começou. Sua voz era suave e, de algum modo, não parecia pertencer a ele. Richard olhou-o, tentando esconder um sentimento de tristeza. A infância de Matt havia terminado. Dava para ver. Era simples.

— Os incas me disseram que o portal iria se abrir e que os Antigos viriam para o mundo — disse ele. — Esta era a profecia deles. E estavam certos. Salamanda também sabia. Acho que estava escrito no diário.

— Onde está o diário? — perguntou Richard.

— Estava com Salamanda. Agora que ele morreu, talvez nunca possamos encontrá-lo.

— Os incas estavam mesmo certos? — perguntou a professora Chambers.

Matt confirmou com a cabeça.

— Achei que Pedro e eu poderíamos impedir que o portal fosse aberto, mas agora vejo que algumas coisas não podem ser mudadas. Sempre vão acontecer como deveriam.

Ele respirou fundo.

— Nós vencemos na primeira vez, na Inglaterra. Conseguimos fechar o Portal do Corvo. Mas desta vez perdemos.

— Não... — começou Richard.

— Sim. Sinto muito mas é verdade. Eu vi os Antigos, e mesmo tentando lutar contra eles, mesmo com Pedro me ajudando, não tive força suficiente. Precisamos encarar o fato de que os Antigos estão aqui, no mundo.

— E onde eles estão? — Richard não podia acreditar no que ouvia. Não queria acreditar. — Já faz uma semana. Mas o mundo continua o mesmo. Nada aconteceu. Você *deve* tê-los derrotado!

— Eu os machuquei. Talvez estejam descansando, esperando para recuperar as forças. Mas posso sentir, Richard. Há um frio no ar. Eles já estão se espalhando, fazendo seus planos. Estão em toda parte. E logo começará...

— Bom, isso é fantástico! — Richard não conseguiu afastar a amargura da voz. — Então por que viemos aqui? Que negócio foi esse?

— Nós tínhamos de vir, Richard. É tudo muito difícil, mas agora acho que estou começando a entender as coisas um pouquinho.

Matt fez uma pausa, depois continuou:

— Nós somos cinco. Quatro garotos e uma garota. Todos temos a mesma idade e todos nascemos pelo mesmo motivo. De algum modo precisamos nos encontrar. Quando nós cinco estivermos juntos, vai começar a luta de verdade.

— Mas onde estão os outros? — perguntou Richard. — Podem estar em qualquer lugar do mundo.

— Pedro é o segundo — disse Matt. — Por isso eu tinha de vir ao Peru. Para encontrá-lo. E eu vi os outros, mas só quando estava dormindo. Nós temos sonhos que nos ajudam. Não são como os sonhos comuns. Eles fazem parte de como tudo funciona. E não vai ser tão difícil como você pensa. Pedro e eu nos juntamos mesmo tendo vidas totalmente diferentes, a milhares de quilômetros de distância. Acho que os outros já estão procurando por nós. É só questão de tempo...

— Mas os Antigos já estão aqui — disse a professora Chambers. — Quanto tempo temos?

Matt não respondeu.

Uma nuvem passou diante do sol e uma sombra caiu no jardim. E em outros lugares, por todo o mundo, as sombras também se estendiam.

A estrela do mal havia subido.

A escuridão se aproximava.

Este livro foi composto na tipologia
Humanist 777Bt, em corpo 11/16, e impresso
em papel off-white 80g/m² no Sistema Cameron
da Divisão Gráfica da Distribuidora Record.